RIKONYAKUSHA WO SHIAWASE NI SHITAI

KOKOU NO SHOKOBANREIJOU HA KA

孤高の書庫番令嬢は
仮婚約者を幸せにしたい

―王から魔導師の婿取りを命じられました―

藍　川　竜　樹

T A T S U K I　A I K A W A

一迅社文庫アイリス

CONTENTS

ユーリア

イグナーツ侯爵家令嬢。王宮図書室で司書をしている。幼い日に母の死因となった罪を抱えて生きてきた。周囲には真面目で近寄りがたい印象を持たれている。可愛いものが好き。

リヒャルト

宮廷魔導師。王太子の側近を務める有能な人物で、令嬢たちにも人気がある。王命でイグナーツ侯爵家に婿入りすることになった、ユーリアの政略婚約相手。魔導師の家系であるドラコルル家の養い子。

用語

ルーア教

空高くにおわす唯一神ルーアを崇める。シルヴェス王国を含む大陸の西部の国々の国教。

シルヴェス王国

聖王シュタールを開祖とする王国。大陸の内部に位置する。国全体が東西文化交流の窓口となっている。

KOKOU NO SHOKOBANREIJOU HA
KARIKONYAKUSHA WO SHIAWASE NI SHITAI

{KOKOU 4} CHARACTERS PROFILE

ウルル

ユーリアに保護された火蜥蜴。小型犬の大きさで短足。ユーリアに懐いている。

ウシュガルル

小型の子竜。中型犬くらいの大きさで、背には小さな蝙蝠のような翼が生えている。

エドゥアルド

シルヴェス王国の王太子。幼い日は病がちで、一時ドラコルルー族に預けられていた。リヒャルトとは幼馴染の悪友のような関係。

ヨゼフ

イグナーツ侯爵。王国建国以来の忠臣の家系であるイグナーツ家の当主でユーリアの父親。

エディタ

ユーリアの伯母。若くして夫を亡くし、侯爵家に戻ってきた。

エミリア

エディタの娘。明るい性格の令嬢。王宮侍女で王妃にも気に入られている。

チュニク

王宮図書室の室長。元は修道士だったが学識を買われ現職に迎えられた。

アレクサンドロ

ルーア教の高位聖職者である枢機卿。

イラストレーション◆くまの柚子

KOKOU NO SHOKORANDELIOU HA KARIKONYAKUSYA WO SHIAWASE NI SHITAI

序章　罪の娘

「人殺しっ」

糾弾の声がする。ユーリアはびくりと身をすくめた。

「母親に毒を盛っただけでは飽き足らず、従妹《いとこ》や畏《おそ》れ多くも殿下にまで手をかけるとは」

「いくらこの婚約が気に入らなかったとはいえ、なんという恐ろしい娘だ……」

伯母の腕にぐったりと身を預け、唇から血を流しているのは金髪の美しい従妹エミリアだ。

別室からは侍医を呼べと王太子の随行員が叫ぶ声がする。

今夜はユーリアの婚約披露の宴《うたげ》。正餐《せいさん》を前に、食前酒を愉《たの》しんでいた王太子とエミリアが毒を盛られ倒れたのだ。

彼らの安否を確かめる余裕もない。参列していた貴族たちにユーリアは囲まれた。犯人だと非難され、動けない。

「わ、私じゃない……」

お願い、信じて。言いたいが、声が出ない。幼い頃《ころ》に母を毒殺した娘、家柄を鼻にかけた侯爵家の汚点と、悪評まみれのユーリアの話を聞いてくれる者など誰《だれ》もいない。

後ずさり、救いを求めて周囲を見る。

華麗な式服をまとった青年がいた。つい先刻、大聖堂でユーリアとともに祭壇の前に進み、婚約証書に署名したばかりの婚約者リヒャルトだ。

「リ、リヒャルト様……」

思わず呼びかけて、息をのむ。彼は、ぞっとする冷たい目をしていた。

「あ……」

無理もない。この婚約に愛などない。王命だ。魔導の天才でありながら爵位を持たない彼に侯爵家の婿という箔《はく》をつけるための、形だけの政略婚約。

（それでも優しくしてもらえたから。こんな私でも役に立てるならと思ったのに……）

崩れ落ちるユーリアを、駆けつけた王太子の護衛が取り押さえる。ユーリアは小さく絞り出すような声でリヒャルトに告げた。

「お許し、ください……」

「許さない」

つい漏れた、といったつぶやきだった。だからこそ彼の本音が伝わる。聞きたくなかった。

どうしてこんなことになったのだろう。

ユーリアは書庫の奥から彼を垣間見るだけで幸せだった、一月前のことを思い出した。

第一章　書庫番令嬢のささやかな愉しみ

1

「王命だ。イグナーツ侯爵、そなたの娘ユーリア・ユスティーナ・イグナーツに伴侶《はんりょ》を与える。魔導師リヒャルト・ジーゲルトを婿として迎え、以後、その後見となるように」

　ユーリアの父であるイグナーツ侯爵が現王ウジャル三世より命を受けたのは、暖炉に薪《まき》をくべても冷気が去らなくなった寒い一の月のこと。聖王シュタールの建国から百年、唯一神ルーアを崇《あが》めるルーア教が国の教えとされてから二十年。国内に荘厳な尖塔《せんとう》を持つ聖堂が次々と建てられた代わりに、魔導師や魔物たちが迫害されるようになった、混迷の時代のことだった。

　その時、ユーリアは王宮にいた。

「王の藩屏《はんぺい》たる貴族は、戦時以外も宮廷にて王に仕えるべき」

との、父の方針で、貴族令嬢ながら王宮図書室の〈書庫番〉を務めていたからだ――。

分厚い石の壁に囲まれた王宮も冬となれば冷える。火気厳禁の図書室ではなおさらだ。温石を懐に忍ばせ、官服の上に外套《がいとう》をつけた司書たちが白い息を吐きながら静かに動き回る。

そんな中、ユーリアは真剣に悩んでいた。

（これは由々しき問題だわ……）

美しい眉《まゆ》をひそめて、書庫から出すように頼まれた貸し出し希望の本を見る。

他《ほか》の司書たちが何事かと様子をうかがってくるが、取り繕う余裕がない。侯爵家令嬢として常に完璧《かんぺき》な所作を心がける彼女が、蒼玉《そうぎょく》の瞳《ひとみ》を動揺で満たし、長い艶《つや》やかな黒髪が胸の前へと流れ落ちるのを止めもせずに煩悶《はんもん》している。

〈亜種高原植物集Ⅲ　細密図画〉
〈ナイダリア王国魔導学先史〉
〈タマルカンド紀行誌　山脈固有竜種探索の果て〉
〈概要位相体〉
〈数字の神秘と環状カンタレラ〉

〈基礎人体構造論脳編視覚野〉

〈電子殻軌道と銘〉

〈砂虫培養時の培地雑種混入を防ぐために〉

（何度見直しても、この八冊を並べると頭の文字が〈あ・な・た・が・す・き・で・す〉になってしまうわ……！）

恥ずかしさのあまり、ユーリアは胸の内で悲鳴を上げた。

ユーリアは箱入りだ。端然とした外見通り、恋愛経験もない。同じ年頃の令嬢なら流してしまえる言葉でもうろたえ、顔を両手で覆いたくなる。

もちろんこれは偶然、神の気まぐれの産物だ。ここにあるのは畏《おそ》れ多くも王太子が使いを寄こし、貸し出し要請をした本だから。妙な思惑など交じるはずもない。騎士の家系イグナーツ家の者なら毅然《きぜん》と、与えられた職務を果たさなくては。

だが駄目だ。気づいてしまうと頭から消えてくれない。ユーリアが生まれながらに持つ力、一度見た光景は絵画のように細部まで完璧に覚えてしまう記憶力が仇《あだ》をなす。しかも。

（どうしてこんな貸し出し要請の時の使いが、あの方なの）

あの方とは、王太子の使いとしてよく図書室に来る青年のことだ。

いつも深くフードをかぶり顔も髪色さえわからない。名前も知らない。が、読書家の彼は一度、使いに来ると、時間が許す限り閲覧室で本を読んでいく。

そんな彼に、ユーリアは本の書庫出しを頼まれたことがある。その時に、おや？　と思ったのだ。彼が希望した本はその時のユーリアが読み終わったばかりのお気に入り。誰《だれ》かにお薦《すす》めしたいなと思っていたものだったから。

以来、気になって、彼が閲覧希望を出すたびに題名を追うようになった。

（そんな詮索《せんさく》、職責乱用なのだけど、あの方が選ばれる本があまりに『あなたは私ですか』だったというか、好みが同じだったから）

嬉《うれ》しくなって、彼が次に読むのはどれだろうとわくわくしながら訪れを待つようになった。

だが、王宮図書室は古今東西、貴重な書が収められた知の宝庫でも、入室できるのは王侯貴族とそのお供、後は上位貴族の紹介状を持つ研究者だけだ。

彼は王太子の許可証を手に必要な本を取りに来るか、王太子の供をする時にしか現れない。王太子の近習だが、貴族ではないらしいのだ。

（なら、あの方にとってここでの時間が貴重だと思ったから。書庫出しの待ち時間も無駄にならないように希望を予測して、前もって関連図書も用意したりしていたのだけど）

ついでに、いたずら心で渡す本の頭文字を並べると〈お・つ・か・れ・さ・ま・で・す〉となるようにしたりと、一人で愉《たの》しんでいた。

が、今日は彼のほうから、王太子のつてで借りるらしい希望図書の目録を出してきた。

（……まさかそれがよりにもよって、こんな文字の並びになるなんて）

自分がしていたいたずらを見透かされたようで、羞恥《しゅうち》のあまり土中深くに埋まりたい。

だがいつまでも恥ずかしがってはいられない。こうしている今も彼は閲覧室で待っている。

ユーリアは心を落ち着けるために深く息を吸った。それから。

「え、えいっ」

思い切って目をつむり、並びがめちゃくちゃになるように本の順を入れ替える。

そうして、ユーリアは緊張しながら本を抱えて閲覧室へと向かったのだった。


王宮図書室は王宮の北の端、昔は物見櫓《ものみやぐら》だったという古い塔にある。

正確には、塔を丸ごと使っているのだ。元が堅固な造りだし、改装もしてあるが、古い建物なので中が入り組んでいる。昔は火薬置き場だった地下にある書庫から、一般の閲覧希望者がいる閲覧室まではけっこうな距離がある。

（さすがに一度に八冊も持つと重いわ）

書庫を出たユーリアは、転んだりしないように一歩一歩、慎重に歩を進めていく。かさばる本の山で足下が見えない。それに本の重量以上にユーリアにとって同僚の他司書もいる、人の多い場所は危険だ。案の定、ユーリアを見つけて驚く声がした。

「おい、あれって〈書庫の幽霊〉じゃないか？　地下から出てくるなんて珍しい」

「え？　じゃあ、あの方が〈書庫の精霊姫〉？　うわー、うわさ通りの高嶺《たかね》の花って感じですね、俺《おれ》、初めて見ましたよ」

「そうなのか？　ま、めったに下々の前に姿を現さないからな、あの〈書庫番令嬢〉は」

静寂に満ちた図書室では、小さなささやきでもよく聞こえる。ユーリアは本を抱く手にぎゅっと力を込めた。王宮図書室は翼棟でつながっているとはいえ、宮廷の中枢からは外れたところにある。身分ある者はめったにこない。司書を務めるのも下級貴族や平民出の文官たちだ。そんな中、父のつてでぽんと入ってきた侯爵家令嬢は悪目立ちする。

「何をもったいつけてるんだか。歓迎会の誘いも断られたし、開架書棚の整理に出るのも嫌がるし。書庫にこもってるのもさぼりのためだろうし、司書の仕事を馬鹿《ばか》にしてるんだろ」

「父侯爵の言いつけでいやいや出仕しただけで、下級貴族の同僚とは付き合いたくないのさ。家柄を鼻にかけた高慢な侯爵令嬢様は」

やはり言われた。だが誤解だ。ユーリアは幼い頃《ころ》は都から離れた遠い静養地の別邸で母と暮らしていた。母が亡くなり都に戻った後も邸《やしき》に閉じこもりがちで、社交界への顔見せも王宮のデビュタントに出ただけだ。人に慣れていない。

（だから、初めての職場で失礼なことをしたらと緊張して、動けなくなっていただけで）

見かねた図書室長が人目を気にせずに働ける書庫に配属してくれたのだ。仕事をさぼったり馬鹿にしているわけではない。もともと本が好きで図書室に配属希望を出したのだし、書庫では毎日埃《ほこり》まみれになって虫干しや修復の力作業を頑張っている。

それにユーリアは記憶力がいい。人に話すと異様すぎる覚えのよさに引かれるから隠しているが、一度、視界に映せば本の汚れや誤字脱字、内容、置かれた位置まで覚えてしまう。だから貸し出し要請を受ければ誰よりも早く抜き出して閲覧室に運んでいる。

ただ、人のいない書庫での地味な作業なので、働く姿を皆に見てもらえない。

それでついたあだ名が〈書庫の幽霊〉。もしくはお局様《つぼねさま》や書庫の主《ぬし》といった意味を込めての〈孤高の書庫番令嬢〉。

（……私としては同じ書庫の人なら、書庫の小人さん、とか可愛《かわい》い響きが嬉しいのだけど）

ユーリアは、しゅん、と肩を落とす。外見と評判がどうであれ、彼女の中身は絵本や本が大好きな、少し内気なだけの普通の女の子なのだ。

皆の視線すらが怖くて本の世界に閉じこもっている本の虫だから、仕事の行き帰りも人に見られないように誰よりも早く来て遅く帰り、勤務中は書庫にこもっている。

そんなユーリアだから、書庫を含む司書専用区画を出て、閲覧室まで行くのは大冒険だ。珍獣を見るような目を我慢して、歩を進める。

が、次の刹那《せつな》、聞こえた声に足を止めそうになった。

「でも好機だよな、侯爵令嬢がいるなんて。手に入れたら俺たち逆玉の輿《こし》じゃないか」

思わず体が冷えた。下世話な言い方だった。ユーリアという〈個〉を見ようとしない声だ。

だが次に語られた言葉に、ユーリアはさらに息をのんだ。体がふるえ出す。

「でも、傷物だろ」

さらりと言われた言葉。続く内容を予測できるだけに喉《のど》が干上がる。体が動かない。

「何不自由ない身分なのに、十七歳にもなってまだ婚約者がいない理由を考えろよ」

「あのご令嬢は〈イグナーツ侯爵家の汚点〉だ。そのせいで父親にも疎まれて、侯爵家の一人娘でも廃嫡《はいちゃく》を考えられてるってのは有名な話だぞ」

もう聞いていられない。ユーリアは半ば駆け出した。必死で安らぎが待つほうへと向かう。

彼はいた。

まだ待ってくれていた。

黒い地味な外套をまとっていても存在感を示す長身。彼はユーリアの名を知らない。だからよけいなことは言わない。それに、彼の傍《そば》なら嫌なことを言う人も近づいてこない。衣に刺繍《ししゅう》された彼の職を表す紋章が、畏怖《いふ》の念を抱かせ他の者を寄せつけない。

魔導師の紋だ。

唯一神ルーアを崇めるルーア教、この国の国教でもあるかの教えは、竜や魔物の他、呪師《じゅし》や森の魔女といった昔ながらの叡智《えいち》を異端と排斥する。神の領域を侵す錬金術の知識を操る魔導師も同じくだ。一時は魔女狩り、魔物狩りなども行われ、数を減らした。

最近は王の政策もあって存在を見直されつつあるが、それでも魔導師は恐ろしい印象がある。王太子の使いという肩書きがあっても進んで彼の相手をする司書はいない。

逆にユーリアには魔導師への偏見はない。

王都から離れて育ったユーリアの周囲には堅苦しいことを言う聖職者はいなかった。

ユーリアの亡き母は自らの手で薬草や香草を育てる人だったし、遊び場の森には可愛らしいキノコやドングリの姿をした魔物たちがいて、ユーリアの相手になってくれた。今も職場の個室でこっそりと、傷ついて倒れていた火蜥蜴《ひとかげ》を保護しているくらいだ。

だからだろうか。いつの間にか孤立した者同士、ユーリアが彼の担当をするようになった。

担当といっても正式な取り決めではない。彼が来た時に手隙であればユーリアが相手をするといった程度だ。が、彼もユーリアがいるとほっとしたように近づいて要件を言う。書庫にこもっていても「あの黒髪の司書の方はいらっしゃらないのですか」と探してくれる。

互いに名も知らない、仕事上の些細《ささい》なつながりだ。それがかえって人間関係に気を遣うユーリアには嬉しい。自分のことを知らない彼だからこそ安心して近づくことができる。

それだけに今のこの本を差し出すのに勇気がいる。

題名に隠された文字の並びを、ユーリアからの言葉だと誤解されたらどうしようと怖い。

ユーリアには今以上に彼と親しくなりたいという思いはない。そんな資格もない。だから今のままがいいのだ。互いに深く立ち入らず、礼節をわきまえた距離でいられる今のままが。

ユーリアに気づいた彼が顔を上げる。相変わらずフードに隠れて口元しか見えない。それでも彼が恥ずかしげに、だが歓迎するように微笑《ほほえ》んでくれたのがわかる。胸が温かくなった。

(どうか頭文字に気づかれませんように)

祈りながら、彼の前まで進み出る。

「あ、あの、お待たせしました」

ぎゅっと目をつむり一礼すると消えそうな声で言う。内気なユーリアはこの一言が精一杯。手渡すには量も多く、重すぎるそれらを卓において差し出す。

「ありがとう、助かりました」

いつもの声が聞こえる。控えめで、それでいて感謝の念がこもった心地よい響きが耳に届いて、ユーリアはふんわり頬《ほお》に血が上るのを感じた。

そんな自分の反応にあわてたせいだろうか。本を支えていた手を引くのが少し遅れた。彼が受け取ろうと伸ばした手と、ユーリアの手が交差する。

指先が一瞬、ふれた。

(あっ)

ユーリアは人に慣れていない。それに今日《きょう》はいつものいたずらを見透かされたような貸し出し希望を出されたばかりだ。神経が過敏になっている。

びりっと熱い炎を押し当てられたような感覚がして、あわててユーリアはふれたほうの手を引いた。もう片方の手で包むと胸の前で抱く。

「し、失礼します」

それだけ言うのがやっとだった。

ユーリアは顔を伏せ身を翻《ひるがえ》した。いつもの安全地帯である書庫に逃げ込む。

そんなユーリアだから気づかなかった。彼女を見送った後に、彼が本をまとめるふりをして八冊の背表紙を並べ替えたのを。

彼は頭の並び字が〈あ・な・た・が・す・き・で・す〉となった背表紙をしばし眺めて、もう一度、並べ替える。今度は終わりの字が〈に・が・し・て・や・ら・な・い〉になった。それから、かぶった外套のフードを揺らして、彼は薄く笑う。

「悪いけれど、王命だ。嫌がっても逃がしてあげられない。君の記憶にない過去の〈罪〉すらも含めて、すべてを僕に委ねてもらうよ、ユーリア」

――ユーリア・ユスティーナ・イグナーツ侯爵家令嬢、十七歳。亡き母譲りの長い黒髪と白皙《はくせき》の肌、蒼玉の瞳を持つ美しい少女だ。手足はすらりと長く、ドレスが映える高い背丈と、騎士か聖職者のごとく伸びた背筋は品があり、歴史ある侯爵家の令嬢にふさわしい。

そんな彼女が抱える〈罪〉。皆に傷物と言われるのは、誤って母を殺した過去があるからだ。

当時、五歳だった彼女は別邸の周囲に広がる森で、母がいつも香草茶に使う花を見つけて摘んだ。そして褒めてもらいたい一心で、午後のお茶として出したのだ。

だが、その花は毒だった。

母は血を吐いて死んだ。誤って摘んだ野草の誤飲による中毒。それが母の死の原因だ。

ユーリアにその時の記憶はない。一度見たことは決して忘れないユーリアなのに、静養地での記憶だけはあいまいだ。診察した医師は母を亡くした衝撃で自ら記憶を封じたのだと言う。

だがユーリアが母を殺したのは事実だ。記憶がなくとも皆がそう言う。

幼い子どもの過失、殺人の意図などなかった不幸な事故と処理された事件だが、当時の社交界ではおもしろおかしく吹聴された。

そして、〈母殺しの娘〉として未《いま》だユーリアに社交界での身の置き場はない。

実の父からも避けられ、孤立している――。


勤務が終わり、侯爵邸に戻る。

ユーリアが玄関ホールで出迎えた執事に外套を預けていると、声をかけられた。

「戻りましたか」

見上げると、ホールを見下ろす二階の踊り場に凜《りん》とした佇《たたず》まいの貴婦人がいる。

「まったく。埃だらけでみっともない。誉れ高きイグナーツ家の嫡子とは思えない」

眉をひそめて言うのは、伯母のエディタだ。一度、他家へ嫁いだが若くして夫が亡くなり、娘を連れて侯爵家に戻ってきた。当時、ユーリアは母を亡くしたばかりでまだ幼く、父が後妻を娶《めと》る気がなかったことから、伯母が女主人として侯爵家の切り盛りをすることになり、今に至る。

一礼するユーリアを、じろりと伯母が見る。

「最近、邸に戻る時刻が遅くなっているようですが」

「も、もうしわけありません。火蜥蜴、あ、いえ、手のかかる修復を手がけておりまして……」

「外で任された仕事の話はせぬように！　どのような職であろうと、なにがどう巡って陛下の御代に障りを出すか。イグナーツ家の者なら出仕前に心に刻んだはずですよ」

ぴしゃりと言われた。正論だ。

「自邸にいる時も侯爵家の娘の名に恥じぬ行いを。特にそなたは。わかっていますね。……それにしても。王家に仕えるのは貴族の義務とのご当主の意向はわかるけれど、司書とは。女官として王妃様をお支えするなど、他にふさわしい職があるでしょうに」

謹厳な伯母は「私は一度この家を出た身だから」と、邸内でも弟にあたる侯爵を〈ご当主〉と呼び、外では〈侯爵閣下〉と呼ぶ。イグナーツ家の者だけにユーリアが宮廷に出仕すること自体に異論はとなえない。が、日陰の書庫番職に就いたことが未だに不満なのだ。娘のエミリアが王妃のもとに侍女として上がっているだけによけいに。

「今夜はご当主がお戻りです。すぐに正餐《せいさん》ですから、ふさわしい服に着替えてくるように」

「はい、伯母様。ご教授ありがとうございました」

　父が戻るなど珍しい。仕事を理由にいつも王宮に泊まり込んでいるのにと思いつつ、立ち去ろうとすると、お待ちなさい、と伯母が声をかけた。珍しく少し逡巡《しゅんじゅん》してから言う。

「……今日は正餐の後でご当主からお話があるそうです。心しておくように」

　ざっと冷水をかけられたように感じた。

（ま、まさか）

「あ、あの、伯母様……」

　呼びかけるが伯母はすでに背を向けていた。階段を駆け上ってその歩みを止めたいが、そんな侯爵家令嬢にふさわしくない真似《まね》をしてはならないことはわかっている。

　蒼白《そうはく》になって自室に戻る。華美すぎない、質のよい家具が置かれた部屋だ。衣装部屋を開ければ品のよい衣装、宝石箱を開ければ手入れの行き届いた装飾品が並ぶ。

　侯爵家令嬢にふさわしい部屋、ふさわしいドレス。完璧だ。十年以上暮らす私室でありながらここにユーリアという個が交じる余地はない。伯母が鍛えた、これまた完璧な侍女たちがユーリアの文官服を脱がせ、正餐用のドレスを着付けていく。

　ユーリアはこの瞬間が好きではない。豪奢《ごうしゃ》な重いドレスとともに侯爵家令嬢としての責務もまとうようで息苦しい。

〈特にそなたは〉

伯母の言葉が脳裏に蘇《よみがえ》る。わかっている。ユーリアは傷物だ。他の令嬢たち以上に気を引き締め、名誉挽回を為さねばならない。

「お嬢様、お気持ちお察しします」

顔を上げると、見慣れない新参らしき侍女が同情たっぷりの顔で立っていた。

「あまりにきついおっしゃりようです。この邸の令嬢はユーリア様で、エディタ様のほうが居候なのに」

いきなり何を言い出すの。ユーリアが目を丸くすると、彼女が意を得たりと話し出した。

「ひどいですわよね。侯爵様があまり戻られないのをいいことに邸を牛耳《ぎゅうじ》って。エディタ様がユーリア様をないがしろにして侯爵家の家督を狙《ねら》っておられるのは世間でも有名ですわ」

「ま、待って、伯母様はそんな方では……」

「わかっております。口には出せないのですね。他の使用人はエディタ様の息がかかっていますもの。エディタ様はユーリア様の母君にもつらく当たって邸から追い出したのでしょう？　でもご安心してください、私はユーリア様の味方ですから」

「……何をくだらないことをお嬢様に吹き込んでいるのですか」

そこで侍女頭を務めるダナが止めに入ってくれた。

新入りの侍女を諫《いさ》めると、廊下に出るよう促す。

「見苦しいところをお見せしました。あの者は男爵家の娘ですがもう二十歳になるというのによい縁組みがなかったそうで。侍女として身を立てたいというのでエディタ様が引き取られたのですが、まだ教育が行き届かず。すぐ、降格させますので」

「降格？　いいの、これから気をつけてくれたらそれで」

一礼して告げるダナにあわてて言う。下級貴族の令嬢が泊付けのため上位貴族の邸に上がるのはよくあることだ。そして仕える主《あるじ》の不安をあおり、取り入ろうとするのも。

野心過多な娘のようだが、ダナに任せておけばうわさを鵜呑《うの》みにして先走るくせも正してもらえるだろう。降格までさせる必要はない。

（でも、あのうわさは未だに流れているのね。無理も無いけれど）

ため息をつく。

ユーリアの母は異国の出だ。もとは遠い大陸の西、ルーア教の総本山である聖域で神に仕える聖女候補だった。それが二十年前、ルーア教を国教とする際に、王国から聖域へと赴いた使節団の一人だった父と恋に落ち、嫁いできたそうだ。

風習の違う国で育った母はこの国になじめず、別邸にこもっていた。父は寂しくとも妻のためだと我慢して見守っていたらしい。なのに熱愛する妻をあろうことか娘に殺されたのだ。

父がユーリアを嫌い、姉エディタの娘に家督を譲ろうと考えているとのうわさは有名だ。

（でもそのほうがいい）

このうわさがある限り、ユーリアを妻に欲しがる男はいない。司書を続けて彼に本を出してあげられる。

もちろんユーリアは罪の娘だ。恋をする資格はない。彼のことも同好の士として、本の話をできたらいいなと、友情未満の淡い憧《あこが》れを抱いているだけだ。

それでも、もう少しだけ、と願ってしまう。ユーリアの願いがどうであれ、いつまでもこうしていられないとわかっているから。

父に嫌われようと、母殺しの事実があろうと、ユーリアはただ一人の父の子だ。家を継ぎ、血筋を存続させるための婿を取るか、従妹《いとこ》のエミリアかイグナーツ家の血を引く誰かにすべてを譲り、修道院に入るか。いずれにせよ、このままではいられない。

だからこそ今の時間を貴重に思っている。つかの間の凪《なぎ》の時間だとわかっていても、少しでも長くこのままでいられたらと祈っている。

(でも、それももう無理かもしれない)

先ほど聞いた伯母の「ご当主からお話があるそうです」という言葉が気にかかる。

重い気分のまま、久しぶりに一家が揃《そろ》った食卓へと向かう。

嫌な予感は当たった。

正餐の後、難しい顔をした父に、書斎に来るように言われたのだ。重要な話があると。

伯母と、宮廷から里帰りしてきた従妹のエミリアも一緒にと言われて、父の書斎に向かう。

皆が席に着き、執事も退室したのを確かめてから、父が言った。

「今日、陛下より我が家に下命があった」

ユーリアはごくりと息をのむ。膝《ひざ》に置いた手がふるえている。

「ユーリア、お前にありがたくも伴侶を与えてくださるとのことだ」

そこから父が話したのは、この国の現状だった。

「我が国はそなたも知る通り、昔から北の大草原に住まう騎馬の民に領土を脅かされてきた。彼らはルーア教を奉じる大陸西方諸国から見れば異教徒だ。そのため今は亡き先代陛下がルーア教を国の教えとする決断をされた。西方諸国の一員となる代わりに国内に聖域所属の聖騎士を駐屯させ、異教徒に対する防衛力を強化なさったのだ」

おかげで国は守られた。が、代わりにこれまで共に生きていた魔物や魔導師、呪師といった、ルーア教の教義では異端とされる者たちを排斥することになった。

「先年、代替わりした現王陛下はそれを憂えておられる。異教徒との戦いであれば聖域も助勢する。が、同じルーア教徒同士の諍《いさか》いでは？　何より聖域の力は強大だ。うかうかしていては我が国はのみ込まれる。故に陛下は魔導師たちの力も必要と考えられた。が、一度、排斥した彼らの力を得るには、先《ま》ず、彼らを忌避する民の心を変えねばならん。わかるな？」

念押しされてうなずく。異端の火蜥蜴をかくまっているがユーリアもルーア教徒だ。良心が痛めば「神が見ておられるわ」と自然に考える。

国教化以前から布教されていたこともあるが、たった二十年でそれほどルーア神の教えはこの国に浸透している。毎週、聖堂に通う敬虔《けいけん》な民なら当然、魔導師への禁忌の念も高い。

「今さら陛下が『魔導師は我が国の力』と仰せになっても従わない。魔導師の重要性を皆に示さねばならんのだ。そのため陛下は魔導師に地位を与えることにされた。魔導師たちの能力を公平に鑑《かんが》み、功ある者には貴族の位を与える。その先駆けとして、既存の貴族家に魔導師の血を入れる試みを考えられた」

(ああ、聞きたくない)

ユーリアは硬く目をつむった。この先は聞かずともわかる。父は王の腹心だ。魔導師が必要との王の考えにも賛同している。案の定、父が言った。

「陛下は寛大にも我が家にその任を与えてくださった。ユーリア、お前に貴族家初の魔導師の婿取りをするようにと、白羽の矢が立ったのだ」

やはり。ユーリアはうつむき、唇をきゅっと噛《か》みしめた。

父からすれば愛《いと》しい妻を殺した娘だ。どんな婿が来ようとかまわない。しかもユーリアには聖域の元聖女候補の血も流れている。この国独自の聖域と魔導の融和、その象徴にふさわしい。

(でも、こんな。ここまであからさまな家目当ての政略結婚だなんて)

ユーリアに魔導師への偏見はない。そもそも書庫で同好の士と好意を抱く彼は魔導師だ。それでも見ず知らずの人と結婚させられるのは怖い。

何より、婿を迎えれば今までのように司書の勤めはできない。彼とも会えなくなる。

（でも私は、過去の汚名を返上しないといけない娘で）

伯母は父と同じく王の下命ならと受け入れているようだ。何も言わない。ユーリアもそうしないといけないのだろう。

「あ、ありがたく、お話を……」

お受けします、と言いかけたところで意外な方向から、待ったがかけられた。

「ちょっと待って。叔父様もお母様もおかしいわ。これってていのいい生贄《いけにえ》じゃないっ」

伯母の娘であるエミリアだ。

ふわふわした金髪に夢見るような菫色《すみれいろ》の目をしたエミリアは、謹厳な伯母の娘とは思えない明るい性格だ。王妃にも気に入られていて、若い王族女性のいない今の王宮では、〈宮廷の花〉と呼ばれているそうだ。

そんなエミリアが憤りも隠さず父にくってかかる。

「イグナーツ家といえば建国以来の忠臣の家系よ？　叔父様だって陛下の懐刀と呼ばれてるわ。なのに平民の、しかも魔導師の血を入れるなんて正気なの？　いくらユーリアに貴族の婿のなり手がいないからって、私、王妃様の宮廷で平民の親戚《しんせき》がいるなんて笑われるのは嫌よ！」

「ご当主の前で何という物の言いよう。はしたない。いい加減になさい！」

伯母が叱《しか》りつける。

「陛下の命です。事情はご当主が話してくださったでしょう。それに陛下は我が家に酷な縁談を薦めたりはなさいません。婿となるリヒャルト・ジーゲルト殿はまだ若くとも王太子殿下の側近を務める誠実な方と聞いています。臣下なら感謝してお受けするべきです」

「え、伴侶って、リヒャルト様のことだったの？　嘘《うそ》、今の宮廷で殿下に次ぐ人気の殿方じゃない！」

相手の名を聞くなり、エミリアがころりと態度を変えた。

「生まれは平民だけど顔がすごくいいの！　さらさらの銀の髪も素敵だし、瞳は陽の加減で色が変わる、妖《あや》しい独特な雰囲気のある紫よ。昨年の異教徒との小競り合いでは、得意の魔導で騎士にも勝る武勲を立てて〈竜の化身〉と恐れられてるわ」

将来性もばっちりよ、とエミリアが立ち上がる。

「あの方なら平民でも魔導師でもかまわないわ。他の娘たちに自慢できるもの。私だってイグナーツ家の血を引いてるもの。ユーリアは嫌みたいだし、私が代わってあげてもいいわ」

「エミリア！　何を勝手なことばかり言っているのです。陛下が必要となさっているのは先方に爵位をもたらす配偶者です。血ではありません。あなたでは無理でしょう」

不承不承、エミリアが黙って、父が淡々と顔合わせが行われる日時を告げた。

相手が平民出の魔導師という異例の相手だけあって、周囲から反対の声が上がるのはわかりきっている。なのに強行するには覚悟がいるからと、王が特別に婚約前に顔合わせを行い、相性がよくなさそうであれば断ってもいいと、寛大な言葉をかけてくれたらしい。

「王妃様の茶会で顔合わせとなる。その場の作法などはエミリアから聞くように」

言われて、ユーリアは何故《なぜ》、普段は王宮で暮らすエミリアが里下がりしたかを理解した。

「……以上だ」

必要事項を話し終わると、父が顔を背け、下がれ、と身振りで示した。一人娘の婚姻話だというのに、顔を見ることすらしない。

(わかっていたことだけど……)

まだ心のどこかで、この話を受ければ父との関係が戻るかもと期待していたのかもしれない。母が亡くなる前は目に入れても痛くないと、ユーリアを溺愛《できあい》してくれていた父なのだ。

ため息をつきつつ廊下に出ると、一緒に出てきたエミリアがぽつりと言った。

「言っておくけど。平民出の魔導師と結婚したら、社交界でいろいろ言われるから」

「え?」

「ただでさえ引きこもりのあなたが社交をこなせるの？　既婚婦人となれば今みたいにお茶会にも出ないなんて許されないわよ。陛下が求めておられるのはリヒャルト様が貴族社会に受け入れられることなんでしょ？　あなたじゃ役に立たないじゃない」

エミリアがとまどうユーリアを見て、一気にまくしたてる。

「それに平民と馬鹿にしてても あの方に憧れてる子は多いんだから。絶対、嫉妬《しっと》を買う。あなたに対抗できる？ デビュタントでのこと、忘れたの？」

忘れもしない。一度だけ出た社交界。無関心な父においていかれて孤立した。

「というか、ちょっと、ここまで言ってるのに一言もなし？」

「あ。ご、ごめんなさい……？」

「どうしてそこであやまるの、どうして疑問形なの。ああ、もう、だから私、あなたが嫌い！ いいこと？ お母様や叔父様が認めても私は認めない。あなたがイグナーツ家の名誉を損なう真似をしたら、いつでも花嫁役を代わるから。そこのところ覚えておきなさい！」

捨て台詞《ぜりふ》を残してエミリアが去っていく。

十二年も共に暮らしながらユーリアはエミリアとの接点がない。エミリアは社交的な性格で外出が多くあまり邸にはいなかったし、王妃に気に入られてそうそうに侍女となって家を出てしまった。だから他に人のいないところで一対一で話すのは初めてかもしれない。

華やかなエミリアは自分に自信がある分、地味なユーリアのことは放っておいてくれる。陰口をたたいたりいじわるをしたりしない貴重な同年代の令嬢だ。フリルやリボンが似合う女の子でもあって、ユーリアは自分に可愛さがない分、エミリアに憧れている。彼女が邸にいた時は友人たちと楽しそうに庭を散策する姿を窓から目で追っていたくらいだ。

だから敵意を向けられるとつらい。

(この婚約のせいで、さらに気まずくなったらどうしよう……)

ユーリアはますます気が重くなった。

2

そうして、顔合わせの日となる。

お相手の魔導師は王太子の側近だけあって、王とも顔見知りで大のお気に入りだそうだ。その縁もあって、王がこの縁談を思いついたのだとか。

そんなわけで王自ら引き合わせてくれるということでユーリアは父とともに王宮へ向かう。

名目は王妃主催の茶会への出席となっているから、ドレスは午後の時間にふさわしく、派手すぎず、地味すぎない、優しい薄紫色の訪問着だ。

立て襟の襟元と手の甲までを覆う長い袖先《そでさき》には細かなフリルがついていて、甘すぎず、軽すぎず、それでいて愛らしい。これに真っ白い毛皮付きの外套とマフを添えると、黒髪青い目のユーリアの見た目もあまり重くならない。エミリアが「私の職場へ来る前に点検してあげる」と部屋までできて選んでくれた逸品だ。

「信じられない！　地味、硬い、これって修道女の衣装部屋？　お母様に任せたら一世代前の好みになるのはわかってるでしょう！　言っときますけど、あなたがみっともない格好だと従妹の私まで美意識を疑われるの。王妃様に愛想をつかされたらどうしてくれるの！」

　そう言って、自分の衣装室をひっくり返して吟味してくれた。いろいろ言うがエミリアは面倒見がいい。婚約は嫌だが、空気を読まない衣装で出席して父や侯爵家の皆に恥をかかせたらどうしようと不安だったので、ユーリアは感謝した。

　幸い、背はあまり違わない。胸にはつめ物をしないといけなくてエミリアに優越感に満ちた笑みで肩を叩《たた》かれた。が、逆に腰回りは縫いつめる必要があり、にらまれた。怖いがこういう反応はやはり女の子らしくてエミリアは可愛い。

　それに王妃付き侍女の彼女は、

「私には地味過ぎてしまい込んでいたドレスだけど、華のないあなたならちょうどいいのではなくて？　髪も一部を真珠を編み込んで結って、後は背に流せば、背の高さを強調できて貧相なあなたでも堂々とした淑女に見えないことはないわよ」

と、侍女たちを指揮して髪型から化粧まで最新流行のものに仕上げてくれた。

　慣れない化粧に肌呼吸ができない気がするが、エミリアが頑張ってくれたのだ。無事、顔合わせをすませ、邸に戻るまでこの状態を保たねばと思う。

　王宮に到着すると、侍従に案内され、王妃の茶会に出席する。

　茶会といっても壁際にエミリア含め侍女が数人いるだけで、席に着いているのは王妃のみ。

無難に天気の話などをして待っていると、王が見合い相手を連れてやってきた。

「待たせたな、侯爵、ユーリア嬢」

立ち上がり、王に対する礼をとる。顔を伏せているので見えないが、二人が入ってきた途端、部屋の空気が変わるのがわかった。ぴんっと緊張で張り詰める。

王と王妃の前だからと表情には出さずにいるようだが、侍女を務める令嬢たちの眼差《まなざ》しが怖い。改めて今日の顔合わせ相手が女性に人気の人なのだと理解した。

「紹介しよう。彼がリヒャルトだ」

言われて、覚悟を決めて顔を上げる。先ず、目に入ったのは銀の煌《きら》めきだった。

偶然だが、彼は窓を背に立っていた。そのせいだろう。淡い冬の日差しが天の御使いがまとう後光のように彼を照らしていた。さらさらと流れる美しい銀の髪。魔道具だろうか。左の耳に金の耳飾りをつけている。他に身につけているのは魔導師の飾り気のない暗色の外套だ。

だからこそ冴《さ》え冴えとした彼の容姿が映える。知性を感じさせる整った顔立ち。月光の下に佇む貴人のような不思議な、静謐《せいひつ》な空気を感じる。角度のせいか、うわさの瞳の色の変化を見ることはできないが、透けるような白い肌をしている。それでいて冷たい感じはしない。白皙の美貌《びぼう》を甘い紫水晶の瞳が和らげているからだ。

激しい太陽でなく、静かな月の光であろうと、美しすぎるものには目を奪われ、灼《や》かれるのだとユーリアは知った。正視できない。そのうえ。

「初めまして。お名前はかねてよりお聞きしておりましたが、ようやくお会いすることがかないました。どうかこれからは直に御名を呼ぶことをお許しいただけますか？」

確認するように「イグナーツ嬢」と爽《さわ》やかで親しみやすい、それでいて慎ましい完璧な声音で呼ばれて、ユーリアはくらりとめまいがした。絵に描いたような好青年だ。

（どうして語る言葉までがきらきらなのですか……）

いわゆる良物件すぎて逆に引いてしまう。

彼の周囲に光が舞う幻影が見える。いや、本当に舞っている。窓から差す光を美しい銀の髪が増幅していて眩《まぶ》しい。促され、対面に座ったが、まともに会話ができる気がしない。困った。何故、よりにもよってこんな人が政略婚約相手なのだろう。

（私は地味だから。お相手ももっと地味な人がよかったです……）

事前に王から無理強いはしないと言われている。エミリアからもいつでも代わると言われているし、彼も同じ結婚するなら華やかなエミリアのほうが嬉しいだろう。

（爵位なら、お父様も喜んでエミリアに譲ってくれるはず）

「あ、あのっ」

断ってもいいだろうか。決死の覚悟で顔を上げる。王や父には怖すぎて言えないので、先ず、話の通じやすそうな本人に確認をとることにする。

幸い、初対面の若い二人を邪魔しないようにという気遣いだろう。王と王妃は父侯爵も交えて明後日《あさって》の方を向きながら、大きめの声で世間話をしてくれている。

　その隙《すき》にユーリアは深々と頭を下げた。彼に告げる。

「申し訳ありません。私はこの通り侯爵令嬢とは言いがたい有様なのです。お恥ずかしいですが、このたびの話はなかったことにしていただけましたら」

「え？　申し訳ありません、お声が遠く聞こえにくいのですが。ぜひ話を進めてくださいと？」

「いえ、あの、逆です。私ではおこがましく、従妹に代わってもらえたらと……」

「僕もです。婚約をするなら式は早いほうがいいと思っていました。そうそうによいお返事をいただきありがとうございます」

　にこやかに彼が微笑む。

　声が小さすぎるのだろうか。通じない。爽やかに違う方向に解釈されてしまった。

（十七歳にもなって、まともに断りも入れられないなんて……）

　落ち込むと、気を遣われた。

「イグナーツ嬢？　どうなさいました。気分が悪いようでしたらゆっくり休める温室へお連れしましょうか？　あそこであれば人もいませんし、緑は心を穏やかにしてくれます」

（そ、それはいわゆる『ここからは若い者同士で』というものでは）

　予備知識として伯母に渡された見合い関連書は読んできた。ユーリアは一瞬で固まった。

（無理）

青くなってパクパク口だけ動かしているとようやく王がユーリアの危機に気づいてくれた。

「どうした、ユーリア嬢。リヒャルトの相手は気に入らぬか？」

「あ、陛下……」

涙目ですがろうとした時、対面の席から彼が遮った。

「ご心配なく、陛下。互いの気が合うことを確認していただけです。令嬢と私は旧知の仲ですから」

（……はい？　あの、初対面では⁇）

ユーリアは一度目にしたことは忘れない。そもそもこんな目立つ容姿の人は忘れられない。なのに彼はにこやかで慎ましい、人受けのする笑顔のまま、何かを差し出す。

「もし会話が弾まなければ話題にできればと持参した品ですが、両陛下、侯爵閣下、よろしければお三方の目にもふれさせてよろしいでしょうか」

言って、彼が開いたのは図書室の閲覧書籍の貸し出し記録だ。どうしてこんなものを、と、ユーリアも首をかしげつつ覗《のぞ》き込んだ。すると彼がその一点を指し示す。

とたんにユーリアはざっと血の気が引くのを感じた。

彼が父や王たちに見せたのは、ユーリアが名も知らぬ閲覧希望の魔導師の君に差し出した、頭文字で言葉を綴《つづ》った本の題名が書かれた項だったのだ。

「こちらは令嬢がご厚意で出してくださった本です。一見、ただの研究目的の資料ですが、ほら、頭文字を並べると」

「ほう、〈お・し・ご・と・お・つ・か・れ・さ・ま・で・す〉か」

「この日はこうです」

「なるほど〈そ・ん・け・い・し・て・い・ま・す〉。……つまりそなたらはすでに私的にこんな言葉を贈り合う仲だったということか。何だ、もっと早く言ってくれればこんな席を設けるまでもなく、即、婚約式を執り行うよう命じたというのに」

王がおもしろそうに声を上げて笑い出すが、ユーリアはそれどころではない。完全に固まった。

（いやあああ、私の密《ひそ》かな愉しみがばれてるっ）

しかもそれを国の頂点に立つ人たちの前で暴露されてしまった。

いったいどこでばれたのか。この顔合わせ相手は頭のよい人らしいから、ユーリアが不在の時に図書室に来て、たまたま貸し出し欄を見て気づいたのだろうか。どちらにしろ、

（お、終わったわ……）

ユーリアはがくりと椅子《いす》の背に倒れかかった。ここには噂好きだとエミリアから聞いた若い侍女たちもいる。きっとこの話は職務中に恋にうつつを抜かした娘と、悪名高き侯爵令嬢のさらなる汚点として王宮中に広がるだろう。

そんな魂の抜けた状態のユーリアに、畳みかけるように彼が言う。

「そういうことですので、陛下、侯爵閣下。どうかこのままこの話を進めていただけませんか。私もユーリア嬢も婚約に異議などありませんから」

有無を言わさず言われた。それにいつの間にか「ユーリア嬢」と名前呼びになっている。

(爽やかに見えてこの押しの強さは何？　それだけ貴族の後ろ盾が欲しいということ⁇)

異議を申し立てたい。が、誰にも秘密にしていたいたずらを看破されていたのだ。

(……他にもいろいろばれているかもしれない)

秘密にかくまっている火蜥蜴のことなど口にされては大騒ぎだ。これ以上、彼に話をさせてはいけない。どこまで知られているかを確かめて口止めしなくては。

ごくりと息をのんで彼の顔を見上げると、都合よくあちらから誘ってきた。

「両陛下と侯爵閣下のお許しさえ出れば、令嬢を温室に案内したいのですが。ユーリア嬢もよろしいですか？」

にっこり笑顔で返事をせまられて、ユーリアはかくかくと顔を縦に振る。

「ありがとうございます」

駄目押しとばかりに誠意いっぱいに微笑まれて、また魂が抜けかけた。耐性が本当にない。

結局、押し切られた形で二人で温室を歩く羽目になる。

王宮内にあるここは魔導の力で雪の積もる冬でも花が咲き、南方産のオレンジの木がたわわに実をつけた別天地だ。ひらひらと可憐《かれん》な蝶《ちょう》まで舞っている。

宮廷でも人気の散策路だそうで、閉ざされた部屋扱いにはならないのだとか。

「婚姻前の男女が並んで歩いても咎《とが》められません。ご安心ください」

彼に言われたが、それでも緊張する。というよりよくわからない。

さっきまでは爽やかな顔の割に押しの強かった彼だが、二人になった途端に、いわゆる男女の適切な距離をおき、たまに段差などがあると「気をつけて」と手を差し出すくらいで、自分からは話しかけてこなくなったのだ。

話しかけられてもどう返せばいいかわからないユーリアにはありがたいが、黙って二人で歩くのもそれはそれで気まずく、気になってくる。

（先ほどは陛下の前でも話しておられたから。口下手《くちべた》というのではなさそうだけど……）

もしや身分を気にしているのだろうか。こういう場合、男性が話題をリードするものだが、ユーリアは侯爵家令嬢だ。淑女を優先するのは男性の義務だし、通常、身分が上の者から口を開くことになっている。

（そのうえ私は〈高慢令嬢〉とうわさになっているもの）

貸し出し記録を持参したということは彼は図書室にも出入りしたのだろう。司書たちの陰口もきっと聞いている。

　前もって悪い先入観を持たれていると思うと恥ずかしくて逃げ帰りたくなるが、それはできない。どこまでユーリアの秘密を知っているか聞き出さねばならない。

　可愛い保護火蜥蜴のためだ。勇気を振り絞って話しかけた時だった。彼が口を開いた。

「あの、」

「ユーリア嬢」

　同時だった。

「し、失礼しました」

「いえ、こちらこそ。お言葉の続きをうかがっても？」

「あ、いえ、あ、あなた様こそ」

「大丈夫です。急ぎの話ではありませんから」

「そ、それは私もで」

「でも僕は先ずあなたのお声が聞きたいです。どうかお聞かせください」

「……」

　困った。聞きたいことはあるが、どう切り出せばいいかわからない。

（さすがにいきなり『あなたは私の秘密をどこまで知っておられますか』と聞くのも変……）

　下手をすれば藪蛇《やぶへび》になる。はくはくと唇を動かして、結局、あきらめて下を向く。

すると彼のほうから、くすりと笑ったような息づかいがした。

（え？）

顔を上げると、彼が口元に手を当て、顔をそらしていた。

「失礼しました。あなたがあまりに愛らしくて」

そんなことを言われたのは社交辞令でも初めてだ。思わず目を丸くして彼を見る。すると、彼はますます顔を赤く染め、息を詰めた声で言った。

「その、あまり見つめないでもらえますか。緊張して」

言われてぶしつけなまでに見ていたことに気づく。あわてて「申し訳ありません」と、視線をそらすと、彼が恥ずかしそうに言った。

「駄目ですね。先ほどは陛下も侯爵閣下もいらしたので、頑張ってご婦人が好まれるという強気な男を演じてみましたが。二人になるとやはり気の利いたこと一つ言えない」

「え……」

ユーリアはますます目を丸くした。

（もしかして、この方も緊張していらしたの？　こんな完璧そうな人が……？）

そう考えると親近感がわいた。少しだけほっとする。

そんなユーリアの心の緩みを察したのだろう。彼が「あの、これを」と言って、外套の隠しから分厚い紙の束をひっぱり出した。つい勢いに押されて手に取ると、手書きの字がびっしり並んでいる。彼がそっと言った。

「前にあなたが、図書室の裏庭で火蜥蜴を拾うのを見ました」

え、とユーリアは身構えた。誰にも見られていないと思っていたのに、見られていたのか。

火蜥蜴はルーア教の聖典では竜と同じく異端とされる生き物だ。火山帯に住み、硫黄混じりの煙を吐くせいで火を噴く悪魔の化身といわれている。

「僕がいる新設の魔導の塔は図書塔の隣で、部屋からあの庭がよく見えるのです」

彼が「どうか怯《おび》えないでください」と言って、続ける。

「僕はあなたが他の人のように聖職者に引き渡すと思いました。でもあなたは傷ついた火蜥蜴を大事に膝掛けにくるんで図書塔に戻られましたね？　優しい人なのだと思いました。きっと火蜥蜴の面倒を見ているのだろうと。それからあなたのことが気になって。よければこれを。僕の著書ではなく異国の書を抜粋して訳したものですが、図書室にはないものばかりです」

言われて、ユーリアは渡された紙の束を見る。驚いた。そこに書かれていたのは、ユーリアが知りたくてたまらなかった火蜥蜴の生態と世話の仕方だったからだ。

「火蜥蜴はこの辺りには生息していませんし、困っておられるかと思いまとめたのです。ですがあなたと会えるのは図書室だけですし、かくまったことは秘密にしておられるだろうと思うと持ち込むのもためらわれて。それで貸し出し記録を見てあなたの出勤日時を知ろうとして。あのいたずらに気づいたのです」

火蜥蜴について書かれた本は禁書だ。元々少ないうえ、見つかると燃やされてしまう。ただの訳と彼は言うが、これだけ集めるのは大変だっただろう。

それに貸し出し記録からあのいたずらを見つけるには、よほど注意しなくては無理だ。

(だって私、ばれないようにいつも並びをばらばらにして貸し出し記録を書いたから)

改めて、彼を見る。今度こそユーリアの顔から警戒の念が消えていた。

そんなユーリアに優しく微笑みかけて、彼が言った。

「いつも嫌な顔をせず本を出してくれてありがとうございました。やっとお返しができた」

「え？」

「……やはり気づいておられませんでしたか。僕です」

彼が言って、外套のフードを深くかぶる。ユーリアは王も同席する顔合わせの席なのに、何故、彼が古びた魔導師の外套を着てきたかを理解した。ふるえる声で言う。

「あなた、だったのですか……？」

深くかぶったフードで顔をすっぽり覆い、髪色すらわからなくなった彼は、ユーリアが密かに同好の士と親しみを感じていた、図書室の君《きみ》だったのだ。

再びフードを取ると、彼は恥ずかしげにうなずいた。

その穏やかな様子に、ユーリアの中でようやく図書室での彼と目の前の彼が一致する。

こんな幸運があっていいのだろうか。胸に喜びがこみ上げる。

「今までの親切はすべて覚えています。頼んだものだけでなく、僕が読みたがるような本まで一緒に出してくれましたね？　時間を無駄にしなくてすむように。僕は皆が忌まわしいと避ける魔導師なのに。ずっとお礼がしたいと思っていたのです」

それから、彼が聞いた。

「誰か、想《おも》う人がおられますか？」

言われて、どきりとした。何故か息ができなくなる。

「ぶしつけなことを聞きました。ただ、こんな機会はもうないと思うので。もしまだあなたの心が誰のものにもなっていないのなら、少しだけ、僕に時間をいただけませんか」

彼が真《ま》っ直《す》ぐにユーリアの目を見る。気圧《けお》されて、ユーリアは動けなくなった。

「僕はご存じの通り平民です。一人ではあの図書室にも入れない。あなたの婚約者の肩書きがあるのとないのとでは全然違うのです。もちろん、あなたにその気がないことはわかっています。ですからあなたに本当に好きな人が現れるまででいいのです。形だけの婚約で」

それを聞いて、急に胸が痛んだ。温かなオーブンでふんわり膨らみかけていた焼き菓子に、いきなり冷水を浴びせたような。そんなユーリアに気づかず、彼が必死に言う。

「いつでも破棄しますから。あなたは侯爵家の令嬢だ。この婚約話がなしになってもまた何かの話が持ち込まれるでしょう。なら、僕を虫除《むしよ》け代わりにしていただけませんか？　婚約中は何でもします。僕は魔導師だから異端の生き物を怖がったりしない。あなたの火蜥蜴の世話だって一緒にします。図書室塔におくのが不安なら、僕の家に連れ帰ってもいい」

ユーリアは答えられない。いつの間にかふるえ出していた手を握りしめて考える。

確かに自分が一人だと、またこんな話が持ち上がるかもしれない。その時、相手が彼のように気遣ってくれる人とは限らない。

（でも、こんなよいお話を受けるのは、ずるくない……？）

だってユーリアが好きなのは彼だ。もちろん好きといっても恋ではない。話に聞くような熱い想いはない。これは尊敬できる本好きに捧げる同志愛だろう。

それでもほのかな好意は抱いていて、ユーリアに他にそんな人はいない。

（なら、彼を解放してあげられる〈本当に好きな人〉が現れる時はこないかもしれない。それを黙ったままこの話を受けてもいいの？　こんな私にばかり利のある話を？）

彼をだましている。罪の意識にためらいつつ顔を上げる。彼の強い眼差しがあった。

『ですからあなたに本当に好きな人が現れるまででいいのです。形だけの婚約で』

彼は言った。つまり必要なのは婚約者としての立場。ユーリアを愛しているわけではない。婚約する前から、いや、恋心を抱く前から失恋が決まっている人だ。

だがユーリアはこんな熱のある瞳を見たのは初めてだった。

トクンと胸が跳ねた。いけないとわかっているのに、彼の熱に圧されてうなずいてしまう。

「ありがとう、ございます……」

ほっとしたように彼が言った。

「では、これからは僕のことは、リヒャルト、とお呼びいただけますか。そのほうが婚約者同士らしくて、陛下や侯爵閣下も安心なさると思うのですが」

「え、で、でも……」

「駄目、ですか？」

彼がしゅんと肩を落とす。真面目《まじめ》で誠実そうな彼がそんなそぶりをすると、心の底から落胆しているように見えて、ユーリアはあわてた。

「わ、わかりました、……その、人のいるところでは、そうお呼びします」

「はい。最初はそれで結構です。ありがとうございます」

ぱあっと彼の顔が明るくなって、ユーリアは思わず見惚《みと》れた。自分がすごくよい行いをした気分になる。

ぼうっとしていると、彼に手を取られた。あ、と声を出す間もなくユーリアの前に彼が跪《ひざまず》く。

「誓います。決してこの婚約を後悔させないと。あなたを幸せにすると」

ユーリアの手を掲げ、彼が言う。ユーリアは息をのんだ。美しい青年が自分の前に膝をついている。想像もしなかった光景だ。従妹のエミリアに跪く貴公子ならたくさん見た。が、自分が求婚者を見下ろすなど初めてで、とても現実とは思えない。

（これは、夢……？）

ユーリアは頭の中が真っ白になった。言葉を発することもできない。

その隙にまた、彼に圧しきられていたらしい。

いつの間にか「ユーリア嬢、婚約受諾！」の知らせが王たちに向かってなされていた。

それを知ったのは、わざわざ温室までやってきた王と王妃に、おめでとう、と祝福された後だった。ユーリアが固まっている隙に彼が魔導で知らせを送ったようだ。

まったく気がつかなかった。これでもう、あれは一時の気の迷いで、とは言えなくなった。

ユーリアと彼との婚約は決定事項となったのだ。

それからの彼は実に騎士的、かつ、誠実だった。時間を見つけては「婚約者殿へのご機嫌伺いです」と、文句のつけようのない見事な薔薇《ばら》の花束を手に侯爵邸にやってくる。

一つ一つの仕草が様になる。彼は女性のエスコートは初めてでと恥ずかしそうに言うが、完璧だ。ユーリアは侯爵家令嬢だ。社交界にこそ出ないが、それでも従妹がいる。邸に若い殿方が訪れるから、その所作を見ることがある。その誰よりも彼の動きは洗練されていた。

（これで社交界慣れしたら、この方、どうなるのかしら……）

いったいどこで覚えてきたのだろう。さすがは天才といわれる魔導師。末恐ろしい人だ。

その分、良心がチクチク痛む。つい流されて婚約を承諾したことが胸に重くのしかかる。

そのうえ、二人がうまくいっていると思ったのか、俄然《がぜん》、邸の皆が張り切り始めた。

「お嬢様、お似合いです」

「美男美女で目の保養ですわ。ご武運を！」

彼が訪ねてくると侍女たち総出で着飾らされる。

この婚約はあくまで形だけのもの。なのに皆に満面の笑みでお幸せにと言われて、両想いの恋人たち扱いをされると、本当のことを言わなくてはと思っても言葉が出ない。

それにユーリアはエミリアのような愛らしさがないことが弱みの娘だ。花の好みも大輪の薔薇の花束よりも手摘みの雛菊《ひなぎく》の花一つを喜ぶ、素朴な少女なのだ。リヒャルトの非の打ち所がない婚約者ぶりに圧倒されて萎縮《いしゅく》してしまう。

（どう考えても釣り合いが取れていないというか……）

いたたまれない。しかも。

「え、陛下の名代で王太子殿下が婚約式に来られることになったの？」

「はい。婚約証明書に署名する際には証人として立ち会ってくださるそうです」

王宮から破格の待遇を知らせる使者が来た。

王太子も王と同じく、側近の彼を気に入っているから個人的に祝ってやりたい、とのことだが、ユーリアはあまりに話が大きくなった婚約話に気が遠くなった。

（……贅沢《ぜいたく》だとわかっているのだけど。婚約承諾したことを、後悔してもいいですか？）

切実に、一人になって冷たい床に突っ伏したい。

3

その日は司書の仕事は非番だった。が、邸にいても落ち着かない。

ユーリアはいつもの文官服をまとうと、図書室に向かった。一日ゆっくりしたいので馬車も帰して、夕方に迎えに来てくれるように頼む。

ちょうどお昼時で人もいない。閲覧者も食事に行くし、司書たちも交代で休憩をとる。たいていの司書は温かな飲み物と食事を求めて、火を使える王宮内の文官専用食堂に向かう。なので人見知りをするユーリアはこっそり裏手の壁に沿った長い螺旋《らせん》階段を上った。

関係者以外立ち入り禁止の区画扉を開けると、そこは塔の上部に設けられた司書専用階だ。執務や作業に使う個室がずらりと並んでいる。夏は徹夜で本の修復や写本をして帰りそびれる司書もいるが、冬は寒いので誰も来ない。

「やっぱりここは落ち着く……」

ユーリアは与えられた個室に入り、修復するためにおいていた本を見る。手が動いて、つい、〈こ・こ・が・す・き〉と頭文字で綴ってしまい、あわててやめる。

（こんなくせ、子どもっぽいし、もうやめないと）

王の前で暴露された一件を思い出してため息をつきつつ、周囲を見回す。お気に入りの本に膝掛け、裏庭で集めた野の花の蕾《つぼみ》で作った香り袋。バスケットに入れて持ち込んだ温かな香草茶、それに図書室長室付属の厨房《ちゅうぼう》でこっそり焼いた焼き菓子の入った瓶。

貴族令嬢であるユーリアは自分でお菓子を焼く暮らしに憧れ、本で見たレシピを試してみたくとも邸の厨房には入れない。なので室長の許しを得て図書塔に隣接する側棟にある室長用の、来客をもてなす茶菓を温めるための小さな厨房を使わせてもらっているのだ。

狭いがここはユーリアの宝物でいっぱいだ。

それに、ここにはさらなる宝物が隠されている。

邸から持参したお昼ご飯の入ったバスケットに来客用厨房で焼いた菓子の瓶を追加で入れて、それから、よいしょと書棚を動かして壁に開いた穴から隣にある秘密の小部屋に入る。

秘密のといっても鍵《かぎ》も壊れて放置された開かずの物置だ。が、ここはなんと天井に穴が開いていて、今はもう古くて危険だからと閉鎖されている屋根裏階へ出ることができるのだ。

文官服の裾《すそ》をまとめてユーリアは器用に戸棚や箱を連ねた階段を上る。破れた天井をくぐると、そこはもう屋根裏階だ。その奥まった部屋の一つに、可愛らしい籠《かご》が置かれている。

近寄るとユーリアの足音を聞き分けたのか、クリクリした目の火蜥蜴が顔を出す。

『キュルルっ』

「ウルル、いい子にしていた？」

怪我《けが》をしていたのを保護した火蜥蜴だ。大きさは小型の犬ほど。短足で体が長い。名は背徳の極みだが異国の神からとった。図書塔自体は火気厳禁だが、王宮とは棟続きになっている。そのため、ここは隣り合わせた建物の煙突が壁の裏にあり暖かい。

傷の具合を見るためにウルルを膝に抱き上げると、掛けていた毛布の中からころころとドングリやキノコが転がり落ちた。

床に散らばった彼らは、あわてたように起き上がると細い手足を動かして再び暖かな籠の中へと戻っていく。

魔物、だ。

魔導師と同じく排斥されている、この国の森や山に住む不思議な生き物たち。

彼らは火蜥蜴のウルルとは違い寒さも平気で人の世話を必要としない。が、ここは居心地がいいようで気がつくと一匹増え、二匹増え、今ではけっこうな大所帯になっている。彼らがいるとウルルも寂しくないし、ユーリアも楽しいので歓迎している。

「お腹《なか》はすいていない？　今日は料理長がお肉をたっぷりのせてくれたの」

バスケットを開けると、そこには薄くパンをスライスして、肉や野菜をのせた彩り鮮やかで美味《おい》しそうな軽食、フレビーチェクが並んでいる。

スライスした玉葱《たまねぎ》にチーズ、サーモン、ローストした鴨《かも》や牛の肉、ハムにサラミ。

小さな魔物たちは大気中の精気を摂取するらしくお腹はすかないようだが、火蜥蜴は食べないと死んでしまう。はい、と香辛料のかかっていないところをより分けて差し出すと、ウルルが嬉しそうに食べ始める。ハグハグと目を細めて肉を頬張《ほおば》るさまはとても可愛い。

ここに連れてきた当初は人に怯えて水すら飲んでくれなかった。それがこうして手ずから食べてくれるようになったのだ。野生の獣を餌付《えづ》けしてはならないとわかっているが、ユーリアとしては嬉しい。

「きっとひどく人に傷つけられたのね」

だからユーリアのことも怖がったのだろう。こうして見ると本当に愛らしい生き物なのに。

火蜥蜴は通常、暖かな火山地帯に住み、怯えると威嚇のために硫黄臭のする煙めいた息を吐く。その姿が魔物のようだと恐れられている。だから異端扱いだ。

「でも、ただの山の生き物よね？　炎を吐くなんて俗信だもの」

怪我もするし、お腹だってすく。この子は珍しいもの好きの貴族が隠して持ち込んだか、生き物の研究をする学者が飼っていたものが逃げ出したのだと思う。

持ち主を探すべきだろうが、秘密で火蜥蜴を飼い、怪我を負わす相手なのだ。最初の怯えぶりを思うと元の場所に帰すのもためらわれ、せめて怪我が治るまではとかくまっている。

もっと食べて、と追加の肉を出していると、コンコン、と窓を叩く音がした。

振り仰ぐと、鎧戸《よろいど》が壊れて硝子《ガラス》窓がむき出しになった天窓に、まん丸い生き物が張り付いている。大きさは抱き心地のよい中型の犬くらい。小さな爪《つめ》の生えた四肢につんととがった角。蜥蜴《とかげ》に似た尾が丸い胴体についていて、背には小さな蝙蝠《こうもり》めいた翼が生えている。

「今日も遊びに来てくれたの？　ありがとう」

ウルルのように怪我をしているわけではないが、ここを隠れ家にしているといつの間にか遊びに来るようになった、野生の子竜だ。

ユーリアが窓を開けると小さな翼をパタパタ動かしながら入ってくる。ふかふかの膝掛けの上に着地し、俺にも寄こせ、と言わんばかりにこぢんまりした顎《あご》を横柄に動かす。ユーリアはくすくす笑いながら瓶詰めの焼き菓子を差し出した。

「はい。あなたはこちらね。ほんとうに甘い物が好きなのね。私、竜が雑食だと文献で見たけれど、まさかお菓子を食べるとは思わなかったわ」

実地調査は大切だ。実感した。

目を細めて火蜥蜴と子竜が食べるのを見る。高慢とうわさされているが本当のユーリアは可愛いものが大好きで、美味《おい》しいお菓子と本があれば満足。お気に入りの毛布にくるまりほのぼのしている、そんな少女なのだ。

「ウルルも早く脚の傷が治ればいいのだけど。そうすれば私が山まで連れていってあげる。火蜥蜴は火山帯近くの岩場で仲間たちと一緒に冬を越すのでしょう？　あの方にもらった訳に書いてあったわ。一人じゃ寂しいわよね」

自分も一人のユーリアはしみじみという。

「もっと暖かなところで世話ができればいいのだけど。邸の私室は私の物とは言いにくいし……」

昼は仕事で不在だし、侍女の出入りも多い。安全にウルルをかくまうことはできない。

「情けないね。自分の家なのに部屋一つ自由にならない。居候みたい」

言っていて、落ち込んできた。

(あの方は一緒に世話をすると言ってくれたけれど)

リヒャルトのことを思い出す。気が引けて、まだ頼めていない。それに実は面と向かってどころか、心の中でさえまだ名前で呼べていない。

「ウルルのことを考えると、あの方に預けるのが一番なのだろうけど」

何故かためらう。「僕の家に連れ帰ってもいい」そう言われて、心強くなったのは確かだ。

一人だけの異端者、そんな自分にも同類がいたのだと知らされたようで。

(でも、どこまであの方の言葉を真に受けていいか、わからない……)

ユーリアに恋愛経験はない。だが婚約してから、エミリアを訪ねてきた求婚者たちのことを思い出すようになった。

人の語らいを見るなどはしたない。すぐ立ち去るようにしていたが、それでも目に入る時は入ってしまう。そしてユーリアはそんな少し見ただけの場面でも覚えてしまうのだ。

といっても他人の私的な場面だ。思い出すなど盗み見をしているようで恥ずかしく、半ば封印していた記憶だが、彼といると落ち着かず、どう対応すればいいのか手本にしたいと、つい、気になって掘り起こしてしまったのだ。

すると彼の行動に疑問がわくようになった。

(エミリアの求婚者の殿方たちは、エミリアと一緒にいるだけで眼差しが熱を帯びていたわ)

彼と全然違う。リヒャルトはもちろん優しい。ユーリアを丁重に扱ってくれる。が、彼はエミリアの求婚者たちのように手を取っても口づけたりはしない。崇拝する女神のように額の前に掲げるだけだ。婚約を承諾させる時こそぐいぐい来たが、ユーリアが承知した後は腫れ物にふれるようというか、現状維持に徹しているところがある。

「形だけの婚約だから当たり前だけど、何かが違うの。別に心が欲しいとかではないのよ。この関係はそういうものと私も理解しているもの。なら割り切った態度を取られて当然なのに、そうではないから。気を遣わせているみたいで、こちらも気を遣うというか……」

落ち着かない。最初の顔合わせの時に「強気な男を演じてみました」と彼は言っていたが、その後も完璧な貴公子を演じているような無理のある嘘くささをひしひしと感じる。

もちろん、悪意からではなく、彼はこの婚約期間中だけでもよい関係を築きたい、形だけの婚約者になるユーリアに申し訳ないと、善意から、他から後ろ指をさされることのない完璧な婚約者になろうとしているのだと思う。だが、幼い頃から陰口に晒《さら》されてきたユーリアは、相手の素が見えない状態はかえって居心地が悪い。緊張してしまう。

(あの方が口にされる本音と建前、その差もわからないのだもの。頼るなんてとんでもないわ。社交辞令を真に受けて浮かれるのは、先方に迷惑よ)

火の気のない部屋で毛布にくるまり、火蜥蜴のウルルを膝に乗せて、ユーリアはもっと菓子を食べると暴れる子竜を抱き上げげた。温かなめし皮のような子竜の腹に顔を埋める。

「……嘘くさいけど完璧な婚約者とはどう対していけばいいの？　礼儀重視だと温度差があって冷たく見えるし、親しげに振る舞うと政略婚約なのに重いと思われるかもだし」

せめて彼にわずらわしいと思われないようにしたい。

ただそれだけなのに、人慣れしていないユーリアには高度な問題すぎて手に余る。胸までつきつきと痛んでくる。

ため息をついていると、木箱の向こうからぎしぎしと床のきしむ足音が聞こえてきた。

「やはりここにおったか、ユーリア。何かあると逃げ込んでくるの」

屋根裏階に通じる扉のものだろう、古びた鍵束を持った長い髭《ひげ》の、絵本に出てくる魔法使いのような老人が現れる。

「チ、チュニク室長様っ」

あわててウルルと子竜を毛布で隠して、礼をとる。

チュニクは図書塔の長だ。元は修道士だったが、学識を買われて王宮図書室の室長に迎えられた異色の経歴を持つ。訳ありのユーリアにもこだわりなく接してくれて、記憶力のことを打ち明けても引いたりせず、孫のように可愛がってくれる理想の上司だ。困っていたユーリアを書庫に配属してくれたのもこの人で、ユーリアは密かに〈師匠〉と呼んでいる。

「ご用でしたか。このようなところまで来させて申し訳ありません」

「いや、いいんじゃ、そなたは非番じゃろ。年をとると温石を抱いても座りっぱなしは冷えてな。たまに動き回らんと体が凍える。かといって外を歩くのは寒すぎるしの」

そこへ毛布をかぶせた子竜が、不満げにジタバタ暴れて顔を出す。

「あ、駄目っ」

「ほっほっ、ここは煙突の裏で暖かいか。なるほどよいところを見つけたな。じゃが暖炉の火も夜には消える。心配なら帰る前に温石を籠に入れておけばよい」

片目をつむった共犯者の笑みで言われて火蜥蜴の世話の仕方への助言であることがわかる。

「ありがとう、ございます……」

ほっとした。異端の生き物に皆はいい顔をしない。とくにここは貴重な書を収めた図書室だ。炎を吐くなど俗信でも、名に火のつく生き物をかくまってよいはずがない。

「よいよい、火蜥蜴は夏の繁殖期と抱卵期以外はおとなしい生き物じゃ。背と口腔《こうくう》内にある煙を出す火線も冬場はしぼんでおる。火事を起こすことはあるまい。それにこちらのほうも」

チュニクが手を伸ばし、迷い込んだ子竜を抱き上げる。

「大丈夫じゃろ。こりゃ普通の子竜ではなく、魔物のようだしの」

「魔物、ですか？　こんな大きさの竜型の魔物なんているのですか？」

「魔物は既存の果実や生物に取り憑《つ》く故、確かにこの姿は珍しい。竜は大陸南方に生息してこの国にはおらんしの。ま、上位の魔物は自分の好きな姿を精気を練って造ることができる。どんな姿でもとれるから竜型の魔物もいて当然じゃ」

　そう言って、チュニクは本物の竜との見分け方を教えてくれた。

「通常の竜であれば子竜のうちは翼が小さく、空を飛ぶことなどできん。が、こやつは体に不釣り合いな小さな翼でも宙に浮いておろう？　これは魔力を使っておるからだ。魔物の生態は知っておるな？」

「はい。大気中を漂う精気を糧に、己の魔力を養うと」

「陛下は最近、魔導の技を見直しておられる。腕のよい魔導師を王宮に招き、研究の場を与えておられる故、こやつもどこぞの魔導師が連れてきた使い魔かもしれんな」

「使い魔……」

「わしは昔、見たことがある。先王陛下が異端と取り締まられる前にな。というよりわしが若い頃にはたくさんいたからの。ま、今の陛下が〈魔導の塔〉を造られたし、これからは普通に見られるようになると思うが。そなたは怖くはないのか？」

「大丈夫、みたいです……」

昔から忌避感は少ないのだ。使い魔ではない普通の小さな魔物であれば邸の庭でも見ることがある。侍女が悲鳴を上げたりしているが、ユーリアは恐ろしいと思ったことはない。

「むしろ可愛いな、と」

邸の庭に現れる魔物は栗鼠《りす》やウサギ、毬栗《いがぐり》やキノコの姿をしたものが多い。皆、小さくて、ころころ、もこもこしていて、絵本の住人のように思えてしまうからだ。

そこで、あれ？　と思う。

(絵本って、私、どこで見たのかしら。邸には一冊もないけれど)

王宮図書室にあるのも大人向けの書物ばかりだ。記憶力がいいはずなのに思い出せない。

「だいたい、菓子を食べる竜などおらんぞ。いくら雑食でもな」

言って、チュニクが再び菓子にかじりついている子竜のまん丸い腹をつつく。

「ま、無理もない。美味そうじゃ。厨房で甘い香りがしていたのはこれかの。どれ、味見」

チュニクが瓶を傾け、小さな円錐形《えんすいけい》の焼き菓子を手に取る。ユーリアお手製のお菓子、ヴォスィー・フニーズダだ。ビスケットを砕き、練乳や洋酒を加えて練った生地を型に入れ、甘いクリームを詰めた、蜂《はち》の巣を象《かたど》ったお菓子だ。砕いたビスケットのざくざくした食感となめらかなクリームの調和がすばらしい。手間はかかるが作るだけの価値はあるお菓子だ。

「うむ、美味い。美味いものを食べて美味いと思えるうちは大丈夫じゃ」

頭をなでてくれる。それから、彼が試すように聞いてきた。

「ユーリアや、あの、火蜥蜴の好物について書かれた項はどこじゃったかの？」

「はい、閉架書庫西の五の棚の三段目、〈火山帯生物の生態〉の一八五項、下段ですね」

「さすがは歩く蔵書目録。相変わらずすごいの。重宝じゃ」

チュニクは満足そうに褒めてくれる。ユーリアの胸に自己肯定の希望がわく。でも。

「……そうか、まだ父御には認めてもらえんか。そなたの家は騎士の家系、こういった力がどれほど役に立つか父御はよくわかっておられんのじゃろう。じゃからそなたから天職をとり上げようとする。何とかしてやれればいいのじゃが、わしでは力がたりんしの」

チュニクが寂しそうな顔をした。婚約のことはすでに耳に入っているらしい。話が整えばユーリアも、本に囲まれて過ごせる夢のような司書の仕事を辞めなくてはならない。

「おれるうちは好きなだけおればいい。だがいつまでもこもってはおられんのも事実じゃ。目と耳を閉じていても外の者は待ってはくれん。勝手に小人が解決してくれるわけでもない。いつかは自分で向かい合わなくてはならんからの」

言われてユーリアは赤面した。昔、読んだ絵本の小人たち。夜、眠っている間に現れて、難事を片づけてくれる、主人公の絶対的な味方である彼ら。その存在を大人になった今でも憧れ、心の支えにしているのを、チュニクに見透かされていたからだ。

「とはいえ、そなたの本当の中身をわかって愛してくれる者が現れればよいのじゃが。そなたはよい娘じゃ。できればそんな相手が現れるまでわしが見守ってやりたかった」

「そのお言葉だけで十分です……」

それは夢だ。もう相手も決まり婚約話が進んでいるのだから。ここに居場所をくれただけで感謝している。それはチュニクもわかっているのだろう。それ以上は何も言わなかった。

では、ほどほどにな、と手を振って、階下へ戻っていった。


それからどれくらいウルルや子竜と遊んでいただろう。

まだ夕刻になっていないのに日が陰ってきた気がして、ユーリアは窓の外を見た。とたんに息をのむ。見上げた空にみるみる厚い雲が立ちこめ出したからだ。

(さっきまであんなに晴れていたのに)

風も吹き出し、雪も降り、あっという間に外は季節外れの吹雪《ふぶき》になっていた。

これでは馬車も出せない。侯爵邸からの迎えも無理だ。帰れない。

「夜までにやめばいいけど……」

さすがに外泊はまずい。とりあえず、ここが凍えないように戸締まりをしようとユーリアが屋根裏部屋を見回した時だった。火蜥蜴のウルルが妙な動きをしていた。

「ウルル、どうしたの?」

籠を覗き込む。するといつの間に入ったのだろう。子竜が底にいた。ぐったりとして目を閉じている。様子がおかしい。

「え？　嘘、どうして、さっきまで元気だったのにっ」

あわてて抱き上げたが目を開けてくれない。鼻先に手をかざすと息はしているようだが弱々しい。明らかに異常だ。

だがユーリアにはどうしたらいいかわからない。竜や魔物の生態は知らない。

ルーア教の教義では竜は聖典にも神の敵と明記された異端だ。魔物も見つけ次第滅さなくてはならないと言われている。だから昔は少ないながらも存在した彼らについて書かれた書は、二十年前のルーア教国教化以来、禁書として燃やされたか、王だけが鍵を持つ王宮図書室地下深くの封印書庫に隠されている。ユーリアでは見ることはかなわない。

子竜を救うすべを求めて辺りを見回す。窓の外に、灯が見えた。

「魔導の塔……」

裏庭を隔てた場所にあった武器庫を改装した、魔導師たちのための研究塔が、吹雪く大気の向こうにそびえていた。

魔導の塔には魔導師たちがいる。彼らはこの国で唯一、魔物の扱いに長《た》けた者たちだ。

そしてその中に〈彼〉もいるはずだった。

（この時間なら、まだいてくれるかも）

弱った子竜を前にためらっている時間はない。

意を決すると、ユーリアは子竜を抱き、立ち上がった。

4

弱った子竜を毛布で包み、吹雪の中、単身、彼のもとに駆ける。

幸い、魔導の塔には灯が点《とも》っていて、雪の中でも迷うことはなかった。途中までは回廊でもつながっている。雪まみれになりながら塔の戸口にたどり着き、門を閉めようとしていた門番に彼への伝言を頼む。門番はひどい有様のユーリアを見て、あわてて門番小屋に入れてくれた。濡《ぬ》れた体を拭《ふ》くようにと乾いた布を渡して、彼を呼びにいってくれる。

「イグナーツ嬢?!」

待つまでもなく、肩を揺らし、息せき切った彼が来てくれた。

「どうしてこんな……。とにかく、早く温かい飲み物を」

「私はいいのです。お願いです、この子を助けて」

雪や風が当たらないように固く毛布でくるんで抱きしめていた子竜を彼に見せる。彼は、はっとしたように見ると、「貸してください」と受け取ってくれた。

「……詳しく診ないとわかりませんが、メラムが足りずに弱っているようですね。僕の部屋に魔物が好むメラムを含んだ香や果実がありますから、そちらで治療しましょう」

促されて、塔の階段を上る。彼の部屋につくとユーリアは暖炉の前に座らされて、灰に埋めた鉄鍋から汲《く》んだ湯で手や顔を温めるように言われた。

彼は子竜をそっと寝台に横たえると、手足を温石で温め、細い管を口に差し込んで、搾った果汁や薄めた蜂蜜などを与え始める。

「……やはりメラムを失って昏倒《こんとう》していたようですね。何かに魔力を使いすぎ、消耗してこうなったのでしょう。しばらく体を温め、果汁を与えれば元気になりますよ」

ほっとした。

「あ、ありがとうございます……」

感謝して、ユーリアは彼を手伝おうとした。もう体も温まったし、子竜に与える果汁を作るのに、彼が部屋を忙しげに動き回っていたからだ。

ここは彼が魔導の研究を行う部屋だとかで、数々の本や資料、それに泊まり込むこともあるからと簡易の寝台や、小さいが水場まで備え付けられている。

「散らかっていてすみません。まだ引っ越してきたばかりで片づいていないんです」

言いつつ、彼が実験器具や食器が雑多に置かれた水場を恥ずかしそうに背で隠した。水を張った木桶《きおけ》に、洗うのが間に合っていないらしいフラスコや硝子管がつっこまれている。

「洗い物くらいでしたら、私でもできますから」

子竜を助けてもらった。せめて労働で対価を払いたい。ユーリアは水場へ近づいた。汚れたフラスコに手を伸ばすと、彼があわてたように遮った。さっきまで果汁を搾ったりと水気のあるものを扱っていたからか、袖をめくった彼の腕が目に入る。

息が止まるかと思った。魔導師という職から彼を知的労働専門の文官系だと思っていた。だがその腕はユーリアとは比べものにならないくらい太く硬く、強そうで、力を込めるたびに筋肉の筋が浮かんで、男性の腕であることを示していたのだ。改めて彼を異性と意識する。

(私、夢中だったけど……)

子竜はいるが眠っている。他に人はいない。成人男性の部屋に二人きりだ。

(……これ、未婚の令嬢として、してはいけないことをしてはいない?)

ざっと血の気が引くのが自分でもわかった。今度こそ深い穴に埋まってこもりたい。

(ど、どうしよう。恥知らずな女と悪評がたったら。いえ、それよりこの方になんと思われた?!)

婚約予定とはいえ、いきなり相手が私室まで押しかけてきたら普通は引く。

(しかも私、髪もこんなで、服も濡れていて)

あられもない格好だ。乱れた髪など夫にしか見せてはならないものだ。しでかした。

ユーリアははくはくと唇を動かした。声が出ない。そもそも何を言っていいかわからない。

「あなたにも治療が必要のようですね」

彼が袖を下ろして腕を隠し、困ったようにユーリアを見た。

「大丈夫です。魔導師は薬師として女性の脈を取ったりもしますし、今のあなたはこの子の付き添いです。命のかかった非常事態でしたし、身だしなみが多少乱れていても礼儀作法には目こぼしを願いましょう。門番にも今日のことは口止めしておきますから。……と、言いましたが、実は二人きりではないのですよ。ほら」

彼が出ておいで、と、寝台と奥とを隔てていた衝立《ついたて》を動かす。とたんに、ぴゅっと宙を滑空してきたのはモモンガだ。いや、違う。額に角が生えている。モモンガの姿をした魔物だ。

「え、この子は……？」

驚く間にも、ぴょんぴょん、ぴょこぴょこ、いろいろ出てきた。栗鼠の姿をした魔物や、毬栗の姿の魔物や。皆、人に慣れていて、物怖《ものお》じせずユーリアの肩や手に飛び乗ってくる。

（か、可愛い……！）

つい、体が悦《よろこ》びにうちふるえてしまう。彼がそれを微笑ましそうに見た。

「やはりあなたは魔物が怖くないのですね」

言われて、赤面する。

「よかった、怖がらないでくれて。一時的なものとはいえ魔物を怖がる方を魔導師の婚約者にしていいかと悩んでいたのです。僕が何故あなたとの婚約を望んだか知っていますか？」

「え？　それは……」

王命だからでは。平民出の魔導師に箔をつけるために。

「貴族の娘なら誰でもいいというわけではないのです。ルーア教が国教となって二十年。今ではすっかりこの国でも魔物や竜は異端とされている。弱っているものを見つければ石を投げて殺します。ですがあなたは火蜥蜴やこの子竜を見つけた時、救おうとしたでしょう？」

そんな人はなかなかいないのです、と彼は言った。それはユーリアを肯定する言葉だ。

「あなたは騎士が愛を捧げるにふさわしい気高く優しい心を持つ貴婦人だ。本来、平民の僕など傍にも寄れない。あなたの周りにいる華やかな貴公子が薔薇なら僕はただの野草です」

言って、彼が戸棚から小さな紫の花をつけた緑の植わった鉢を取り出した。

「菫……？」

「この季節では野に花は咲いていません。こっそり魔導の力を込めて種から育てました。陛下のご厚意で王宮の温室の花をあなたにいくらでも贈っていいと言われましたが、僕は自分の手で摘んだものをあなたに差し上げたかったのです。やっと花が咲きました。明日《あす》にでもあなたの元に届けようと思っていたので、ちょうどよかったです」

予定より一日早くなりましたが、今日のお土産《みやげ》です、と、鉢ごと渡された。

「こんな粗末な贈り物をする男ですが、それでもあなたに愛と忠誠を捧げてもいいですか？」

不安げに顔を覗き込まれて、ユーリアは思った。

（この人は、ちゃんと私を見てくれている）

ずっと嘘くさいと一線を置いていた。態度を決めかねていた。なのにここまでしてくれる。

（こんなの、公平じゃない。だって私にここまでしてもらう資格なんてないもの）

「わ、私はあなたの思われるような娘ではないのです。あなたは外れ籤《くじ》を引かされただけで」

ユーリアは思わず言っていた。彼はうわさを知らないのかもしれない。貴族ではないから。なら黙っているのは誠実ではない。

「私のほうこそ、傷物の令嬢なのです。母を殺した罪人で、父にも愛されていなくて……」

記憶も欠けている。自分が何をしたかさえ覚えていない。爵位を継げるかもわからない。それをすべて話した。この関係を終わらせるなら終わらせて欲しいと。どうしても続ける必要があるなら今のような気遣いはいらない。放置してくれていいのだと。

「形だけの婚約者にふさわしい扱いでいいのです。私は不満など言いません」

彼は黙って聞いてくれた。そして言った。

「……それを言うなら僕は孤児ですよ。物心ついた時にはすでに父も母もいませんでした。だから自分がどういういきさつで生まれたか、自分の記憶は一切ありません」

「え」

「成長してから大人たちがいろいろ教えてくれました。が、その真贋《しんがん》を確かめるすべもない。だからあなたの自分で自分がわからない身の置きどころのなさは少しはわかるつもりです。だから僕はそのお話を聞いてもあなたが罪を犯したとは信じられない。真実はあなたの失われた記憶の中にあると思ってしまう。が、思い出して欲しいと願うのはあなたの心を思うと時期尚早でしょう。だから無理は言いません。でも、その代わりに取引をしませんか？」

「取引、ですか……？」

「はい。あなたがこの婚約は公平ではないと気に病まれるなら、きちんと線を引きましょう。契約といってもいい。僕の望みは前と同じ。あなたの傍にいられる、あなたの婚約者としての立場です。代わりに僕はあなたの居場所を作りましょう」

言って、彼が、陛下から出された婚約条項を確認されましたか、と聞いてきた。

「婚約後、僕は貴族社会に馴染《なじ》むため、侯爵家の邸内に私室を与えられることになっています。そして魔導師なら使い魔や研究対象とする火蜥蜴をつれていてもおかしくありません。留守がちで世話をしきれないところを、婚約者であるあなたに代わりに世話をしてもらう、という場合があっても許されるのでは？」

それはつまり、ウルルとこの子竜を侯爵邸に連れ帰って世話ができるということだ。

（でもそれは私の利でしかない。彼に甘えていい理由にはならない）

まだ一歩、踏み出せない。彼は少し寂しそうな顔をすると、話題を変えるように窓を見た。

「吹雪がやんだようですよ。送っていきましょう」

言われて目をやる。いつの間にか窓から鈍色の光が差してきていた。

「もうこんな危険な真似をしてはいけませんよと言わなくてはならないのでしょうけど。実はあなたが来てくれて嬉しかったのです」

やっと頼ってもらえたようで、と彼はくすぐったそうに微笑んだ。

「今までずっと心苦しかったのです。この婚約は僕ばかりが得をするから。だからこれからも何かあれば頼ってください。この婚約はあなたにも利がある、そう僕に思わせてくれませんか」

薄暗い部屋に淡い光が差し込む。

気がつくと今度はユーリアの方が逆光の中に立っていた。顔合わせの時と違って、彼の表情がよく見える。優しい包容力のある顔だ。だがよく見ると瞳が不安げに揺れていた。

こんな顔をさせたのは自分だ。この婚約状態が不安だと我儘《わがまま》を言って。

そう思った時、とくん、と心臓が音を立てた。

優しい彼。完璧で嘘っぽい。でもこの顔は〈素〉だ。そして思った。いや、気がついた。

（私は、この人が好きなのかもしれない）

同好の士としてではなく、婚約相手として。

（だからこんなに気になる。どう思われているかと悩んで、対応を決めかねてしまう。重荷になっているのでは、嫌われるのではないかと怖くて、いっそふられたいと思ってしまう）

きゅっと胸が痛んだ。無駄な恋をしてしまったと、気づいてしまったから。

だって最初から失恋が決まっている恋だ。

親切な彼はきちんと断って政略上の関係だと線を引いてくれた。だからこの後どれだけ婚約関係を続けても、この人からは愛は返ってこない。優しさを求めるのはよくても、恋人の座は与えてもらえない。それどころかこの恋心は隠さなくてはいけない。

（気まずくは、なりたくないから）

また胸が痛んだ。だけど。

（愛はなくても私はいろいろなものをこの方からもらった。出会う前より確実に幸せよね？）

ユーリアは記憶力がいい。彼とすごした時間はすべて覚えている。死の瞬間まで。

彼はユーリアに笑いかけてくれた。膝をついて求婚してくれた。凍えたユーリアを心配して、手ずから育てた菫の花をくれた。たくさんの優しい記憶をくれた。十分すぎるくらいだ。

なのにユーリアはエミリアの求婚者たちと彼を比べていた。態度が嘘っぽいと子どもみたいに拗《す》ねていた。恥ずかしい。悪いのは勝手に恋した自分なのに。

（彼の態度が嘘っぽくてもいいではないの。肝心なのは、私がどうしたいかよ）

政略相手を愛せないのは、彼のせいではない。なら、一人でいじけてなんかいたくない。

だって、彼は初めて好きになった人だ。

与えられた優しさを返したい。王命だからしかたなくではなく、自分がしたいから。この人の望みを実現する手助けがしたい。この人に「役に立つ娘だった」とよい記憶を残して欲しい。だから自分の意思で彼と形だけの婚約をする。

もちろん彼にとって自分は貴族社会に入るための許可証でしかない。

だけど、それでいい。自分は今まで誰からも求められたことのない、傷物の令嬢だ。彼はそれを求めてくれたのだ。こんな自分を必要と言ってくれるのは、この先の人生をどれだけ生きてもこの人だけだと思う。

だから大切にしたい。彼の後ろ盾になれるならユーリアは初めて自分の生まれに感謝する。

「……私、あなたがお相手でよかったと思います」

ユーリアは言った。それは今まで流されるだけだったこの関係を、前向きに受けるという意思表示だ。彼もそれがわかったのだろう。一瞬、驚いたように目を見開いた。

それから、そっと確認するように聞いてきた。

「あなたを、汚してもいいですか？　魔導師である僕がふれても……？」

ユーリアはこくりとうなずいて、契約の証《あかし》に彼に手をのべる。彼はその手を取ると、恭しく口づけてくれた。世の求婚者たちと同じに。ユーリアに偽りの幸せを与えるために。

初めての彼からの口づけはどこか切なく、それでいてふるえが出るほど誇らしかった。

◇◆◇　◇◆◇　◇◆◇

彼女を邸まで送り、塔の私室に戻ると、リヒャルトはため息をついた。いらだたしげに髪をかき上げる。彼女の去り際の表情が頭から消えない。

強くて、儚《はかな》げで。……それでいて、涙をこらえているような。

「……おい、いつまで仮病をつかっている。起きろ、ウシュガルル」

ゴン、と暖炉の前に置かれていた子竜の入った籠を蹴《け》る。

さっきまでのぐったりした様子はどこへやら、無邪気さの欠片《かけら》もない傲慢《ごうまん》な顔をした子竜がにやりと笑って起き上がった。器用に子竜の姿のままあぐらをかき、人語を操る。

『フッ、名演技だったであろう？』

この子竜、いや、魔物はウシュガルルという。昔は異教の神であったこともあるという、高位の魔物だ。

一般に魔物は魂核と呼ばれる、大気を漂う〈気〉の塊のような姿で生まれる。そしてそんなもろい本体を守るために、彼らは果実や死産だった動物の胎児など、精気《メラム》が凝縮したものに取り憑き、器とする。なのでこの大陸に住まう魔物はたいてい茄子《なす》や毬栗、栗鼠や熊《くま》といった既存の果実や生物の姿をしている。

が、力のある上位魔物は己の力で大気に漂うメラムを集め、好きな姿を取ることができる。

今は子竜の姿をしているが、このウシュガルルも上位魔物だ。子竜の他にも別の姿をいくつも持つうえ、人知の及ばぬ高度な魔技を操ることができる。

行き場のない赤児だったリヒャルトを養育してくれた魔導師の家系ドラコルル家。ウシュガルルはその家の女当主と使い魔契約をしている。なので旧知の間柄だ。

「あの吹雪もお前のしわざか」

『天候を操るのはさすがに肩が凝った。体調不良はあながち嘘でもないぞ』

おい、何かよこせ、と言うので、彼女に贈ろうと取り寄せていた貴重な干し果〈氷果〉の入った箱を差し出す。昼夜の寒暖差に晒し、糖度を濃縮した葡萄《ぶどう》を干した氷果は魔物が好んで摂取するメラムを多量に含んでいる。ウシュガルルは喜んでその場でつまみ始めた。

『意中の君をここまで誘導してやったのだ、我に感謝せよ』

「誰も頼んでいない。それよりお前のせいで彼女があんな危険な真似をしたんだ。雪の中、倒れでもしていたらどうする気だった」

『あの娘には王太子がはりつけた護衛がついておろう？　すぐお前にも知らせがいっただろうが。だから塔に着いた時の出迎えが異様に早かったのだろう？　問題ない。それよりもいくら押しても相手の心がはっきりせず四苦八苦していたのは誰だ。現にあの娘、婚姻前の憂鬱《ゆううつ》というのか？　そなたの態度が嘘くさいと悩んでおったぞ。このままなし崩し的に婚約していいのかと。それが我を共に看病するうちに、愛とまではいかんが信頼関係が生まれただろうが。感謝されこそすれ、文句を言われる筋合いはない』

そなた、女の扱いが下手だの、と言われて、ぐっとつまる。

そこへ笑う声がする。見ると隠し扉が開いて、王太子が顔を出していた。

元が古い武器庫のこの塔は、遠い昔に造られた王族のみが知る抜け道がある。それを知る王太子がわざわざ自分の居室とつながるここを、リヒャルトの部屋にと指定したのだ。

「……殿下、いつからそこに」

「わりと最初からだ。貼り付けた密偵から彼女に動きがあったと聞いて駆けつけた。感謝しろよ。遠慮して乱入せず、観察するだけにとどめてやったのだから」

「遠慮するなら気配を消して盗み見などせず、さっさと立ち去ってください」

彼女が来たのは一刻も前だ。その間、彼女を前に慣れない紳士のふりをするのを見られていたかと思うと、相手が王太子だろうが関係ない。特に彼女が見せたあの顔を、忘れろ、と襟首をつかんでゆさぶってやりたくなる。

怨《うら》み目線を送るが、王太子は無視した。気安く氷果をつまみウシュガルルに話しかける。

「ウシュはいつ、こちらに来たのだ？　ドラコルルの養母殿の実験を手伝っていたのでは」

『その養母殿が養い子のことを心配したのでな。様子を見てきて欲しいと言われた。土産まで持たされたぞ』

言いつつ、ウシュガルルが、ぽんっ、となにもない空間から木箱を取り出す。

蓋《ふた》を開けて、リヒャルトは苦笑した。中は世の母親が下宿先の子に送ると聞く、心づくしの食べ物でいっぱいだったからだ。

「かぼちゃなんてこちらでも手に入るのに」

『それが養い母の愛というものだろう。顔が緩んでおるぞ。かぼちゃは栄養がある故、腐らせず必ず食すようにとの伝言だ』

「いいなあ、お前だけ。俺も養母殿の子になりたい。お。生かぼちゃだけじゃなく、パイもあるじゃないか。養母殿のパイは美味いんだよな。てか、これ、俺の好物の胡桃《くるみ》と芥子《けし》クリームのパイじゃないか？　さっすが養母殿。俺の分も入れてくれたんだ。さっそく食べるか。おい、皿はどこだ？　いや、いい。このまま丸ごとかじる」

王太子が嬉々《きき》として横から手を出し、油紙で包まれたパイの一番大きな塊を取り出す。

「殿下。毒見は」

「堅いことを言うな。ドラコルル家からの品にそんなものが入っているわけないだろう。俺の体が持つ抗原にしても、親よりもよくご存じだしな」

魔を操ると迫害されているドラコルル一族は古くから魔物と契約し、彼らに捧げる香の調合を行ってきた。そのため薬学の知識に長けている。

そこを見込んで、以前、王が病いがちだった幼い王太子をドラコルル一族に預けたことがある。王太子とリヒャルト、それに使い魔のウシュガルルは共に育ったのだ。成長した今も幼なじみの悪友のような間柄で、他に目のない場所では身分や種族に関係なく接している。

そんな彼らだから当然、人や魔物への忌避感はない。先王が行ったルーア教国教化にともなう魔導師や魔物への迫害には憤りを感じていた。国を強化するためという政治的な理由からでも、魔導師の地位を向上させる現王の政策には賛成だ。

（だが、そのためとはいえ、彼女を巻き込むのは反対だったのに）

もっと早くに王が画策している縁談相手が彼女とわかれば断っていた。だが遅かった。最悪の形で彼女を巻き込んでしまった。王が彼女の身辺調査を行ったことで、今まで彼女を放置していた〈彼ら〉を刺激してしまった。

（彼らの動きを防ぐには、不本意でも、彼女に婚約を承諾させざるを得なかった……）

もちろん事が終わればすぐ解放するつもりでいるが、機密なので彼女には言えない。

それに自分こそ訳ありだ。王の思惑はともかく、まともな婚姻などできるわけがない。それだけに何も知らない彼女を追い詰め、遭難させかけたウシュガルルには腹が立つ。

「ただでさえ彼女には魔導師と婚約したという不名誉な傷をつけてしまったんだ。僕と婚約している間は自由に恋もできない。他からも嘲笑《あざわら》われる」

優しい彼女は我慢して受けてくれた。が、申し訳なさすぎていたたまれない。

ため息をつくと、王太子がわかっている、とパイかすを口元につけたままうなずいた。

「まあ、養母殿が心配するのも無理はない。彼女と婚約することで彼女だけでなくお前も政治の表舞台に立つ。〈彼ら〉の矢面に晒されることになるからな。相変わらず外の風は強い。侯爵家には脅迫まがいのものまで送りつけられているらしいぞ」

ついでだ、これを見ろ、と王太子が出したのは嘆願書の束だ。すべて婚約に反対している。

「……この中に、〈彼ら〉からのものも？」

「いや。簡単に尾を出すなら父上も苦労しない。相手は何百年も年を経た老獪《ろうかい》な化け物だ」

それから、真面目な顔になって、王太子が言った。

「まだ、彼女の記憶は戻らないのか」

つい、眉をひそめる。

「お前が自然と戻るよう誘導するほうがいいと言うから任せているが。もう時間がない」

そう言う王太子の顔は真剣だ。口元のパイかすもいつの間にかなくなっている。

「元はと言えば父上の政策から派生した一連の動きだ。俺も責任を感じている。だから彼女をお前に任せた。が、そうやって紳士ぶって適切な距離とやらを取りすぎていると横からかっさらわれるぞ。惚《ほ》れているんだろう？」

どきりとした。脳裏に柔らかに微笑む、子どもの頃の彼女の姿が浮かんだ。

「……惚れてはいません。彼女の侯爵令嬢でありながら驕《おご》らない人柄には好感を持ちますが」

彼女は巻き込まれただけ。この国のためにも守り切らなくてはならない。ただ、それだけだ。

王太子が、やれやれ、というように肩をすくめる。

「とにかく早く彼女の信頼を得ろ。侯爵家に入り込め。彼女は〈鍵〉だ。あの化け物を退ける力になり得る。お前が手こずるようなら俺が娶るぞ？」

「無茶を言わないでください。王族をこんな内偵めいた婚約に使うわけにはいかないでしょう」

ただでさえこの王子は目立つ。自分も目立つほうだが、彼よりはましだ。

「これでも顔合わせ当初よりはましになったんです」

今日は初めてまともに話せた。が、すかさずウシュガルルがつっ込んでくる。

『いや、あれはましになったとは言わんだろう。会話にすらなっておらんかった』

「だな。俺も見ていたが一方的にお前がしゃべっていただけだ。彼女は顔をうつむけたままだったし、体が硬かった。まだ警戒心が残ってる」

王太子までが真顔で言ってきて、リヒャルトは頭を抱えたくなった。

「確かに正体を明かす前の、図書室で本の受け渡しをしていた時のほうが表情がやわらかかったですが……」

あの頃は必要以上に声も出さなかったのに、本の題名に言葉を綴ってくれるほど歩み寄ってくれていた。なのに顔を晒して、「先ず外堀を埋めろ。強気の態度は女性受けするからな」との王の薦め通りにしたとたんに、正視すらしてもらえなくなった。

「いそいで演技の方向を変えましたが、何故でしょう。彼女の信頼を得るべく動いたことごとくが裏目に出ている気がして」

ウシュガルルが偉そうに鼻で笑った。

『ま、お前の場合、よちよち歩きの幼児の頃よりよかれと思ってやったことがすべて裏目に出ておるからな。今さらだ』

「血筋だろうな。母方の。そう落ち込むな。もう一押し、協力してやるから。侯爵邸で開かれる婚約披露の宴《うたげ》に俺も参加してやろう」

　王太子もにやにや笑いながら言った。

「臣下の婚約でここまでするのは異例だぞ？　これで外堀埋めは完璧だ。動けば動くほど裏目に出るならお前はこれ以上、動かずおとなしくしておけ。俺もたいがい墓穴を掘るほうだが、彼女への思い入れが少ない分ましだろう」

　上から目線で話す王太子に少し腹が立った。だが他に婚約を確固たるものにする案はない。渋々ながらリヒャルトはうなずいた。

◇◆◇　◇◆◇　◇◆◇

「えっ、王太子殿下が婚約式後の宴にも出てくださることになったの？」

「はい、お嬢様。侯爵邸で行う婚約披露の宴に出席してくださるそうです」

　王宮からまたまた破格の待遇を知らせる使者が来た。

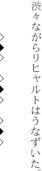

　ユーリアはあまりのことに魂が抜けるかと思った。
（……彼の後ろ盾になる覚悟はつけたけれど。どんどん話を大きくしないで欲しい）
　王族の降臨があるとなると今まで以上に準備に気を抜けない。それからは婚約式及び、その後の婚約披露の宴の用意が急速度で進んだ。何しろ顔合わせから式まで一月もない。

「殿下が来られるとなると当然、参列人数も増えますね。席次も大幅に変わりますし」

全員が宴の卓に着くのは身分上からも不可能だ。王太子と侯爵家に近しい者だけで会食を行い、他は立食形式で参列してもらうことにする。広間や階下の部屋もすべて開放して、臨時の給仕も雇って、招待する人数が多いので、さすがの広大な侯爵邸もいっぱいだ。

その手配に伯母も疲労困憊《こんぱい》だ。ユーリアはもちろん、エミリアも里下がりして準備を手伝う。忙しすぎて今までのような婚約前の憂鬱を感じている暇もない。

伯母がきりりと顔を引き締めて訓示する。

「警戒しすぎるということはありません。死ぬ気で用意なさい。この婚約を快く思わない者もいます。イグナーツ家の者ならば一寸の隙も見せてはいけません」

「ですが今回の話は王命では。不快に思う者がいても何も言えないのではありませんか」

王に逆らってまで止めることなどできない。そう言うと、「甘い！」と一喝された。

「まだ正式に婚姻を結んだわけではありません。お相手はもちろん、我が家が恥を晒す事態になれば貴族家の面子《メンツ》もあります。王命の婚約とはいえ破談となるでしょう」

言って、伯母が数十通の手紙の束と、インクをぶちまけられて使いものにならなくなったテーブルクロスや緞帳《どんちょう》などの布地を見せてくれた。

「伯母様、これは……？」

「妨害工作です。手紙は脅迫状。差出人の特定まではできていませんが、邸内で工作を行った者は見つけ、暇を出しました。戦いはもう始まっているのです」

きっぱりと伯母が言う。我が家はいつから戦時に突入したのだろう。

「内通者を邸内から出すとは私もまだまだですね。ユーリア、あなたは母親に似て線が細い。不安にさせてはと言わずにいましたが、見てみなさい」

伯母がずいと脅迫状の束を差し出す。

「毒や紙の間に紛れ込ませてあった刃物は取り除いてあります」

怖い。が、断るわけにはいかない。開いてみると内容は様々だ。平民の、しかも魔導師の血を侯爵家に入れるのか、貴族の誇りを忘れたかというもの。魔導師を婿にと懐柔して首輪をつける気かという魔導師側に立って反対するもの。それに彼に憧れる令嬢からか、あなたなんかふさわしくないわよ、という、これらの中だと可愛らしく見える中傷の手紙まであった。

「私の入り婿の座を狙った、殿方からの駆け落ちの誘いまでありますね。あなたを恐ろしい魔導師から救って差し上げますと」

ただ、それらに共通するのは。

「……すべて、この婚約に反対、なのですね」

生々しい悪意の数々に、ユーリアは唇を噛みしめる。伯母が一喝した。

「何を臆《おく》しているのです。それでもイグナーツ家の嫡子ですか！　これはいわば我が家への宣戦布告。婚姻とは政争の中で行われる家と家との同盟契約。横やりが入るのは当然でしょう。挑まれたからには正面からねじ伏せるまでのこと！」

さすがは、始祖王、聖王シュタールのおわす本陣を護《まも》りきり、戦線を突撃槍《やり》一本で支えたという逸話をもつ騎士の一族、イグナーツ家の血を引く人だ。どちらかというと聖域育ちで浮世離れしていた母に似たユーリアはたじたじになってしまう。

「まったく。あなたはしっかりして見えて中身がほやほやしているからすぐどこかの穴にはまりそうで気が気ではないのです。逆にエミリアは父親に似たのか甘い外見に見えて中身が世知辛すぎるのが困りものですが。あれでは外見にだまされてあの子を娶る相手が気の毒で」

伯母が嘆息するのにどう相づちを打てばいいかわからない。

「とにかく。恋とは男と女の一騎打ち。婚約、結婚となれば一族をあげての全面対決です。イグナーツ家は騎士の家系。娘の初陣にはこれをつけると家訓で決まっています」

と、代々伝わるという銀の剣と槍を象ったブローチを手ずからつけてくれた。

ついでに、当日の式次第やメニュー表、席次を書いた紙などを渡される。

「え？　あの、伯母様？」

「あなたも夫を持つのです。いつまでも子ども気分で甘えていられては困ります。次期女侯爵として侯爵家を仕切る練習です。あなたが主導なさい。まずは流れを整理するために私とあなた、それにエミリアでそれぞれの作業を監督する分担を決めますよ」

……伯母には嫌われていると思っていた。侯爵家の汚点だと。家督を狙っているというのは言いすぎでも、家名に泥を塗ったユーリアは厄介者だろうと。

「口さがない者が何を言っているかは推測できますが。私には夫の残した財があります。エミリアもあの通りの容姿と性格、身分ある夫に不自由しません。私たち母子がここにいるのは、あなたがあまりに頼りないので女主人役を代行するため。それを勘違いしないように」

ふん、と、伯母が顔を横に向ける。

「誰に言っても信じませんが、少なくとも私はクレオを友と思っていました。弟のために国を捨ててまで嫁いでくれた人です。儚げに見えて芯《しん》に戦士の魂を秘めていると認めていました」

クレオ、とは母の名だ。伯母が言うと友が〈戦友〉に聞こえるが、嘘はないと感じた。

(私、何も見えていなかった……)

いや、見ていたはずだ。ユーリアは一度見たことは忘れない。言われてみればあの時もあの時もと、伯母が別邸の母のもとを訪れた時の光景が脳裏に蘇る。伯母は世慣れない母を気遣い、母も伯母に感謝していた。

ずっと居場所がないと思っていた。侯爵家令嬢のドレスを身にまとうのが重かった。

でも、今は。自分の心の持ちようだったのだと知った。自分が嫌いだったから侯爵家にふさわしくないと居心地悪く感じていただけ。過去の罪に怯えて萎縮していただけなのだ。

外の人や父はともかく、伯母や邸の者たちはユーリアをこの邸の娘と認識してくれていた。

与えられたものを自ら拒絶していたのだ。

ああ、この婚約はいったいいくつ新たな気づきをもたらしてくれるのだろう。

ユーリアを肯定してくれた時の彼の顔もが脳裏に浮かんで、ユーリアは言っていた。

「……伯母様。遅くなりましたが、私も参戦してよろしいですか？」

彼を支える貴族の位を維持するため、イグナーツ家を切り盛りし護っていく戦いに。

伯母は語らぬ部分もすぐ気づいてくれた。重々しくうなずく。

「よろしい。気構えができたのであれば戦場に伴うことに異存はありません。ただしあなたはまだまだ未熟。一従卒扱いから始めますから、そのつもりで」

「はっ、り、了解いたしました」

伯母の気迫に圧されて、つい、書物で知った騎士の敬礼を真似ていた。伯母は、ふん、なんと無様な、と眉をひそめながらも腕の角度を直してお褒めの言葉をかけてくれた。

「未熟でも一度注意したことは忘れない。覚えのよさはクレオと同じ。認めてあげましょう」


そうして、とうとう婚約式当日となった。

ユーリアは緊張して式に挑む。彼と一緒に聖堂で婚約証書に署名をする。証人には宣言通り王太子がなってくれた。聖職者には冷たい目で見られたが、これはしかたがない。

(魔導師が堂々と聖堂に入るだけでも聖職者の方々からしたら屈辱だもの。殿下がいらっしゃらなかったら、式を行うこと自体を拒否されていたかも)

聖堂でこれだから、聖域に魔導師復権を認めさせようとしている王は大変そうだ。

だからだろうか、王太子は少しおつかれ顔だ。

(あら？)

リヒャルトと共に王太子の前に並び、感謝の礼をとったユーリアは心の中で首をかしげた。

王太子は勉強家だ。半月に一度は供をつれて図書室を訪れる。なので引きこもりのユーリアでもその姿を見たことがある。当然、近侍であるリヒャルトも一緒にいた。

が、その時のリヒャルトはフードをかぶっていた。なので顔を見せた状態で彼と王太子が一緒にいるのを見るのは初めてだ。だからだろうか。

(似ている……？)

そう感じた。だが気のせいだろう。王太子は堂々たる美丈夫だ。

幼い頃は病弱だったと聞くが、今は騎士団を一つ預かり、自ら剣をふるう文武両道の王子として名高い。母君譲りだという濃い色味の金髪も眩《まばゆ》い太陽のようで、シルヴェス王国の獅子《しし》という異名も納得の凜々《りり》しい方だ。

リヒャルトも長身だが、どちらかというとすらりとして、王太子と並ぶと細身に見える。頼もしい腕をしているといっても文官系だ。髪色も銀で太陽と並ぶと月のようだ。全然違う。

（なのにどうして一瞬、そっくり、と思ってしまったのかしら）

王太子の前から下がりながら首をひねって、ふと、見覚えのない過去の情景が脳裏に蘇る。

〈わたしは、いけない子なの〉

幼い少女の声だ。遠い記憶が声を上げる。

〈だからおぼえていてはいけないの。わすれないと……〉

思わず足を止め、記憶にない記憶に呆然《ぼうぜん》とする。と、そっと手を取られた。

「僕を見てください」

リヒャルトだ。

「まだ聖堂から出ていませんよ。皆が見ています。笑ってください」

そうだった。自分が難しい顔をしていたらこの婚約を望んでいないとうわさを助長してしまう。彼のためにもこれからの言動には気をつけなくては。

私は内気なのです、などとはもう言っていられない。踏ん張らないと。

ユーリアは決死の覚悟で参列者ににこやかな笑顔を振りまくと、馬車に乗り込む。

侯爵邸に着くと、先に馬車から降りた彼がユーリアに手を伸べた。踏み台を下りる時の手伝いをしてくれるのかなとその手を取ると、いきなり横抱きに抱き上げられた。

「あ、あの、リ、リヒャルト様?!」

「妻を抱いて家の敷居を越えるのは夫の義務でしょう?」

「そ、それは婚姻の場合で」

　今日はただの婚約式だ。恥ずかしいのでやめて欲しい。なのに完璧な婚約者を目指す彼は、出迎えた使用人や祝いに駆けつけた他貴族たちの前を堂々とユーリアを抱いたまま歩き、二階にあるユーリアの私室まで届けてくれた。

「はい、到着です。せっかくふれることのできたあなたをすぐ侍女たちの手に渡すのは寂しいですが、今日はこれから深夜まで宴が続きます。休める時に休んでおいてください」

　そっと額に口づけられて、彼と婚約したのだという事実がじわじわと頭に染み込んでいく。

　化粧を整え、少し休んでからドレスを宴のものに替えると、迎えに来たリヒャルトとともに階下に下りる。

　彼も衣装を替えていた。魔導師の外套は脱ぎ捨て、侯爵家の婿内定者として貴族の正装をまとっている。彼の銀の髪に濃い蒼《あお》のジュストコールが映えて、侍女たちも感嘆のため息をつく。改めて、自分はなんと美しい人と婚約したのだろうと思った。

　伯母や父の出迎えを受けて宴の席へ向かう。

　宴は立食形式のものと、別室での席についての正餐と二カ所に分かれる。婚約式でここまでするのは珍しいが、今回は侯爵家が魔導師を婿取りする事実を広く知らしめる必要があるのだ。

　正餐の席が整うまで、別室で食前酒を愉しむ。

　侯爵家の領地で採れた葡萄をつかった、爽やかな発泡酒だ。広間に開会の挨拶《あいさつ》に行く前に王太子も立ち寄って、乾杯のために杯を掲げてくれた。

隣には彼がいて、いつもは気難しい顔の伯母も和やか微笑んでいる。

ここにいる皆が祝福してくれているのを実感して、ユーリアは胸がいっぱいになった。

が、幸せは長くは続かない。

「うっ」

声がして、王太子が口を押さえた。その隣ではエミリアがグラスを手から離し、崩れ落ちる。

――毒を盛られたのだ。

第二章　形だけの婚約者

1

ゆっくりと、まるで劇の一場面のように、王太子とエミリアが床にくずおれていく。

その唇には、紅の泡のような鮮血がこびりついていた。

（どうして？　今夜、饗《きょう》されるものはすべて毒見の手が入っているのに……！）

準備に穴はなかったはずだ。ユーリアは蒼白《そうはく》になった。が、呆《ほう》けている場合ではない。

何を飲まされたかまではわからない。だが乾杯がなされたのはつい先ほどのこと。

（あの酒杯が原因なら嚥下《えんげ》してすぐ血を吐いたことになる。口腔《こうくう》、もしくは喉《のど》が傷ついて出血したと見ていいから、まだ胃壁を通して体内を巡る血管には入っていない。なら、水を。とにかく毒を薄めて吸収されるのを防ぐ、それと胃の洗浄っ）

ユーリアはとっさに卓に置かれた水差しをつかんだ。書庫で見た文献の、毒への対処の項を記憶の海から拾い出す。が、駆け寄ろうとして足を止めた。

(駄目。毒の中には水を飲ませてはかえって悪化するものもある)

文献なら多く見た。特に毒への対処法や薬草についてなら、母のことがある。

(二度と間違いを繰り返さないように調べた。でも私は医師でも薬師でもない。ただの書庫番で、引きこもり。実際に毒を盛られたのを見たのは初めて。どうしよう、毒は初期対応が肝心なのにわからない。お母様の時に見たはずだけど、覚えてない!)

間違えた処置を施せば、かえって二人を危険に晒《さら》す。

母が倒れた当時の記憶は失われている。事切れた母の傍《そば》に呆然《ぼうぜん》と立っていたと後から聞いた。

それに今、手にしたこの水差しの水が安全だと誰《だれ》に言い切れる?

(毒見をしても遅効性の毒ならすぐにはわからない……!)

迷い、動けなくなった刹那《せつな》、頼もしい手が肩にかけられた。

「水であっています。今、安全なものを出しますから」

リヒャルトだ。

隣にいた彼が即座に動いた。「〈水〉よ」と、力ある声が紡がれたとたんに空中に水の塊が出現する。ユーリアの持つ水差しを瞬時に洗い清め、新たに湧き出した水で満たす。

(……魔導の力?!)

ユーリアは初めて見る現象に息をのんだ。

「あなたは従妹《いとこ》君のほうを頼みます」

彼が指示を出す。続けて、立ち尽くす皆を安心させるように微笑《ほほえ》む。

「別室で待機している殿下の随行員を呼んでください。彼らに僕の〈一式〉を持ってくるようにと。それで通じますから。ただ、どうかあわてた様は見せないで。他《ほか》に気取られないように。殿下も令嬢も大丈夫です。ここには僕がいますから」

その自信と実績に裏付けされた笑みに、我に返った王太子の護衛が動いた。父も執事に必要な品を取りに行かせるとともに、王太子の侍医を呼ぶように命じる。

「それと、すぐに門を閉ざせ。裏門も、すべてだ。誰も出すな。広間の客人たちには気づかれないように、急げ」

王太子に手を下した者がまだ邸内にいるかもしれない。逃がすわけにはいかない。が、王がことをおもて沙汰《ざた》にしたがらない場合もある。

「臣下として、どちらでも対応できるようにしておく必要がある。広間にいる客人たちが騒ぎ出さないように殿下のお出ましが遅れると告げてくる」

父自ら、当たり障りのない殿下不在の理由を作り、広間に向かう。

その間にもリヒャルトが処置を施していく。正餐《せいさん》前で胃は空に近い。王太子に水を飲ませ、床に横たえる。みぞおちに手を当て、小さく呪文《じゅもん》を唱える。ぼうっと手が淡い光に包まれた。

彼が手を胸、喉、と上へ動かすにつれて何かが王太子の体内を移動していく。

水で薄められた毒の塊が喉をせり上がり、ごふっと口から吐き出された。

リヒャルトが吐瀉物《としゃぶつ》をすかさず、手渡された〈一式〉から出した器に受ける。

「分析に。何の毒か調べてください」

一部を硝子《ガラス》瓶に入れ、残りを駆け寄った王太子の随行員に渡す。手元に残した硝子瓶を振り、試薬を混ぜ、併用しても大丈夫な胃壁や喉の炎症を抑える薬を調合する。

「リヒャルト殿、侍医が到着しました」

「代わります。殿下の毒は吐き出させました。喉と胃壁を保護するネフィラにミルべの精油を一対三で配合したものを三ザン、飲ませてあります」

後は本職の医師に任せ、リヒャルトは続けてエミリアに処置を施す。ユーリアは彼が動きやすいようにとエミリアの傍を離れた。伯母に委《ゆだ》ねる。だがまだやるべきことがある。

彼から力強い気を感じる。それに背を押されるように、ユーリアは凜《りん》と背を伸ばした。エミリアを支え、動けない伯母に代わって室内にいる貴顕《きけん》に協力を要請する。

「グラスや酒瓶にはどうかお手を触れないでください。殿下の随行員の方に調べていただきます。皆様にはご迷惑をおかけしますが、どうか今しばらくこの部屋におとどまりいただきますよう。よろしければこちらにおかけになってお待ちください」

父はまだ広間から戻らない。この場に残ったイグナーツ家の者として、皆に頭を下げ、丁重に頼む。これは王族が関わる事件だ。侯爵家の者が動かないほうがいい。

(私たちも容疑者だから。疑いを招く真似《まね》をして、調査の邪魔をしてはいけない)

二人の処置や証拠保全の障りにならない暖かな暖炉の前へと、皆を誘導する。

が、誰もついてこない。それどころか罵倒《ばとう》の声がした。

「人殺し」

「え?」

振り返ると、こちらをにらみつけるイグナーツ家の親族たちがいた。ユーリアは直感した。

(あ、失敗した。小娘が出すぎた真似をしたと思われた)

伯母に認めてもらえたことで勘違いをしていた。婚約しても自分は侯爵家の汚点のままだ。

(表に立てば叩《たた》かれるのはわかっていたのに。一族の方に任せて控えているべきだった)

父が異国の、貴族でもない娘を妻にしたことで疎遠になっていた者たちだ。今夜は王太子も出席するので招待に応じた。が、皆、貴族界に発言力を持つ自負がある上位貴族で、ユーリアのことを認めていない。その言葉を聞くはずがない。

「母親に毒を盛っただけでは飽き足らず、従妹や畏《おそ》れ多くも殿下にまで手をかけるとは」

「いくらこの婚約が気に入らなかったとはいえ、なんと恐ろしい娘だ!」

悪し様に言いながらつめよってくる。この目は前にも見た。覚えている。母を亡くし別邸から戻った時のこと。皆、幼いユーリアを幽閉すべきと責めた。家名のため自害を薦《すす》める者までいた。あの時の孤独と恐怖。声が出ない。しかも中の一人が王太子の護衛に声をかけた。

「あの娘を捕らえろ、侯爵家の恥だ！」

王族と同席できる身分の者からの要請だ。とまどいつつも、護衛が手を伸ばしてくる。

（嫌っ、違う、信じてっ）

ユーリアが固く目をつむり、身をすくめた時だった。怒りをはらんだ声が響いた。

「何をやっているのです」

エミリアの処置を終えたリヒャルトだ。彼がつかつかとこちらにやってくる。

「リ、リヒャルト様……」

名を呼びかけて、息をのむ。彼は初めて見る冷たい目をしていた。美しい、澄んだ紫水晶のようだった瞳《ひとみ》の色が変わっている。怒りをはらんだ、赤みがかった紫に。

（これが、エミリアから聞いた、色の変わる瞳……？）

ぞっとした。怖い。怒っている。

当然だ。あれだけ努力して貴族の後ろ盾を得られるところまできた彼だ。なのに肝心の婚約式の夜に、婚家となる家でこの有様だ。何をやっていたと怒りたくもなるだろう。

（伯母様の言われた通りだった。このまま破談になるかもしれない）

ぎゅっと胸が痛くなった。締め付けられる。彼を幸せにしたい、そう思ったのにできなかった。毒を盛ったのはユーリアではないが、防げなかったのは準備を監督した自分だ。

これが現実。絵本のように都合よく小人さんが現れて助けてくれたりもしない。それに彼に親族内でのユーリアの扱いも知られてしまった。

（……でも早めにこうなってよかったかも。彼なら他の人とすぐ婚約し直せるもの）

もう会うこともないだろう。なら、今のうちに時間を無駄にさせたことを謝りたい。

ユーリアは小さく、絞り出すような声でリヒャルトに言った。

「お許し、ください……」

「許さない」

言って、リヒャルトが護衛の手を振り払った。親族との間に割って入る。

「これ以上、確たる証《あかし》もなくこの方を侮辱すれば、婚約者たる私が黙っていない」

（え？）

ユーリアは目を見開いた。信じられない思いで目の前にある大きな背を見上げる。

彼は、ユーリアをかばっていた。

地位ある貴族たちを敵に回しても、ユーリアの側に立つと行動で示してくれている。

とくん、と、胸を叩く音がした。ユーリアの胸の奥から響く。

「あなたがたは確かにイグナーツ家の縁者の方々だ。だがこの家の者ではない。ならば他家の、しかも侯爵家の嫡子である令嬢を裁く権限はない。しかも殿下の騎士を動かそうとするとは。王家への越権行為で罪に問える無礼を働いた自覚はおありか？」

とくん、とくん、と、軽い鼓動にも似た音は止まらない。どんどん大きくなる。

「令嬢はこの通り淑女だ。年長者の言葉だからと今まで寛大な心で許してくださっていたのだろう。が、増長するのは今宵《こよい》限りにしていただこう。よろしいですね？」

空気がびりびりふるえるような迫力で言い放つと、リヒャルトが振り向いた。

「行きましょう。……あなたも。休憩と気付けの飲み物が必要だ」

言われて初めてユーリアは自分の足が見苦しいほどふるえていることに気がついた。

「あ、私……」

「恥じることはありません。極度の緊張からの反動で当前の生体反応です。それよりあなたをこんな空気の悪いところに置いておくわけにはいかない。失礼、ふれますよ？」

言うと、彼は大切な宝玉を扱うようにユーリアを抱き上げた。

「私はいったん令嬢を部屋までお送りしてきます。あなた方も王家に仕える貴族なら、私ごときが口出しせずとも、なすべき義務はおわかりですね？」

このことを口外せず、余計なことも言わず、王の決断を待ち、それに従うことだ。

親族たちに釘《くぎ》を刺すと、彼がユーリアを横抱きにしたまま確かな足取りで部屋を出る。

どうしよう。胸を叩く音が止まらない。とくん、と、増えて苦しいくらいだ。

抱かれたことで彼の鼓動まで感じ取れる。とん、とん、と励ますように力強く響いてくる。

すべてをあきらめ、目を閉じていたユーリアの感情を大きく突き動かす。思えば母を亡くしてからのユーリアは父にも抱いてもらったことがない。助けてくれるのはいつも想像の中の小人さんだった。王都の侯爵邸には遊び相手だった森の魔物たちもいない。遠い記憶の絵本の世界くらいしか、逃げ場がなかったから。

それが今、現実の人の腕に抱かれて、かばわれている。

(温かい……)

母を亡くしてからずっと凍えていた。そんなユーリアの心を包み込み、溶かしてくれる熱が彼の胸と腕から伝わって、ユーリアを泣き出したいくらい幸せな気持ちにしてくれた。

私室の扉を開け、暖炉近くの椅子《いす》にユーリアを下ろすと、彼は侯爵家の者ではなく、王太子の騎士を呼び寄せ、監視名目の護衛にしてくれた。

ユーリアの前に膝《ひざ》をつき、乞《こ》うように見上げる。

「申し訳ありません。事が落ち着くまで、扉は少し開けておいていただけますか？　僕はあなたを信じています。が、あの偏見で凝り固まった老害どもはあなたを疑い、あらを探してくるでしょう。こちらから隙《すき》を作ってやることはない」

はっきりと、信じる、と言ってくれる彼が嬉《うれ》しかった。

「騎士たちにあなたが自室でいっさい怪しい真似はしなかったと証言させます。これはあなたを世間から守るためです。それと、先ほどのことは殿下の近侍でありながら警戒を怠った僕の失態です。あなたが気に病むことはありません」

彼の手がそっといたわるようにユーリアにふれる。大きな、頼もしい手だ。男性らしくごつごつしている。なのにその手つきはどこまでも優しい。

彼は婚約式に出るために休暇をとった身だ。今夜の主役で王太子の護衛からは外されている。何の責任もない。なのにユーリアの心を思ってこう言ってくれる。

侯爵家令嬢として振る舞うようしつけられているのに、目の奥がつんとなる。潤んでしまった目を見せたくなくてあわててうつむくと、言われた。

「よければ、涙を見せてくださってかまいませんよ」

「え」

「あなたは平民出で魔導師の僕でも受け入れてくれた。だから今度は僕の番です」

「……ありがとうございます。ですがもう大丈夫です。どうか殿下の元へ」

そこまで甘えるわけにはいかない。臣下として王太子が心配だ。何より、彼はかばってくれたが状況次第でこの婚約もどうなるかわからない。これだけの不祥事だ。下手《へた》をすれば侯爵家は処罰される。彼を巻き込めない。そんなことになればユーリアは自分で自分が許せない。

「信じると言ってくださった。それだけで十分です」

察したのだろう。彼はそれ以上、踏み込んでこなかった。ユーリアを一人にしてくれる。

「では、お言葉に甘えて、殿下のご様子を見にいってきます」

一礼する彼にユーリアはうなずいた。うつむいたまま、遠ざかる足音を耳で追う。

絨毯《じゅうたん》を踏む柔らかな音が部屋を出て、ゆっくりと階下へと消えていった。

永劫《えいごう》とも思える、気がかりな時間が過ぎて、動かしてもいいと侍医の許可が出たのだろう。王太子とエミリアが階上に運ばれてくる気配がした。

貴人のための客間は棟こそ違うが同じ階にある。エミリアの部屋もユーリアの部屋から近い。だから開いたままにしてある扉からはいろいろな音や声が漏れ聞こえてくる。

侍医に後は任せたとはいえ、リヒャルトは王太子の側近として王宮と連絡を取り、後処理を行っているようだった。彼にはそれだけの権限があるらしい。ユーリアはいつの間にか大勢の音の中から、彼の声と足音だけを探し出し、追っていた。

その声は人に指示することに慣れていて、まるでもう一人、王子がいるようだった。

そして彼はユーリアへの気遣いも忘れなかった。

邸内が落ち着くと、事態の推移を気にしていると思ったのだろう。つかれているはずなのに彼がまた部屋まで来てくれた。ユーリアが部屋にこもる間に起こったことを教えてくれる。

「陛下は今宵のことは公にしないと決められました。広間の来賓にも僕が魔導で殿下の幻を見せ、宴《うたげ》の開始を告げました。なので殿下は表向きは正餐の席で祝い酒を飲みすぎ、侯爵家に泊まることにした、となっています」

婚約者とはいえ今は深夜で、ここは若い娘の私室だ。彼は中には入らなかった。廊下から、少し開いた扉越しに声をかけてくる。

「殿下も従妹君も大丈夫です。容体は落ち着きました。親族の方々も怪しいところはありませんでしたから、聞き取りをしてご帰宅いただきました。毒は杯ではなく酒に入れられていたようです。皆は儀礼上、殿下が口をつけられるのを待ったので飲まずにすんだらしいですね」

エミリアは場の雰囲気にのぼせて、つい、先走って口をつけてしまったらしい。

なのでこれから毒は本当に王太子を狙ったものだったのかも含め、調べるそうだ。

「あの部屋にいた者や邸《やしき》の皆には口止めをしましたが、客人たちは異変を察したと思います。口の端にのぼるのはしかたありませんが、この件は僕たちの婚約をよく思わない者が仕組んだ可能性が大きいのです。つまり魔導師の地位向上という陛下の国策に真っ向から逆らったことになります」

だから王は怒り、イグナーツ家は王家が全力を挙げて守ると言ってくれたそうだ。

「実行犯とその黒幕も総力を挙げて捜すことになりました。あなたにも侯爵家にもその過程で迷惑をかけますが、侯爵家に疑いはかかっていません。ご心配なく」

それから、彼は少し声を恥ずかしげに潜めると、「僕たちの婚約も続行するようにとのお言葉を陛下よりいただきました。安心してください」とささやいた。

それを聞いて、ようやくユーリアは肩の力を抜いた。

とりあえず彼に迷惑をかけずにすんだ。王太子もエミリアも無事だ。危機は脱したのだ。

「お体を動かせないことはないのですが、殿下にはしばらくこちらに滞在していただきます。明日にでも、『侯爵邸の居心地がよいので滞在を延ばし、日々のつかれをとることにした』と、休暇をかねてとどまることを公にしてもらいます」

それはイグナーツ家を守るためでもあると、ユーリアでもわかった。王族が滞在している家を中傷することはできない。護衛もつくし、何よりこの滞在によって王家はイグナーツ家を信じていると見せつけた。

「休暇中とはいえ公人である殿下の元には秘書官が急ぎの採決書も運んできます。調査の者が出入りしても不審はかいません。近侍として僕もこちらにとどまります。もともと僕は婚約後は貴族社会に慣れるためにこちらで暮らすことになっていましたから」

棟違いだが同じ階に伯母が部屋を用意して、すでに荷物も運び込んである。火蜥蜴《ひとかげ》のウルルや図書塔の屋根裏に居着いた小さな魔物たちも彼の使い魔という名目で一緒だ。心強かった。

そして、それらがすんなり決まったのは、彼が間に立って動いてくれたからだろう。

「ありがとう、ございます……」

ユーリアは心の底から言った。深々と礼をする。扉の向こうで彼が少し照れたように微笑む気配がした。それに勇気を得てユーリアはもう一つ待機中に考えていたことを口にした。

「あの、私、自分にもできる責務を果たそうと思うのです。部屋にいてもできることを」

自主的に謹慎はする。が、皆の行動を洗い出すことにした、と、真っ赤《まか》になって告げる。

彼が頑張っているのに、自分だけのほほんとしてはいられない。

「今日《きょう》は私も式に出向き、お客様状態で、邸のことは伯母様たちに任せきりでした。それでもなにか思い出せたらと思うのです。いるべきでない場所にいる、そんな人を見つけられたら」

私は一度見た光景は忘れないのです、と告白する。

「その、幼い頃《ころ》の記憶が欠けた身でこんなことを言うと笑われるでしょうが」

母の事件後、事情を聞きに来た司法の塔の役人や親族たちには笑われた。以来、記憶力のことはチュニク室長にしか話していない。それらを告げて、そっと聞く。

「笑いますか？」

「……笑うわけありません。逆に今まで誰にも言わなかった秘密をうちあけてくれた。それが嬉しいです。僕だけでなく、もう一人、図書塔の老人が知るというのは引っかかりますが」

彼は少し冗談めかせて、受け止めてくれた。

「わかりました。ありがとうございます。ですがくれぐれも無理のない程度にお願いしますよ？　僕も全力を挙げて毒の特定と犯人の割り出しに動きます。二人で頑張りましょう」

ユーリアはほっとした。彼が受け入れてくれたのが嬉しかった。

それに「二人で頑張りましょう」と言われた。その言葉だけでユーリアはかつてないほどに気力がわいてくるのを感じた。

誰かに出すぎた真似と言葉をぶつけられてもいい。頑張ろう。そう思うことができた。

だが安心するのはまだ早かった。またすぐに事態は急変したのだ。

その日、居間に集められた侯爵家の面々を前に、彼が険しい顔で告げた。

「盛られた毒がなにか判明しました。王宮の薬物庫に資料があったので思ったより早く特定できたのです。……ここではたいへん言いにくいのですが。毒草のベラドンナと同じく、アルカロイド系の毒素を含む花、ソムフェルの変異種から抽出された毒でした」

「馬鹿《ばか》なっ、ソムフェルの変異種だと？」

聞くなり、父が真《ま》っ青《さお》になって立ち上がった。叫ぶように言う。

「いい加減なことを言うなっ。あれは私が焼いた。もうこの国には残っていないはずだっ」

父が蒼白になるのも無理はない。ソムフェルの変異種。清らかな白い花弁を広げるそれは、十二年前にユーリアが誤って摘み、母を殺した花の名だ。

この国には存在しない大陸南方の花で原種に毒はない。渡り鳥が種を運んだか、この国で芽吹いたもののみが変異し、高い毒性を持つ。

妻の死因が娘の摘んだ花と知った父が森中を探し、人知れず自生していたそれらを一本残らず焼いた。聖域の薬師が試料に欲しいと駆けつけた時には種の一粒も残っておらず落胆していた。毒花だと報告を受けた王が決して摘むな、あれば知らせよと国中に触れを出したが、花があったのは別邸裏の森の自生地だけ。

何故《なぜ》、花がそこにあったのか、何故、変異したのかは謎《なぞ》のままだ。

が、どちらにしろ、今はもうこの国どころか、この世のどこにもないはずの花なのだ。

十二年前の亡霊が、蘇《よみがえ》ったのだ――。

2

外では雪が降っている。

一の月のような軽い純白の雪ではなく、二の月にだけ降る、重い水気を含んだ鈍色の雪だ。

「……同じ屋根の下にいるのに、会ってもらえない」

リヒャルトは重い息を吐いた。こつん、と冷たい窓に額をつける。

「彼女に距離を置かれた。顔も見せてもらえない。言葉を交わせても扉越しだ。おかげで踏み込んだ話ができない。侍女や護衛が横にいるから挨拶《あいさつ》程度だ」

一度は泣き出す寸前の顔を見せるまでに心を許してくれた彼女だ。秘密も打ち明けてくれた。が、あの日から自主的に自室謹慎を延長してしまった。もちろん、あの毒花のせいだ。おかげで彼女の記憶力が健在であることもまだ王太子に言えていない。

「前は毎日会えなくても、侍女がいても、客間で静かに語らう時間が持てていたんだ。それが同じ邸で暮らして物理的な距離は縮まったのに、心の距離は明らかに後退している」

これでは何のために婚約したのかわからない。また、ため息が漏れた。

場所は侯爵邸内の王太子の滞在用にと用意された客間だ。人払いをした豪奢《ごうしゃ》な続きの間では体調が戻った王太子が暖炉前に寝転がり、子竜姿のウシュガルルと腕相撲をして遊んでいる。

それに背を向け、リヒャルトは誰も聞いてくれない愚痴をこぼしていた。

「侍女を通して気遣いの言葉は届けてくれる。が、それだけだ。会ってくれない。わかっている。彼女が気を遣っていることは。自分が部屋から出れば侯爵家の印象を悪くすると控えているんだ。……くそっ、毒の正体に気づいてしまった自分の聡《さと》さ加減が嫌になるっ」

硝子に映った腕相撲大会ではまた王太子がウシュガルルに負けている。当たり前だ。成人男性の体格をした王太子と子竜姿のウシュガルルとでは腕の長さが違いすぎる。床の上で手を組み合うと、王太子はほぼ腹ばい状態になり、力が出せない。

「どうしてこんなことになった。もう四日も顔を見ていない。あの夜は抱き上げても前ほど体を硬くしなかった。それどころかそっと頬《ほお》を寄せるそぶりもしてくれた。それをこの間の悪さはなんだ。呪《のろ》われているとしか思えないっ」

「ぐっ、負けた。もう一度だ、ずるいぞ、ウシュ、腕の長さが違うんだからっ」

『ふん、我が人の姿を取れば脆弱《ぜいじゃく》なそなたの骨を折りかねん。この姿はハンデというものだ』

いくら嘆いても背後ではどうでもいいことでわいわい言っている。誰も聞いてくれない。

「ああもう、よりによって何故あの場で倒れるんです。毒の耐性ならつけているでしょう」

あまりに腹が立ったので、腕相撲大会に乱入して王太子の腕を反対側に踏み倒してやる。

「うわっ、いきなり何をするっ」

『ふっ、また我の勝ちだな。これで三四五戦三四五勝か』

「無効だ、無効っ、というか腕がねじれる、これが殺されかかった者にすることかっ」

「毒に倒れた罰です。後押ししてやると大きいことを言っていながらなにをやってるんです」

「しょうがないだろ、うちはやることがすべて裏目に出る家系なんだからっ。耐性にしてもあれは試料すら得られなかった毒だ。耐性などつけられるかっ」

死にかけたわりにぴんぴんしている王太子が、腕をさすりながら文句を言う。

「だいたいリヒャルト、お前、何をいらついているんだ。騒ぎにはなったが死人は出ていない。結果的に隠れていた馬鹿が動き出して、奴《やつ》らの尾もつかめた。これで追うこともできる。歓迎こそすれ文句を言う状況じゃない。あの令嬢には惚《ほ》れてはいないのだろう？」

「当然です！」

彼女とは、彼女が考えているより長い付き合いだ。昔、会ったことがある。そのことは王太子も知っている。彼もその場にいたのだから。だが。

「あんな姿だった僕に手を伸べてくれた彼女です。感謝はしています。が、それはあくまで昔のなじみとして抱く友愛の情で」

これはあくまで政略婚約。自分のすべきことを放って一人の令嬢にかまけることはできない。

そんな性格でもない。恋愛沙汰は父母の一件で懲りている。

ただ、いらいらするのだ。彼女が目を伏せ、身を縮めるのを見ると。彼女に無礼を働いた親族たちにも、一度も見舞いに来ようとしない彼女の父にも腹が立つ。

(痛ましすぎないか……?)

今までは図書塔にいる司書としての彼女しか知らなかった。そこでも一人だったが、彼女は自分の〈家〉に帰っても小さくなったままだ。

彼女は完全に萎縮《いしゅく》している。親族たちを前にした時だけでなく、父親にもだ。かろうじて心を許しているのは伯母と従妹にだけ。それを見れば彼女の日頃の扱いがわかる。

誰にも頼れず、ずっと息を潜めて生きてきたのだろう。きっと今も頼るわけにはいかないと思っている。ぎゅっと胸が締め付けられた。

(昔の彼女は、あんな顔はしなかった)

無邪気に水を跳ね返していた、幼い笑顔の彼女を思い出す。遠い日の遊び仲間が恋しいわけではない。懐かしく思いはしたが、互いに大人《おとな》になったのだ。公私は分けて自身のなすべきことをせねばと思っていた。が、この邸に来て彼女の現状を知って、憤りを感じた。

ウシュガルルがぽりぽりと背中をかきながらつっこむ。

『やはり惚れているのではないか? だから腹が立つのだろう』

「違う。客観的に見た事実から、公平でない待遇をされている彼女に義憤を感じるだけだ」

この婚約はあくまで一時的なもの。自分は普通の男ではないし、彼女を守ることはできても幸せにはできない。そんな資格もない。彼女にすまないことをしていると思う。

だからせめて婚約中くらい、彼女に肩身の狭い思いをさせたくない。

「というより、何故、誰も彼女をかばわない。どう考えても彼女のせいじゃない。周囲が毒すぎる。だからこちらまで彼女とぎくしゃくして……！」

「おい、八つ当たりをするな」

「八つ当たりなどしていません！」

『……そなた、イライラを抑える食べ物が不足しているのではないか。おかしいぞ』

食うか？　と、ウシュガルルに肉を食べ終わった鳥の骨を差し出された。いるか。

『だがわからんな。父親はともかく親族とやらがあの娘を冷遇する理由が。つらくあたっていたのはあの娘の母にもだろう？　ならばあの娘が〈母殺し〉だからというわけでもあるまい』

ウシュガルルが小さな手で器用に彼女の周辺調査の報告書を取り出し、めくる。

『父親が婚姻関係を結んだ当時は国を挙げて聖域との融和を図っていた。そんな中、元聖女候補の娘を嫁に連れ帰れば、普通は一族の誉れと歓呼して受け入れるものではないか？』

「魔物なのに人の政治事情がよくわかるな」

『ふん、我も学んでいるのだ。さもなくば我が巫女《みこ》を守ることなどできんからな。地方豪族としてその地で生きていられればよかった時代と、今が違うことくらい理解している』

ウシュガルルが報告書の束を放り出して言った。

『ドラコルル一族の地も国に取り込まれ、領主とやらが派遣された。今は肩身の狭い暮らしを強いられておる。我が巫女のためにその魔導貴族とやらいう位が欲しい。自らがその地の領主となれば一族を守ることができる故な。だから教えろ』

「……胸くその悪い話だぞ。怒るなよ？」

お前、女性崇拝者だからな、と王太子が顔をしかめながらも、かみ砕いて語り出す。

「最初は歓迎したんだ。お前の言う通り。が、イグナーツ家は建国以来の名家だ。婚姻関係を結ぶなら、相手の家と条件交渉が必要と親族どもが聖域に人を送った」

それで態度が一変した。ユーリアの母は貴族の出ではない。平民だったからだ。しかも。

「聖域の聖女は生まれでなく能力で決まる。彼女も幼い頃に力を見い出され、聖域に候補として迎えられたのだが、彼女を見出した男が問題だったんだ」

今は枢機卿の地位まで上り詰めたアレクサンドロ。当時、まだ司教だった彼が彼女を聖域に迎えた。幼かった彼女をつききりで自ら指導したという。

「常に傍に置き、他の高位聖職者との会合にまで同席させた。夜も宿坊に帰さないことがあったという。それでも彼女にそこまで肩入れするだけの力があれば周囲も何も言わなかっただろう。が、聖域の聖女に求められるのは神の声を聞く力だ」

彼女は物覚えもよく、薬草の扱いなどにも長《た》けていた。が、新入りの少女でさえ聞ける神の声が一切聞こえなかったらしい。

『それでどうして聖女候補などにしたのだ』

「そこだ。彼女は容姿がずば抜けていたらしい。それでアレクサンドロが愛人として見初め、傍に置いているのではといううわさが立ったのだ」

『……我は聖域とやらに詳しくないが。それはまずいのではないか？』

「ああ、まずい。聖域の聖女はその力を次代に残すことを奨励される。異性との関係は禁忌とされていない。ただし還俗して神の前で婚姻の誓いを立てるのが条件だ。聖女は聖域の顔だ。外聞があるし、聖域が勢力拡大を図る政略結婚のための駒《こま》でもあるからな」

が、彼女は還俗もしていない聖女候補で、相手は現職の司教だ。

「問題視されて、修道女たちによる聖性の検査までされたらしい。いわゆる純潔の証明だな。お歴々の集まる部屋に帳《とばり》を張り、お堅い修道女が十人がかりで調べたそうだ」

リヒャルトは手を握りしめた。自分は男だ。女性の気持ちがわかるかとなると自信はない。が、相手はユーリアの母だ。聞いていると彼女の顔がちらついて、あの内気な女性の母がどんな思いをしたかと憤りを感じたのだ。

「結果は潔白だった。彼女は清い身のままだった」

それでも悪評はついて回った、と王太子が語る。

「司教が順調に出世の階段を上っていたこともやっかみの対象になった。いろいろ言われていたところへやってきたのがイグナーツ侯爵だ。若い他国の男に掌中の珠にしていた娘を譲ったのは、周囲がうるさくなったし、飽きたからだ。アレクサンドロが出世のために用済みの娘を下げ渡し、この国に送り込む手駒にしたのではともっぱらのうわさだったのだ」

『……それは親族どもも複雑だろうな。母娘の存在を認めないわけだ』

ユーリアが生まれたのは母親がこの国に嫁いで数年経《た》ってのこと。侯爵の子であることは間違いない。なのに忸怩《じくじ》としたものが残るのだ。

資料では知っていた。が、リヒャルトには養い親はいても親族はいない。実感がなかった。が、今は彼女を知り、改めて母娘の過去を聞かされるとじっとしていられなくなる。

(彼女には何の落ち度もない。なのに)

一人、耐えている彼女が痛ましい。痛ましすぎて、何かせずにはいられなくなる。

リヒャルトは無言で立ち上がった。机の上に寝そべって飴《あめ》菓子を食べ始めていた子竜姿のウシュガルルを、首根っこをつかんで持ち上げる。

『うわっ、おい、何をする、我は猫の子ではないぞ』

「彼女のご機嫌伺いに行く。お前も来い」

言いつつ、籠《かご》で丸くなっていた火蜥蜴も抱き上げる。ついでにそこにいたドングリ魔物たちも片っ端から集めて肩に乗せる。

可愛《かわい》いもの好きの彼女はこういう小さな生き物に目がない。

悔しいが、彼女の心を少しでも和ませ、いたわるには嘘《うそ》っぽい婚約者の自分より彼らのほうが適任なのだ。

◇◆◇　◇◆◇　◇◆◇

その頃、ユーリアは自室にこもって、書き出した表をぼんやりと眺めていた。

正式に婚約者となったリヒャルトは毎日、時間を見つけてはユーリアの様子を見に来てくれる。なのに会いもしないのは失礼だとわかっている。それでも会えない。会いたくない。

(……どんな顔を見せればいいか、わからないもの)

本音をいえば会いたい。ユーリアは弱い人間だ。悪意ある者を前にすれば身がすくむ。心が折れてしまう。今、自分にできることと信じたことも、自信がなくなって進まなくなる。

(だから、あの方に会いたい……)

会って、優しく笑いかけてもらって、頑張ろうという気力をまたわけて欲しいと思う。

だが同時に怖い。

これ以上あの眼差《まなざ》しに慣れてしまったら、自分はどうなるのだろうと。

今でさえ彼のことを思い出すと収まりかけていた胸の鼓動が大きくなる。とくん、とくん、と存在を主張する。よくわからない熱が顔に集まって思考がまとまらない。

（な、何を考えているの、私。今はそんなこと気にしている場合ではないでしょう？）

ユーリアはあわてて頭を振った。彼は気にするなと言ってくれたが、自分が式の準備を完璧《かんぺき》にできなかったからああなったのは間違いないのだ。

（だから当日までの邸の流れを思い出して、あのお酒に近づけたのは誰かを考えないと）

今度は間違えない。挽回する。

あの時の酒は式のために取り寄せたとっておきだ。品質を保つためにぎりぎりまで地下の酒蔵に置かれていた。酒蔵には他にも貴重な酒が寝かしてある。厳重に錠を下ろされていた。

（鍵は執事が管理していたわ。彼は職務熱心な人だから鍵束は鎖でベルトにつないで眠る時以外は手放さない。合鍵は作れない。それに今は冬だもの。前もってお酒を冷やす必要もない。当日も頃合いを見て酒蔵から出されたはずよ。予定表でもそうなっているもの。その時に執事はいつもの手順通り栓の緩みはないか、中身が腐敗してはいないか、匂《にお》いを確かめて、万が一の予備も含めて酒瓶を三本、ワゴンに乗せたはず……）

眉間《みけん》にしわをよせ、一生懸命するべきことに集中する。が、集中しているのにユーリアの中にもう一人、自分が生まれて邪魔をする。せっせと皆の行動を洗い出すユーリアの中でもう一人のユーリアは耳を澄ませてひたすらに外の音を拾っている。

廊下を誰かが通る音、窓の外で小鳥が枝の雪を落とすかすかな音。

外から聞こえる音のすべてに反応している。

（……どうしよう。こんなに自分で自分を制御できないのは初めて）

最近では大好きな本を読んでいてさえ集中できないのだ。

自分が情けなくて、しゅんと肩を落とした時だった。廊下につながる扉を叩く音がした。

一瞬、比喩《ひゆ》ではなく、本当に心臓が止まった。

侍女が誰何《すいか》に向かう。が、応答を聞くまでもない。わかる。この叩き方は彼だ。

落ち着いたリズムで間隔を開けて数回。心臓の鼓動のように確かな音が響く。直接、肌を叩かれているようだ。耳が、心が、全身が緊張で痛い。

ユーリアは必死に動悸《どうき》を抑え、頭の中でいつもの不審に思われないための予行演習をする。

（侍女が「リヒャルト様がおいでです」と取り次いだら、声がふるえないように気をつけて、「会えない」と告げて、それから、それから……）

が、今日は流れが違った。小声で彼と話していた侍女がとまどうような、怯《おび》えたような顔をしてユーリアの元まで戻ってきたのだ。

「申し訳ありません。リヒャルト様がどうしてもお嬢様に直接手渡したいとおっしゃられて」

しかも彼女は「用を思い出しましたので」と逃げるように部屋を出ていってしまう。困った。

自分で応対しなくてはならない。

（……だ、大丈夫。廊下には護衛の騎士がいるから。二人きりになることはないはずよ）

だから頑張って、私！　と自分で自分を応援して、おそるおそる扉の隙間《すきま》から覗《のぞ》く。

ユーリアは目を丸くした。そこには、『よっ、来てやったぞ』といわんばかりにちんまりとした手をあげた可愛い子竜がいたのだ。

「え？　あなたは」

『きゅるるっ』

「ウルルも?!　嘘でしょう！」

子竜の隣には首を伸ばした火蜥蜴のウルルまでいた。背中をかいてと言っている。

なんと彼はウルルと使い魔にしたというあの時の子竜を抱いて連れてきてくれたのだ。肩には可愛いドングリ魔物たちまで乗っている。

（か、可愛いっ）

最近、部屋に閉じこもって可愛いもの補給をしていなかったユーリアは一撃で心を打ち抜かれた。ふるふる体が興奮にふるえて、頬が上気するのを止められない。

（侍女が逃げ出すわけだわ）

魔物や火蜥蜴は異端だ。普通は恐れる。彼もそれはわかっていたのだろう。侍女が走り去るのを止めもせず、にこにこ微笑みながら言った。

「昼は僕も忙しいので、この子たちの相手をお願いできませんか？　子竜には〈ウシュ〉と名をつけました。ちょっといろいろ食べさせすぎて太らせてしまいましたが、代わりに健康状態はよくなっていますから安心してください」

こんな手土産《てみやげ》があっては彼の入室を断れない。そんな非道な真似はできない。ユーリアは扉を大きく開け、彼と可愛い魔物たちを部屋へ入れた。温かな暖炉前へと誘導する。

「はい、どうぞ」

言われて、丸々太った腹を見せて偉そうに抱っこを要求してくる子竜と、キュルル、と喉を鳴らしてすり寄ってくる火蜥蜴を受け取る。彼が言う通り、二頭ともかなり太っていて、一度に両方を抱いたユーリアはそのまま仰向けに倒れそうになった。

「危ないっ」

彼があわてて子竜を引き取ろうとした。が、子竜が暴れて体勢を崩す。かろうじて子竜を抱きとったのはいいが、もう片方の腕でユーリアを抱き留めようとした彼は一緒に転んでしまう。

「うわっ」

「きゃっ」

とっさにリヒャルトがユーリアの下になってくれた。暖炉前には毛皮も敷かれている。なので痛みはない。が、彼を下敷きにしてしまった。

「あ。も、申し訳ありませんっ」

あわてて起き上がる。が、火蜥蜴が膝に乗ったままなので立ち上がれない。彼も同じだ。

二人して床に座り込んで、丸々太った子竜と火蜥蜴を抱いた格好で顔を合わせる。

今までのどんな時よりも距離が近く感じた。

こちらを見下ろす彼の顔が近い。瞳にユーリアが映っている。
久しぶりの彼の顔が眩《まばゆ》い。凝視したせいか彼の顔が近づいてくるような気がして、あわてて
ユーリアは目をそらせた。身をよじり、盾にするようにぎゅっと火蜥蜴を抱きしめる。
「あの、ユーリア嬢……？」
大丈夫ですか、と、彼がおそるおそるといったふうに問いかけてきた時、ウシュが動いた。
彼の顔を、ぺしっ、と偉そうに叩いて、ふん、と鼻息荒く腕を組む。
その様はどこからみても、『お前の抱き方が悪いからこうなった』と文句をつけているとし
か見えなくて。そんな彼の頭上ではドングリ魔物たちが鬼ごっこを始めてココンっと続けざま
に肩や顔に落ちてきて。彼が思わずというように乱れた髪をかき上げて眉《まゆ》をひそめて。
(もしかして、困ってる？)
完璧な彼の初めての隙だった。彼の素が見られたような気がして、子竜との気安い関係に微
笑ましさを感じて、気がつくと緊張が緩んだのか、ユーリアはくすりと笑っていた。
彼が驚いたように目を丸くした。
「わ、笑った……？」
呆然と彼がつぶやいて、ユーリアはあわてて表情を引き締めた。それを見て、彼もまた急い
だように手を振って言う。
「あ、違うのです。咎《とが》めているわけでは、その逆で嬉しくて、あ、いや、違う」

それから、観念したように宙を仰ぎ、ユーリアに視線を戻した。眩《まぶ》しげに目を細める。

「やっと笑ってくれた、と思ったのです」

「え」

「格好の悪いところをお見せしたかいがありました。ずっと近くで見たかった。あなたの笑みを。あの日、裏庭で火蜥蜴に笑いかけておられたのを見てから、ずっと」

にっこり微笑まれてユーリアは息が止まった。いや、比喩ではなく、今度こそ本当に止まった。動けない。

彼が子竜を床に置き、そっと手を伸ばした。ユーリアの頬にふれる。

吐息が感じられそうな近くで、彼が言った。

「ユーリア嬢、まだ世間のうわさや親族たちのことが気になりますか。あなたと会えば僕まで悪評をたてられると。陛下が侯爵家を守ると公言してくださった、それでもあなたが自室での謹慎をとかないのは、そのせいですか？」

思わず唇がわななないた。こちらの感情の変化を察したのだろう。距離を取ろうとした腕を取られた。そのまま、ぐい、と引かれる。

「お願いです。僕を避けないでください」

気がつくと、ユーリアは床に仰向けになり、彼に上から手を押さえつけられていた。

「ジ、ジーゲルト殿……！」

「リヒャルトです。僕はあなたを信じると言いました。二人で頑張りましょうとも。中傷などほうっておけばいい。僕はかまいません。いや、気になるなら僕も巻き込んで欲しい。あなたとともに背負いたい。僕の言葉はまだ嘘っぽいですか？　信じられない？」

違う。もう彼のことを嘘っぽいなんて思っていない。でも信じるというのも違う。

黙り込み、顔を背けたユーリアを見て、リヒャルトがあわてる。

「す、すみません。強引なことをするつもりはなかったのです。でもあなたに罪はないのに。なのに小さくなっておられるのが不愉快で。ああ、くそ、何を言っているんだろう、僕は」

心配してくれている。自分にはもったいない人だと思った。

その容姿が美しいからではなく、魔導師として皆に畏怖《いふ》される力を持つからではなく。ただただその誠実さに惹《ひ》かれた。抗《あらが》いがたいほどに心が惹きつけられる。

（ただの政略婚約相手なのに、どうして）

きゅっと胸が痛くなった。彼にふさわしいのは彼の本質を見て愛し、支えることができる温かな心の人だと思う。愛し、愛され。彼と心の底から手を取り合える人。彼にはそんな人と結婚して幸せになってもらいたいと思う。

なのにここにいるのは地位しか取り柄のない政略婚約相手のユーリアで。

ユーリアは今ほど自分が彼の形だけの婚約者でしかないことを悔しく思ったことはなかった。彼に幸せを与えてあげられない自分が情けなかった。

とくん、とくん、と、また胸を叩く音がする。だが今度の鼓動は苦しい。

彼にかばってもらった時から聞こえる音。ほのかな熱とおののきを伴う音。彼を想《おも》うたびにこの音が聞こえる。ずっと続いて、消えてくれない。胸がぎゅっと絞られるようでつらい。

（たぶん、私はこの人に失望されたくないと思ってる）

前よりも心の中での彼の比重が大きくなった。だから親族たちの前で小さくなっている自分を見せたくなかったし、見られてしまった後はもうあんなところを見せないように強くなろうと思った。彼に不安を抱かせない、堂々としたイグナーツ家の娘になりたいと。

（でもそれは少しでも彼に気に入られたい、そんな欲ができているということではないの？）

慎重に適切な距離を置いていたはずなのに、どこで道を踏み外したのだろう。

それでも彼を幸せにしたい、その思いは変わらなくて。今の時点での彼の婚約者は自分だから、その肩書きに恥じない娘になりたくて。

「……違うのです。あなたを信じていないわけではないのです」

うまく言えない。それでもユーリアは目をぎゅっと閉じて言った。

「ただ、弱い自分が情けなくて。せめて自分にできることをしたかったのです。またあなたと話したいから。自分にできることがまだあると思うから」

嘘ではない。そう考えている自分もいる。だから話し下手でも何とか言うことができた。

「あの毒が十二年前の毒だったからこそ、何とかしたい、そう思ったのです」

当事者なのにユーリアにあの時の記憶はない。それでも残った記憶の欠片《かけら》を検証した。父や他の者が話すのを聞いた記憶、薬草学の本を書庫で読んだ記憶を懸命に引っ張り出した。

「あの毒は植物由来の神経毒で生花から抽出されたもの。簡単に手に入るものではありません。そもそも何故あの毒が今頃になって出てくるのか、当時の記憶すらおぼつかない私にはいくら考えてもわかりません。でもお酒に入れるのはこの邸内でしかできません」

これなら自分でも追うことができる。いや、邸内に限れば王太子の配下よりユーリアのほうがよく把握している。あの日はたくさんすることがあった。なので事前に何度も当日の流れを確認した。表まで作って皆に配った。だから、と懸命に言う。

「もう少しだけ、時間をいただけませんか？　私が自分のすべきことを成し遂げ、侯爵家の恥ではなく、あなたの婚約者であるイグナーツ家の娘として胸を張って立てるように」

あなたのために強くなりたいと思うのです。そう言下に込めて言う。

彼はわかってくれたようだった。

「……その顔、ずるいでしょう」

はあ、とため息をついてユーリアを離してくれる。

「すみません。僕のほうこそ焦って、見苦しい真似をしました。許していただけますか？」

許すも許さないもない。部屋に閉じこもって彼を心配させたのは自分だ。「私のほうこそ。申し訳ありません」と謝って、彼が差し出した手をとる。

「当日の予定表には正餐前につまむ前菜や酒の監督は従妹が行うとなっていました。従妹が毒味役を手配して、検査が済めば自分の持つ表にその名を書き込んだはずです。先《ま》ずはそれを見せてもらおうと思うのです。ですから……」

「わかりました。あなたの意志を尊重します。やりたいように動いてください。今日のところはこの子たちも連れ帰ります」

部屋を留守にするかもしれないのに、小さな魔物たちを預かるわけにはいかない。部屋で留守番をさせては、侍女が戻ってきたら悲鳴を上げる。

「ただし、動く時には声をかけてください。僕もご一緒しますから」

納得してくれたわりには少し過保護なことを言って、彼が子竜を右手でぶら下げ、もう片方の手で火蜥蜴とドングリ魔物たちを抱いて自室に戻っていく。

それを見送り、ユーリアは改めてエミリアの部屋を見た。

エミリアの部屋はここから廊下を挟んで斜め前にある。エミリアは王太子と同じく毒をすぐに吐き出したので命に別状はない。心の衝撃が強すぎたので自室で休んでいるが、話すのに支障はないと聞いている。だが今まで侍女を見舞いに行かせても、直接会うのは控えていた。

(私が動けばエミリアを今度こそ殺そうとしているとか、証拠隠滅を図ったのだとか疑いを招くかもしれない。そんなふうに怖がる心が残っていたから)

だが彼に会って、彼をこんなに焦らせていると知って、ユーリアの中に意志が生まれた。

(確かめないと。誰が毒見をして、あの酒や杯は誰の監視下に置かれていたかを)

臨時雇いの者は身元を確かめて帰した。もともと侯爵家に仕える者はそのまま邸内にいる。姿を消した者はいないと報告を受けている。

よし、と気合いを入れる。ユーリアはさっそく行動に移すことにした。

彼は声をかけてくれと言ったが、忙しい身であることは知っている。それに彼が一緒ではエミリアも話しにくいだろう。それに動くといっても同じ邸内だ。部屋には入らず、リヒャルトがしているように廊下に立ち、中にいる彼女に確認を取るだけなら護衛もいるし大丈夫だ。

ユーリアは念のため、何も持っていないことを強調する、短めの袖《そで》のついたシンプルなドレスに着替えた。そこで、ふと、少し赤くなっている気がする手首を見る。

短い袖の服を着たせいで、あらわになった肌。さっきはここを彼がつかみ、床に横たわったユーリアを見下ろしていたのだ。

すごい力だった。少しも抗えなかった。これが男の人の腕かと思った。

(……でも、怖くはなかった)

抗えずどきどきしたが、親族たちを前にした時のような身がすくむ怖さとは違っていて。

「あ、」

そこで、ざっと血の気が引いた。いや、逆だ。一気に全身の血が両頬に集まった。

今ごろ、本当に今ごろになって、頭に事実がたどり着いた。

（わ、私、あの方、と……？　あ、あああああ……!!）

非常に、恥ずかしい体勢になっていた。羞恥《しゅうち》やもろもろの感情がようやく記憶に追いついた。

どうしよう。今度こそはしたないと思われた。

このまま深い海の底どころか、聖典にある涅槃《ねはん》の底に埋まってしまいたい。恥ずかしい。ひたすら恥ずかしい。

はくはく唇をわななかせ、しばらく一人でうろたえまくった末、ユーリアは深く息を吸った。

ぱんっと両の頬を自分で叩く。

目と耳を塞《ふさ》ぎ、現実に背を向けて閉じこもっていても、外の世界の時は流れていく。起こったことはなかったことにはできないし、誰かが代わりに解決してくれることもない。

今まで何かあるたびに居心地のよい本の中の世界や、絵本の小人さんがいる自分に優しい想像の世界に逃げていた。だけど。

（小人さんに頼るのは、もうやめないと）

ユーリアはもう子どもではない。婚約もした、一人前のイグナーツ家の嫡子だ。なら、彼のためにも前に進まなくてはいけない。いつまでこの関係が続くかわからなくても、彼の婚約者でいられた今に恥じない自分の姿を、彼の記憶にも自分の記憶にも残したい。

毅然《きぜん》と背を伸ばす。

それから、ユーリアはエミリアの部屋へ向かうために、足を踏み出した。

◇◆◇　◇◆◇　◇◆◇

その同じ頃、リヒャルトはウシュガルルや火蜥蜴たちを連れ、王太子の部屋に戻るために、廊下を猛然と突き進んでいた。頭の中ではひたすら同じ言葉ばかりを繰り返している。

（やらかした。やらかした、やらかした、とうとうやった、やってしまった。やらかした……！）

途中すれ違った護衛に驚いた顔をされたが目に入らない。頭はさっきの非礼でいっぱいだ。

強気に出ればすぐ怯えてしまう彼女を気遣って丁寧に接してきたつもりだった。嘘くさいと言われようと常に紳士の仮面をかぶってきた。冷静に、慎重に、細心の注意をはらって適切な距離を置いてきた。さっきもそうするつもりだった。だからウシュガルルや火蜥蜴たちを連れていったのだ。なのに。

部屋に入るとジタバタ暴れるウシュガルルを離し、火蜥蜴とドングリ魔物たちも床に置いた。が、落ち着いて行動できたのもそこまでだ。顔を手で覆い、その場にしゃがみ込む。

「……どうした、リヒャルト。ずいぶん早いお戻りだが。彼女は留守だったのか？」

王太子が声をかけてくるが、それどころではない。

「やらかした」

「は？」

「やらかした。なのに受け止めてくれた彼女が凛々《りり》しすぎてつらい。彼女を気遣うつもりだったのに逆に気遣われました。心配をかけてすみませんと言われて。彼女の好きな可愛い魔物を土産に部屋に入り込んで時を過ごして、あなたは僕が守りますと言い切って安心させるつもりだったのに、やらかした。避けるそぶりを見せられて、焦ってしまった……」

彼女がうつむき、身をそらせる姿を見て、頭の中が真っ白になった。気がつくと彼女を引き留めようと腕をつかんでいた。そして、それから勢い余って。

「……彼女を、床に押し倒していました」

「何をやってるんだ」

あきれたように言われた。

「惚れてはいないと言っていたのに、いつの間にもじもじ手を取り合う初心者の手順をすっとばしてそんなことになっている」

それは自分が聞きたい。とにかく気がついたら彼女を床に組み敷いていた。

「泣かれるかと思ったんです。今度こそ嫌われるかと」

だが彼女はうろたえて目こそそらしたが、きちんと向き合ってくれた。引きこもっているのは萎縮しているからではない、堂々と胸を張るためだと言ってくれた。

「どうしよう。彼女の嫋《たお》やかな見た目に反した芯《しん》の強いところを見せられて我を忘れたんです。

『わかりました。あなたの意志を尊重します』と、言うのが精一杯で」

彼女がほっとしたように微笑んでくれたのが嬉しかった。

「でもあの微笑みは本当に彼女の本心？　僕の暴走をたしなめる社交辞令の笑みでないとどうして言い切れるのです？　なら、彼女の本心は？　こちらにあきれた？　ああ、何故こうなったのでしょう。これは結果として距離は縮まった、それとも遠く？　判断がつかないっ」

が、とにかく、彼女は自分の意志で毒殺未遂犯を捜すと宣言したのだ。

「なら、こちらも援護すべく動かないと。彼女が一人で進んだら危ない。いえ、束縛するつもりはないんです。ただ、彼女だって狙《ねら》われるかもしれない。それがなくともまた誰かに何か言われて傷つけられたら。ああっ、この体が憎いっ。何か行動を起こす時には声をかけてくれと言いましたが、この姿では常に彼女の傍にいることもできないっ。どうして僕は人の雄なんです？　いつでも傍にいられるウシュガルルの無難体型がうらやましいっ」

「……わかったから、ちょっと落ち着け。瞳の色が変わっているぞ」

王太子があきれた顔で手鏡を放って寄こす。あわてて見ると、瞳孔《どうこう》が細くなっていた。

興奮した時の癖だ。人も獣も感情が高ぶると瞳孔の大きさが変わるものだが、リヒャルトの場合、そのふれ幅が大きい。我ながらかなり動転している。

「ったく。いつぶりだ？　そこまで感情を制御できなくなってるのは。ここに来るまでに誰かに見られなかっただろうな？　詳細はウシュに聞くからお前はとりあえず頭を冷やせ。黙ってろ。でないとお前が彼女の部屋に行っている間に届いた報告を聞かせられん」

「報告？」

「正確には、酒の管理をしていた執事が罪の意識にさいなまれ、当日の流れを打ち明けた。それを検討すると、毒見の後に酒に細工をできたのは彼女の従妹のエミリアだけなんだ」

はっとした。彼女は従妹を見舞いに行くと言っていた。当日の行動を確認したいと。

「どうしてもっと早く言わないんですっ」

王太子の胸ぐらをつかんでゆさぶってやりたい。が、そんな暇はない。こうしている間にも彼女が従妹のもとを訪れているかもしれない。

「詳細は後で聞きますっ」

リヒャルトは即座に駆け出した。残された一人と一頭がぼそりとつっ込んだ。

「あれで惚れてないと言い張るんだからな」

『天然か』

扉を閉める前に彼らの声が聞こえたが、それにかまっている余裕はない。リヒャルトは猛然と、先ほど突き進んできた廊下を逆方向に歩み出した。無駄に広い侯爵邸の本棟を左右に分断する吹き抜けの階段室を越えたところで、廊下の先に彼女の姿が見えた。

部屋を出て、斜め向かいにあるエミリア嬢の部屋に向かっている。

（そんな、もう?!）

歩む速度を上げる。が、間に合わない。彼女が扉を守る護衛たちに断って、扉を叩いているのが見える。そして、扉が開いたかと思うと、中から伸ばされた手に腕をつかまれ、彼女が室内へと引き込まれたのだ。

扉が閉まる寸前に、「来るのが遅いわよ！」と言うエミリア嬢の声が聞こえた。

護衛たちに注意を促す間もない。続けて、「二人にして！」とエミリア嬢の声がして、彼女は自分付きの侍女も追い出すと、密談の態勢に入ってしまった。

その頃になってようやくリヒャルトは扉の前にたどり着いた。扉の両脇《りょうわき》にいた騎士たちが、指示を求めるようにこちらを見る。

「リヒャルト殿、どうしたら……」

「しっ、黙ってください」

すぐ飛び込み、彼女の安全を確保したいのはやまやまだ。が、先ほど焦ってやらかしたばかりだ。また先走った真似をして彼女に距離を置かれるわけにはいかない。

「……様子を見ます。いざとなれば突入の合図を出しますから、下がってください」

騎士たちを遠ざけ、中の様子をうかがう。いつでも飛び込めるように体勢を整え、扉に耳をつける。盗み聞きをするかのような情けない格好に騎士たちが引いているがそちらに気を配る余裕がない。中の物音に集中する。

「あの、エミリア、警戒心がなさすぎない？　私は危険な毒殺経験者なのに？　せめて侍女を同室させたら」

と、彼女の声が聞こえてきた時だった。エミリア嬢が押し殺した声で叫んだ。

「私が入れたのっ」

「え？」

「だ・か・ら！　あのお酒！　あれに毒を混ぜたの、私なのよっ」

いきなりの告白になんの冗談かと思ったが、エミリア嬢の声は真剣だ。

「もちろん、毒と知って入れたわけじゃないわ。でも私があのお酒に細工をしたのは確かなのっ。イグナーツ家の伝統で、未婚の身内の娘が誰にも内緒で婚約の宴で使う乾杯の酒に香りづけをするのが甘い婚約期間の訪れを願う習慣だって言われたら、私、身内の婚約なんて初めてだもの。そうかと思ってその通りにするに決まってるじゃない！」

「ご、ごめんなさい、エミリア。話が見えなくて。伝統の習慣？　香りづけ？」

「だから！　叔父様が焼いて今はもうないとか、毒だったとか知らなかったのよ。私が入れたのは花から集めた蜜《みつ》で作った愛のエッセンス！　代々、侯爵家の女主人に伝わるもので叔母様の部屋にあるって、私が持ってた式当日の分担予定表に書き込まれてて」

「お母様の、部屋……？　あの、お父様がそのままにしている……？」

「そうよ。そこからあれが入った瓶を持ち出したの。戸棚のどこにあるかも、隠してある合鍵《あいかぎ》の場所まで書いてあったわ。使い終われば次の女主人になるあなたの部屋に置くようにって」

そこまで聞いて、リヒャルトはようやく事態を理解した。それは、つまり。

「……彼女が、毒殺犯にされるところだった、ということか？　エミリア嬢に？」

中ではエミリア嬢がじたんだを踏んだのだろう。床を踏むいらだたしげな音がする。

「だ・か・ら！　私が計画したんじゃないってば！　毒だってまだここにあるわ。あの日は皆ばたばたしてたし、私も恥ずかしいけど浮かれてたから。あなたの部屋に行くのは後でもいいやってドレスの隠しに入れてそのまま。まだここにあるの」

女性が着るドレスにはスリットがついている。リヒャルトも知識だけで実際に見たわけではないが、外からはわからないようにオーバードレス部分に切り込みが入っているそうだ。淑女たちは夜会の際など侍女を伴えない時にスリットに手を入れ、ペチコートの間に下げた袋から手巾《ハンカチ》を出し入れできるよう、隠しポケットがあるのだ。

エミリア嬢はきっとそこから彼女の言う〈毒〉を取り出したのだろう。衣擦《きぬず》れの音がした。

（彼女に危険はなさそうだが、これは……）

思ってもいなかった展開だ。事件の推移をもっと知りたい。

リヒャルトはさらに顔を扉に押しつけると、耳をそばだてた。

◇◆◇　◇◆◇　◇◆◇

「これって……」

ユーリアはつぶやいた。エミリアの手で取り出されたのは、小さな瓶だった。

金色の蜜を思わす液体の中に、まだ色の残った花びらが数枚、閉じ込められている。

ソムフェルの花から抽出した液は甘い独特な香りがする。婚約を祝福する蜜と言われれば、知らない者なら疑わないだろう。だが花から採れる液の保存期限は数日。代々受け継いだなど嘘だ。これはあの時の毒ではない。新たに作られたものだ。

(だけど一つの花から得られる液はわずか。これだけ集めるにはかなりの花がいるわ。どこに咲いていたの？　あの時、陛下も国中を探されたのに。変異種でないソムフェルからも液は採れるけど、そちらに毒性はない。しかも今は冬よ。花の咲く時季じゃないわ)

エミリアが途方に暮れた顔で言う。

「どうしよう、これ。殿下が倒れてすぐの時なら事情を話して提出できないこともなかったけど、私も一緒に倒れちゃったから。今さら出しても隠匿してたって思われるだけよね？」

あの時、部屋にいた者は身体検査を受けた。が、治療中だった王太子とエミリアにはなされなかった。だがもしこれがあの時見つかっていれば？

エミリアは即、犯人に仕立て上げられていた。

「……狙いは、殿下のお命ではないということ？　だって暗殺計画ならあまりに杜撰《ずさん》よ」

エミリアはあの時自分でも言うように浮かれていたのだろう。先走って杯に口をつけてしまうくらいに。指示書には誰にも内緒でと書かれていたというが、誰にも見られずに酒に毒を入れられたのは奇跡のようなものだ。そもそもあの時は王太子はたまたま通りかかり杯を手にしただけだ。あそこであの酒を飲む予定ではなかった。

（まるでエミリアが失敗してもいいような。いいえ、どちらでもよかったのでは。殿下のおられる邸に毒の入った小瓶があった。それだけでイグナーツ家は終わりよ。反逆罪を疑われる）

エミリアが真っ赤になって髪をくしゃくしゃにする。

「やっぱり狙いはうち？　まんまと利用されるなんて、しかも自分で入れた毒を自分で飲んで死にかけるなんて信じられないっ、私、お母様の指示書に従っただけなのにっ」

「え？　伯母様の？」

「そうよ。ほら、ここ」

エミリアが彼女が持っていた作業予定表を見せてくれる。伯母が書いて配ったものだ。

「ここ。ここにお母様の字で注釈があって。でも……」

くしゃっとエミリアの顔がゆがんだ。ここ、と、エミリアが示した場所には注釈などない。白い行間があるだけだ。ユーリアが持つ予定表と同じことしか書いていない。

「信じて。今はないけど、本当にここに書いてあったの。聖堂に行く前にもう一度、邸に戻ってから私のすることを見直したから確かよ。その時はちゃんと書いてあったのっ」

「信じるわ、エミリア」

ユーリアは言った。書かれていた注釈が消えた。普通はそんなことを信じないだろう。だがこの分野にかけてだけは、ユーリアは普通とは違う。

「その注釈部分は見てないけど、エミリアの表なら私も見たもの。伯母様は三通、作った表をまず右隣にいた私に渡したでしょう？　一枚、自分の分を取って残りをあなたに渡したわ。その時目に入ったから。ここ。私が見たあなたのものはこのLの線がゆがんでいたわ」

表の少し上にある字を指で示す。

「きっちりした伯母様らしくないなと思ったの。でもこれは真っ直《まっす》ぐ。あの時に見たのと内容は同じでも、他にも細々と差異があるわ。だから別物だと言いきれる」

そしてこんな場面でエミリアが嘘を言うような娘ではないことも知っている。

「人の字を真似るには技術がいるけれど可能なことよ。なら、インクの字が消えたと考えるのではなく、違うものとすり替えられたとしたほうが自然よ。あなたに罪を着せるために。事が終わった後、注釈のないものとすり替えられたのよ」

何も知らずに聞けば荒唐無稽《むけい》な説だろう。娘一人をだますためだけに手間をかけすぎる。

(でも、ことは王太子殿下の命もかかった、国の一大事なのよ？)

この婚約を阻止し、王の政策をつぶそうと企《たくら》む者ならこれくらいやるだろう。

「伯母様が書かれた表は他にも何枚かあるわ。人に書き写させては間違いが出るかもと真面目《まじめ》な伯母様が一人でせっせと写しを作られたもの。皆に当日の流れと役割を徹底させるために厨《ちゅう》房《ぼう》や夜にひと気がなくなる裏方にも張り出されていたわ」

　模写する手本にはことかかない。だが相手にとって盲点が一つあった。ユーリアの記憶力だ。

（このことを言っても彼は笑わなかった。信じてくれた）

　だから思い切ってユーリアは言った。

「私は物覚えがいいの。信じて、エミリア。本当なの」

「……知ってるわよ」

「え」

「物覚えがいいくせに忘れたの？　この邸に越して初めての精霊祭の日。お母様に特別にあなたと一緒に見物に入れてもらって、私がつい飾りにさわって壊してしまった時のこと」

　侯爵家では毎年、冬の精霊祭で広間にモミの木を飾る。客を招いた宴も開かれるので準備が大変だ。邪魔になるので子どもは入ってはいけないと言われていた。

　だが前年まで別邸で暮らしていたユーリアは本邸の飾りを見るのは初めてだった。扉が開いた時に垣間見れないかと、その日は朝から広間の前にある椅子に座っていた。

「飾りはたくさんあるから気づかれないと思って壊れたものを傍にあった花瓶の中に隠したら、あなた空気も読まずに、『扉の隙間から見た時よりこの枝の胡桃《くるみ》飾りが一つ足りない』って言ったじゃない。扉の見える椅子に朝から座っていたけど、お母様が点検に入った後は誰も出入りしなかったって、余計なことまで言って！」

そうだった？　ユーリアは当時の記憶を手繰《たぐ》った。冷や汗が出てくる。

「別に金箔《きんぱく》を貼ってあるわけでもない木彫りの飾りだったけど、先祖伝来のものだとかでお母様が探して、壊したのはともかく隠したのは不正直だって、私、めちゃくちゃ怒られたのよ。罰でせっかくの精霊祭なのに部屋にいなさいって言われた。だから私、あなたが嫌いっ」

思い出した。あの時が初対面だったエミリアがぱちぱち目を閉じて合図をしてくるから、嬉しくなって笑い返したのだ。するとすごい形相でにらまれた。

「……あれって、黙っていてってことだったの？」

「普通わかるでしょ！」

「ご、ごめんなさい。私、同じ年頃の女の子と会うのはあれが初めてで、お友だちができるのかなって浮かれてて。女の子同士の約束事とかもわかってなくて」

ちなみに今もよくわからない。友だちのいないぼっちのままだ。が、さすがに成長した。自分が当時のエミリアにどんな悪夢をもたらしたかはわかる。

「……もしかして、それで私ずっと避けられてたの？」

ぷいっとエミリアが顔を背ける。それが答えだ。

「その、今ごろになって謝ってすむことではないけれど、ごめんなさい……」

ひたすら謝る。エミリアの態度の謎は解けた。が、目下の王太子毒殺未遂はどうすれば。

一通り怒ると、エミリアもそのことを思い出したのだろう。みるみる青くなる。

「犯人に利用された証拠は何もないのよね」

二枚の予定表の違いならユーリアが覚えているが、ユーリアはエミリアの身内だ。証言は信《しん》憑性《ぴょうせい》に欠けると判断される。そもそも他の誰にも確認できない頭の中の記憶に、証拠能力などあるわけがない。エミリアがふるえる声で言った。

「私、尋問されるの……？」

王族を手にかけたのだ。元伯爵家令嬢で侯爵家の縁者といえど司法の塔に連れていかれる。

「いやよ、拷問されるっていうじゃない。肌に傷でもついたら結婚できなくなっちゃうっ」

拷問とまではいかなくても牢《ろう》は過酷な環境と聞く。折しも今は冬。お嬢様育ちのエミリアに耐えきれるわけがない。ユーリアはぐっと手を握った。法に逆らう覚悟を決める。

「……エミリア、私の言う通りにできる？」

それは、私を信じられる？　と同意だ。

「今から私が用意する薬を飲んで。医師が来たら毒がぶり返したみたいと仮病を使って」

さすがの彼らも病人を塔へは連れていけない。状態が落ち着いてから尋問しようとする。

「見張り役の護衛もいるけど、私が何とかして仮病を使える薬を持ち込むから。苦しいと思うけど、我慢してくれる？　その間に私、犯人を捜すから」

きっぱりと言う。これは邸内で起きたこと。そしてエミリアは縁者、王太子は主家だ。彼らを傷つけた者をイグナーツ家の者として許すわけにはいかない。

エミリアが目を丸くしている。それはそうだろう、いつものユーリアはうつむき、黙ってばかりいるお人形だったから。

(でも私、変わるって決めたから)

侯爵家の汚点。彼はそんなユーリアでも心配してくれた。一緒に頑張ろうと言ってくれた。だから頑張るのだ。エミリアだって大事な家族だ。

エミリアの部屋から出ると、彼がいた。リヒャルトがにっこり笑って立っている。

(……もしかして、聞かれた?)

つい条件反射で後ずさると、ぐい、と距離をつめられた。護衛の騎士がいるのに壁際に追い詰められ、顔の両脇に、どん、と手をつかれる。床と壁の違いはあるが既視感がある体勢だ。ずり下がって逃げたいが彼の顔が近すぎて逃げられない。騎士たちの凝視が恥ずかしい。

「あ、あのっ、ジーゲルト様?!」

「リヒャルトです。申し訳ありません。毒を混ぜたのが従妹君かもということで急ぎ駆けつけましたら、あなたが密談をしておられて。動く時には声をかけて欲しいとのお願いにも同意くださって安堵《あんど》したばかりだっただけに、少々、感情の制御が難しくなっているようです」

騎士たちに聞かれないようにか、声を潜めて丁寧に話されたが、これは怒っている。

「利用された気の毒な従妹君には何を調合するつもりです? ニオナ? ミオウですか」

すべてばれている。ユーリアは奈落どころか深い創世の海底に沈んで原始の貝になりたい。

「協力しますよ。薬の調合は素人《しろうと》には危険ですから」

彼が言った。淡く笑みを貼りつけた顔が有無を言わせぬ迫力に満ちていて断れない。顔合わせ当初の強気の男の芝居が復活している気がする。

(本当にこの方のこれはお芝居なのかしら)

実はこちらが素ではないかと、ユーリアは引きつつも、つい首をかしげてしまった。

3

そこからはあっという間だった。さすがは有能な王太子の側近。仕事が早い。早々に仮病薬が用意され、服用したエミリアの体調不良が王宮に伝えられた。

「馬鹿な、殿下と同じ毒を盛られてすぐに処置したのではなかったのか?!」

「もう一度、侍医を差し向けろっ。殿下にもぶり返しがあっては困る。徹底的に調べろっ」

あわてた王室関係者が侯爵邸に大挙して押し寄せる大事になった。

それでもエミリアは覚悟を決めて仮病薬を飲んでくれた。打ち合わせ通り完璧に演技してくれている。あれ以来、作戦会議のためと断る隙も与えず、ユーリアの部屋に出入りするようになったリヒャルトが、爽《さわ》やかな迫力ある笑みを崩さないまま言った。

「ご安心を。従妹君には仮病とはばれず、かつ、後遺症の残らない安全な薬を調合しました。

それにばれても宮廷の侍医が相手ですから大丈夫です。彼らは先ず僕に相談してきますから」

つくづく思う。この人は王太子の近侍の中でどういう立ち位置なのだろう。

「後、僕たちがすべきことは仲よくすることですね」

続けて、さらりと彼が言った。何故そうなるのか。

「彼らの目的は明らかにこの婚約をつぶすことでしょう？　なら、僕たちの関係が順調であることを見せつければ焦って馬脚を現します」

「それは確かに一理ありますが、邸内でそんな真似をしても相手が見てくれるとは」

「いえ、確実に見るでしょう。犯人は邸内にいますから」

「え」

「犯人はあなたの近くにいます。この邸内に。伯母君の表を見るのは当日に来た外部の者でも可能です。が、相手は写しを作り、従妹君の持つ表とすり替えることができたのです。従妹君が注釈に気づいたのはいつですか？」

「……式の直前と言っていたわ。渡された当初に目を通した時には気づかなかったから、どうして気づかなかったのよと自分を叱《しか》りながらあわてて用意したそうだから」

「と、いうことはその後に犯人は偽物と本物をすり替えた。その前に偽物も作って渡さないといけないから、何度も従妹君の部屋に入り込んでいるということです」

貴族の邸は門こそ番人がいて物々しいが、いったん中に入ってしまうと身内意識が高くなる。

清掃の必要もあるから、高価な品が置かれている部屋でも鍵をかけたりはしない。

それでも、どの者ならどの場所に入っていいという決まりはある。

「侯爵家の奥向きに仕える者と見ていいでしょう。当然、今も間近から見張っています。毒がまだ従妹君の手にあることも知っている。なら、必ず動きます。毒を他者が発見しやすいところへ置き直すか、当初の予定通りあなたの部屋へ持ち込むか。従妹君の部屋は急の体調不良で大勢が出入りして入り放題です。それに従妹君が新たに毒を盛られたので怪しいものがないか、明日から邸内を調べるとうわさを流しましたから、今夜がやまでしょう」

ユーリアは息をのむ。犯人が特定できるのは嬉しい。が、身近な者の可能性に戦慄《せんりつ》する。

「あなたを囮《おとり》にすることになります。相手を警戒させせないために僕が夜までついていることはできません。なので護衛を送ります。僕が最も信頼できる者を」

真剣な顔で言われて、ユーリアは「仲よくする」との言葉を軽口かと思った自分を反省した。

そしてその夜、ユーリアの寝室に可愛い訪問者が二体現れた。

「まあ、ウシュ。外は寒かったでしょう。それに、えっと、初めまして？」

窓を叩いて中へ入れろと要求してきたのは、リヒャルトの使い魔となった子竜のウシュだ。

その隣には、初めて見るこれまた子竜の姿をした魔物がいる。

ウシュよりほっそりして体色が銀がかっている。

「兄弟？」

とたんに二頭がげっそりした顔をした。違っていたらしい。

「ご、ごめんなさい、じゃあ、こちらの子の方が少し小さいから女の子で、番《つがい》とか？」

『違いますっ』

銀色の方が叫んだ。

「え、話せる、の……？」

驚くと、銀色の子竜がはっとしたように口を押さえた。

『そ、その、僕はリ、リヒャルト様の使い魔ですから。人の言葉くらい話せるのですよ。突然の訪問をお許しください。最初はウシュ一人で行かせるつもりだったのです。ですが時が経つとだんだん不安になって、それで僕も……』

恥ずかしがりながら、それでも一生懸命に子竜が二匹でここを訪れた理由を話す。その律儀さにユーリアは感心した。

個体差があるのかもしれないが、この子はなんとなくリヒャルトに言葉遣いも似ている。

左耳にだけ耳飾りをつけているのもリヒャルトとおそろいだし、最近になって使い魔になったウシュとは違い、長い間リヒャルトと一緒にいるのだろう。だから人の言葉も話せるし、こんな奥ゆかしさを身につけているのかもしれない。

何しろこの銀色の子竜は挨拶を済ませても、もじもじしながら窓枠の上に立ったまま、中に入ってこないのだ。夜に女性の寝室に入ることに抵抗があるらしい。

「大丈夫よ、あなたは護衛なのでしょう？　さ、入って」

『で、ですが、その』

「部屋着をまとっているけど私も下は夜着だけなの。窓を開けたままでは凍えてしまうわ」

私のために入ってくれない？　と言って、よいしょと抱き上げると、ルト、と自己紹介した子竜が固まった。かわいそうだが、多少はこちらが強引に出ないと進展がない。

自由気ままなウシュはすでに暖かな暖炉前まで飛んでいき、護衛の報酬に菓子をよこせと床をテシテシ叩いている。ずいぶんな違いだ。ウシュは何故か馬鹿にした目をルトに向けているが、真っ赤になってうつむくルトはとても可愛らしい。

「ふふっ、可愛い」

思わず頰ずりする。ルトがぶっと血を噴き出した。顔を小さな手で覆って背ける。

「ル、ルト?!　大丈夫??」

『だ、大丈夫です。……昔の古傷が開いただけで』

「まあ……こんなに小さいのに顔に古傷だなんて。使い魔は危険な仕事なのね。知らずに頰ずりなんてしてごめんなさい。それにしても痛そう……。危ないことはさせないでとリヒャルト様にお願いしたいけれど、部外者の私がお仕事に口を出すと煩わしく思われるでしょうし」

『そ、そんなことはないです！　あ、いえ、どんな話題でもユーリア嬢が会いに来てくれたら喜ぶし、その、二人で一つのことを話すのは素敵なことだと思います。婚約者ですから』

「そうかしら」

その時だった。急にウシュが鋭い顔をした。しっ、と指を立て声を出すなと合図してくる。寝室とは続き間になっている居間に誰かが入ってきたようだ。小声で呼びかけてくる。

「……ユーリア様？　まだ起きてらっしゃいますか？」

侍女の一人だ。以前、侍女頭のダナに降格させますと叱られていた男爵家の令嬢だが、あれから心を入れ替えたのか真面目に働いてくれている。

（でも、今夜の寝ずの番は彼女ではなかったはずだけど）

彼女にはまだそんな重要な仕事はさせていない。怪訝《けげん》に思いつつもユーリアが「まだ起きているわ」と応えようとするとウシュに口を押さえられた。黙れ、と目で合図される。

すでにルトのほうは扉まで飛んでいって、隙間から覗いている。

あわてて口を閉じ、様子をうかがっていると、突然、ルトが隣室に飛び込んだ。何かが倒れる音がして、悲鳴が聞こえた。

「きゃあっ、な、何、こいつっ」

「侍女殿？　何事ですかっ」

騒ぎを聞きつけて廊下にいた護衛も入って来る。暴れる男爵令嬢を押さえつけたルトの視線の先に、あの毒薬の瓶が転がっていた。

ルトが凜とした声を響かせる。

『この女が窓の戸締まりを確かめるふりをして、書き物机の奥にこの瓶を隠そうとしていた。捕らえてくれ』

護衛の騎士たちは子竜が話すのに驚いたようだが、すぐに使い魔と理解してくれたのだろう。あわてて上役に知らせをやり、男爵令嬢を捕縛した。

何度も言葉を交わした顔なじみの娘だ。まさかと思ったが、証拠がある。

ユーリアは息をのんだ。ふるえる声で聞く。

「どうして？　どうしてあなたがこんなことを。魔導師と貴族の融和がそんなに嫌だった？」

「……違うわよ。私の父は魔導師だったもの」

「え？　男爵家の令嬢ではなかったの？」

「私は養女よ。私が母と呼ぶ人は父の妹。あの国教化の時に男爵家に嫁いで難を逃れたから父母を亡くした私を実子として引き取ってくれたのよ。私の父が王に逆らって殺されたから。そうよ、私の父は王女の聖域行きを阻止しようとしてお前たちに殺されたのよ！　返して！　私の父様を、父様が生きていたなら私も幸せになれたはずの時間を返してよ！」

彼女が絶叫する。ユーリアは混乱した。一度に押し寄せた情報が頭の中でまとまらない。

何それ。王女？　聖域行き？　それに「お前たちに殺された」？

貴族寄りなのか、魔導師寄りなのか彼女の主張と立ち位置がよくわからない。

「……あなたは魔導師の台頭が許せなくて婚約をつぶそうとしたのではない、ということ？」

「違うわ。私が排除したいのはリヒャルト様じゃない。お前よ、お嬢様。リヒャルト様は私たち魔導師の血を引く者の希望！　お前みたいな聖域の手先には渡さない！」

「私が、聖域の手先……？」

「とぼけないでよ。お前の母は聖域の密偵だった。この国に帰化したとみせかけて見聞きしたことを聖域に伝えてた。あの毒花もお前の母が工作に使うため植えたのよ。私は知ってるんだから。あの人に全部聞いたわ。お前が母親の後を継いで聖域の手先になったことも！」

言われたとたんに脳裏に白い色が広がった。見たことのないはずの光景が。

あれはあの花の色？　いえ、違う。金糸が交じっている。あれは聖職者の長衣だ。

金糸の縫い取りのある高雅なローブを着た男の姿が見える。その背後に心配そうに手を握りしめる母の姿もある。ああ、と思った。理解した。これは過去に見たものだ。ユーリアの欠けた記憶、自ら封じた記憶の断片だ。

〈男〉が身をかがめ、ゆっくりと手を伸ばしてくる。薄い、形のよい唇が開くのが見えた。

〈そうか、この子が。では……〉

続きを男が口にする。聞きたくない！

（だって、私は思い出してはいけないから。お母様がそう言ったから）

かつてないほどに頭が痛む。ユーリアは固く目を閉じ、両手で耳を覆った。

「……落ち着きましたか？」

捕縛した男爵令嬢を、司法の塔から駆けつけた担当官に渡して、リヒャルトが言った。

いつの間にか子竜たちは姿を消している。魔物は怖がられるから隠れたのだろうか。

ユーリアの部屋は捜査の役人たちでいっぱいだった。毒の小瓶もとっくに確保されている。

「まだ時間がかかりそうだ。ここは騒がしいですから部屋を変えましょう。この部屋の調査にはあなたの侍女を立ち会わせますから安心してください」

リヒャルトが支えてくれて、同じ階にある侯爵家の家族用の居間に移動する。リヒャルトが毒の正体を告げたのと同じ部屋だ。王太子もわざわざ起き出して同席した。熱いお茶を運ばせて、それから、王太子が人払いを命じる。

伯母はエミリアについているし、父は王宮だ。部屋はユーリアとリヒャルト、王太子の三人だけになった。王太子が調査の役人から渡された走り書きの経過報告を見ながら言った。

「あの娘の主張をまとめるとユーリア嬢の母は聖域の密偵で、ユーリア嬢も聖域の命を受けてリヒャルトを惑わしている、というものだった。彼女はこれらの妄想をなるべく大勢の耳に入れたかったのだろうな。尋問するまでもない。あの場で叫びまくっていた」

捕まった以上、秘密を暴露することで復讐《ふくしゅう》を達することができると思っているらしい。

「二十年前、使節団の一人として侯爵が聖域に赴いたのは事実だ。そこからは私的なことでわからんが。公には侯爵は聖女候補だった君の母君と恋に落ち、彼女を還俗させて連れ帰ったことになっている。が、あの男爵令嬢は、仕組まれた恋だったと主張している」

次代の王の学友であり、王家に影響力のあったイグナーツ侯爵の懐に入り込むため、母が父を惑わしたのだと言っているらしい。

「あの令嬢は司法の塔の役人の手に渡した。こんな話を誰から聞いたかも含めて調べが進めばいろいろとわかるだろうが、あー、その、」

王太子が言いづらそうに言葉を濁して、リヒャルトがこほんと咳払《せきばら》いする。

そのうろたえぶりが妙におかしくて、逆にユーリアは緊張を解いた。

「気を遣っていただかずとも大丈夫です。母のうわさなら、知っていますから」

さっきユーリアが取り乱したのは母を密偵呼ばわりされたのが原因だと勘違いされていたのだろう。違うので話しておく。

「その、さっきは私までが密偵と思われていたということに動揺したのです」

それ以上に混乱したのは、突然、脳裏に知らなかった光景が蘇ったからだ。正確には、聖職者の長衣を着た男のこと。それに幼い自分の声。

(思い出してはいけないの、と自分自身に言い聞かせていたわ。私が自分で封じているという記憶、あれはきっとあの聖職者の男に関係している)

そんな気がする。だがそちらは自分でもまだよくわからない。だから誤解を受けている母のことだけを話す。

「私に当時の記憶はありません。欠けています。ですが都に戻って親族たちから聞かされました。でも疑ってはいません。私は母が父を愛していたことを知っていますから。この件に関しては悩んだことなどないのです。……私の記憶を、皆様にお見せできればいいのに」

途切れ途切れの記憶。父と母は別に暮らしていた。それでも覚えている。別邸を訪れた父の顔を。

母も同じだ。馬車が止まるのが待ちきれないとばかりに飛び降り、母の元へ駆け寄っていた。

別れて暮らす間も父からは熱烈な手紙が何通も届いた。それを幸せそうに頬を染め、何度も読み返していた母の顔を覚えている。父が来ると知ると、せっせと別邸内を整え、父の好物の香草を摘み、自ら厨房に立ってお茶を淹《い》れていた。

「あの母が父を愛していなかったとは思えません」

ただ、密偵かも、という部分では心が揺らぐ。ユーリアは聖域での母を知らない。

(それにあの一瞬だけ思い出した聖職者。彼が着ていたのは高位聖職者の長衣だった……)

母と暮らした別邸近くには聖堂などなかった。森の向こうに修道院が一つあるだけだった。

幼い自分があんな位の高そうな聖職者と会う機会などないはずなのだ。

(なのに覚えてる。今まで思い出せなかったけどあれは確かにあったこと。別邸の客間だった。

それに私、衝撃を受けてる。あれが誰かも思い出せないのに怖いと思った)

この男は自分と母の敵だと、幼い身で考えていた。

心細くなって温もりを求めた手が無意識に動く。そこで改めて子竜たちの不在に気づいた。

「あの、あの子たちは？　怪我《けが》などしてはいませんでしたか？」

「あの子たち？」

「ルトとウシュです。頑張ってくれたのでお礼を言って抱いてあげたいのです。ウシュにはお菓子のほうがいいでしょうけど」

言うなり、王太子がむせた。リヒャルトが何故か頬を赤く染めて教えてくれた。

「……別の用があって使いに行ってもらっています」

「そう、ですか」

ユーリアはしゅんと肩を落とした。王太子がにやにやしながら口を挟んだ。

「気に入ったなら用とやらが済み次第、君の部屋へ行かせるぞ。なんなら抱いて寝るといい」

「殿下！」

リヒャルトが卓にあった報告書の束を投げつけた。笑いながら王太子がよける。……主従というより悪ガキ同士のじゃれ合いだ。あまりに仲がいい。

首をかしげると王太子が気づいて教えてくれた。

「ああ、俺《おれ》とこいつは幼なじみなんだ。俺は昔、体が弱くてこいつの養母のところに預けられていたからな。その後も体格が似ていたからこいつには王宮に来てもらって影武者を務めてもらった。だから四つくらいの頃からずっと一緒だ。ほとんど兄弟だな」

さらりと言われたが、驚いた。影武者？　それはつまり暗殺者などの手から王太子を護《まも》るための身代わりだ。王家の闇《やみ》を見た気がして衝撃だった。だが納得もした。

(それでリヒャルト様の仕草が完璧なのね)

王太子の影という日陰の立場でも、彼は国の頂点に立つ王族としてふるまうべく訓練を受けたのだろう。だから指示を出す姿も堂々としていたのだ。

(影武者なんて、危険なこともあったでしょうに)

胸が痛んだ。幼い内に親元から引き離され、王宮で育ったのだ。苦労しただろうに、彼はそんなそぶりも見せず、優しく穏やかな顔を見せてくれる。世を拗《す》ねたりせず、王太子と友情まで築いている。強い人なのだと思った。ますます尊敬した。

そんなユーリアの心は表情にも出ていたのだろう。彼が照れたように咳払いをする。

「その、このことは内密に。殿下に対して見苦しい真似をするところをお見せしました」

「いえ、あの、うらやましいです」

すまなさそうに謝るリヒャルトに、ユーリアはあわてて言った。

「その、私は友だちがいませんでしたから。僭越《せんえつ》ながらお二人を見ていると微笑ましく……」

言って、二人が複雑そうな顔でこちらを見ているのに気がついた。

「あの……？」

さすがに失礼すぎる感想だったか。そう身をすくめた時、また何かがユーリアの記憶に引っかかった。緑の森に湖、踊る小さな魔物たち。水を跳ね、笑う少年の姿が脳裏に浮かぶ。

（何、これ……？）

覚えがないから、別邸での記憶だろう。自分の記憶で欠けた部分があるのはあの期間だけだ。

その時王太子が言った。

「まだ、君の記憶は戻らないのか」

え？　と顔を見る。リヒャルトがあわてたように割って入った。

「殿下っ」

「だが思い出さないままではいつまでも先に進まないだろう。彼女のことも守りきれない」

「あの、どういうことですか？」

「君が母君と暮らした別宅がある静養地、あそこには王家の離宮もある。小さいし、めったに使わないからあまり人には知られていないがな」

リヒャルトを黙らせてから、王太子が言う。

「そこで、俺たちは君に会っているんだ。思い出さないか？」

「え……」

その時、また、ぱっと視界が開けるように、覚えのない記憶が蘇った。

〈ほう、この子がユーリアか〉

声までが鮮明に浮かぶ。最初に脳裏に現れたのは、あの聖職者の姿だ。

王太子が言う過去に会った彼らのことは思い出せない。それよりも〈ユーリアか〉と呼ぶ男の声が恐ろしくて、ユーリアは身をふるわせた。胸が苦しい。息ができなくなる。

「殿下！　そこまでにしてください！」

リヒャルトが気遣うようにユーリアの背に手を添えた。ゆっくりとなでる。

「無理に思い出さなくていいのです。あなたの記憶の欠落は心を守るためのものと医師は言ったのでしょう？　なら、あなたにとって必要な欠如です。焦ることはありません」

何故、彼が医師の診断を知っているのだろう。伯母が話したのだろうか。

「それより目下の問題について話しましょう。令嬢だっておつかれです。早く部屋に戻って休んでいただきたいですから」

また気遣ってくれているのかと思った。が、リヒャルトは本気で思い出して欲しくないようだった。話を持ち出した王太子をすごい目でにらみつけている。王太子が言った。

「決めるのは、ユーリア嬢だ」

「ふれてほしくない過去なら誰にでもあるでしょう」

リヒャルトが即、返してそんな過去がこの人にもあるのだと思った。

だが王太子が重ねて言う。

「ユーリア嬢、はっきり言おう。君をリヒャルトの婚約相手に選んだのにはわけがある。君の欠落した記憶、それが鍵となっているんだ。君は狙われている。聖域の聖職者に」

え？　ユーリアは目を丸くした。いきなり言われても、理解できない。

「現物を見てもらったほうが早い。君は西方諸国の言語ならたいてい読み書きができると伯母君から聞いたが、本当か？」

「は、はい。聖域周辺の言葉は母に教えてもらいました。その後も独学で」

一度見れば覚えられる特技があるので、西方諸国以外でもたいていはいける。だが何故、王太子はそんなことを聞くのか。

「では、これが読めるか？」

差し出されたのは、崩し字を使ったパズルのような文章だった。ユーリアの知るどこの国の言語でもない。だがこれならわかる。母によく遊びで独自の字の組み合わせをした文章の読み方を教わった。だからユーリアは本の題名を並び替えて文を作る癖がついたのだ。

子音と母音の数、文字の配置、それらから法則を読み取り、変換する。そこには、〈クレオの娘を調べる目的は何か、王の意図を探れ。十二年前に回収し損ねたものがあるなら確保、娘が何かを思い出したのなら内容を確認の後、処分しろ〉と書かれていた。

（何、これ……！）

ユーリアは目を瞬《まばた》かせた。クレオは母の名だ。なら娘というのはユーリアのことか？

「読めるのだな」

王太子が言った。

「これは聖域で使われている符牒《ふちょう》、つまり暗号のようなものだ。先々月、事故で死亡した官吏の邸を捜査した際に出てきた。彼は長らく聖域との秘密の連絡役を務めていたのだ。この文の差出人は枢機卿アレクサンドロだ」

「殿下っ」

リヒャルトが止めた。だが聞こえてしまった。アレクサンドロ。それは母を見出した司教の名だ。そして母が親族たちから白眼視されるきっかけを作った男。

「お前がそうやってかばうから今まで口出しはしなかったが、これからもこういうことは起こるだろう。なら彼女も身を守るために事情を知っておいたほうがいい。……この事態はそんな意図はなかったが我が王家が引き起こしたものだ。リヒャルトとの婚約を決める前に、父が君のことを調べた。それを聖域に察知されたらしい。そしてこの反応が返ってきた」

言って、王太子が改めてユーリアに向き直った。

「俺もリヒャルトも、君や君の母君が密偵だとまでは言わない。元聖女候補であるならばこういった符牒を見聞きしたこともあるだろう。それを君に伝えたことも。だから我が王家は君のことを密偵と疑っているわけではない。父もそんな意図があって君を婚約させたわけではない。純粋に己の腹心である侯爵なら魔導師の婿も受け入れてくれると思ったのと、君とこいつならよい関係を築けるだろうと思ったからだ。が、それが聖域を刺激してしまったのは確かだ」

そのことは謝る。すまない、と王太子が頭を下げた。

「君を巻き込んだのは王家だ。だがそのうえで協力を乞いたい。肝心な部分は王の調査に聖域が反応したということだ。つまり我々はここに書いてある内容の真意が知りたい」

言われて、改めてユーリアは紙片を見る。なんのことかわからない。

（十二年前に回収し損ねたもの？　それに私がなにを思い出すというの？）

が、思い出さないといけないのだ。王の思惑はともかくそのために聖域は誤解した。ユーリアを狙い始め、それで彼は自分と婚約した。聖域の手から守るために。それはわかった。

「……はっきり教えてくださり、ありがとうございます。それでようやくすっきりしました。リヒャルト様を貴族社会に加えられる爵位を持つ令嬢なら他にもいるのに、何故、私が選ばれたか、少し悩んでいたところがありましたので」

母が元聖女候補で聖域と魔導師の融和の象徴になれるからでも、父が娘に関心のない忠臣で婚約関係を結びやすかったからでもない。この記憶のせいだ。リヒャルトが優しくしてくれたのも、ユーリアを安心させ、〈記憶〉を手に入れるため。

ほっとした。ずっと彼に不釣り合いな自分に悩んでいたから。彼の目的がわかって、自分に与えられるものがあると知って、やっと落ち着いた。

それでいて、胸が痛む。ユーリアは自分がどこかで期待し始めていたことを知った。

「利用してすまない」

王太子もすんなり認めた。

「だがそれだけではない。昔のなじみということもあって、君の安全が気になったのもある。婚約すれば護衛も兼ねてこいつを侯爵邸における。聖域も動くと思った。実際、あの男爵令嬢が動いた。我々はあの令嬢の背後にいるのは聖域だと思っている。この邸にいる者の経歴は事前に調べてある。改めてあの令嬢の半生を見ると、彼女に過去の因縁を吹き込んだ場所は聖域直属の修道院としか考えられない」

王太子が、これから改めて再調査を行うが、と前おいて話してくれた。

「あの娘が養女というのは本当だ。男爵家にあの娘の父である魔導師の妹が嫁いでいて、忘れ形見を引き取った。当時はまだ国教化前でそこまで魔導師の地位は低くなかったからな」

だが、その後の国教化で魔導師の地位は著しく落ちた。

「そのため男爵令嬢の養母は実父の存在を娘には話さず、ルーア教に染まりやすいよう、修道院に行儀見習いに入れたのだ。ただ、彼女は修道院で孤立していたらしい。隠しても実父のことを知る者がいたのだ。王都の修道院は格も高い。純粋な祈りと修行の場ではなく、社交の場でもある。当時は国教化に触発されて娘を修道院に入れる貴族が大勢いた」

そんな中、魔導師の娘という肩書きは悪目立ちをする。その空気ならユーリアにもわかる。

「孤立し、心が弱った隙をつかれた、ということですか」

「ああ。そんなところだろう。彼女は修道院を出てすぐにこの邸に勤めている。黒幕が彼女に接触できたのは修道院内しか考えられない。それに彼女は実父が王女を襲ったことを知っていた。あの情報を持つのは王家の上層部と聖域関係者くらいだ」

　王太子が言って、ユーリアは首をかしげる。

（王女を襲った？）

　今の王に娘はいない。子は王太子一人だけだ。先代の話だろうか。なら王女が一人いた。現王の姉にあたられる人だ。今は修道女として聖域にいる。

「当時、王女が襲われたことは極秘だったのです。王女は聖域行きを控えていて、醜聞は起こせませんでしたから」

　首をかしげているユーリアにリヒャルトが教えてくれる。醜聞？　妙な言い方をする。

（王女殿下の聖域行きを拒むために魔導師が襲った。なら暗殺未遂になるのではないの？　警護の隙をつかれたのは確かに失態だけど、醜聞という言い方は使わない気がする）

　よくわからない。が、踏み込んで欲しくない空気を感じる。必要以上に王家の内情に関心を持つのは非礼にあたる。話をそらせるのもかねて、ユーリアは提案してみた。

「……あの、私が令嬢と話してみてもいいでしょうか」

「君が？」

「もちろん私が聞いても何も話してくれないと思います。でも私を前にすれば彼女は感情を高ぶらせるでしょう？　その、私のことは幸せを奪った仇《かたき》と認識しておられるようなので」

　捕らえた時がそうだった。

「実行犯にされたとはいえ元は男爵家のご令嬢です。本物の暗殺者や密偵のように冷静さを保つ訓練は受けておられないのでは。なら、誘導次第では話も聞けると思うのです」

危険だ、と、リヒャルトが反対したが、王太子は「一理あるな」と言った。

「殿下！」

「お前が傍にいればいいだろう。どちらにしろこのままでは男爵令嬢は魔導師の手に委ねるしかなくなる。……元が仲間の娘の頭の中をいじるのは魔導師たちも後味が悪いだろう」

言われてしぶしぶリヒャルトが矛を収める。なんだろう。周囲がきな臭くなったからか、ユーリアが頼りないからか、リヒャルトが慎重派になった気がする。情報を共有することにかなり神経をとがらせている。この部屋の会話だけで何度、「殿下！」と話を遮ったかわからない。

（親しい仲らしいけど、さすがにやりすぎでは……）

幸せにしたい彼なのに、ユーリアのせいで王族への不敬行為で罰を受けては大変だ。

「あの、我儘《わがまま》を言いまして申し訳ありません」

「あなたが謝る必要はありません。悪いのはどんどんあなたを巻き込むこの方ですから」

お手数をおかけしますと謝ると、爽やかな笑顔で王太子をにらみつけるという高等技術で返された。王太子はニヤニヤ笑っている。いいのだろうか。

そんなこんなで王太子から司法の塔へ男爵家令嬢との面会の打診が送られた。

が、それが実現することはなかった。面会を申し込んだその夜のうちに彼女は殺されたのだ。

牢番が見つけたとき、令嬢は毒を飲まされ、すでに冷たくなっていた――。

第三章　十二年前の真実

1

横たわる男爵令嬢の顔は穏やかだった。それは死に化粧を施してあるから。罪人だが若い娘だ。同情した看守がいたのだろう。本当は苦しんだことはかきむしった喉《のど》の傷でわかった。

「申し訳ありません。結局あなたを悲しませてしまった……」

仕えていた者の死だ。主《あるじ》として責任がある。家族の元へ遺骸《いがい》を返せるか交渉もしなくてはならない。司法の塔まで赴いたユーリアに付き添うリヒャルトが涙を拭《ふ》く手巾《ハンカチ》を渡してくれた。

毒は食事に混ぜられていたそうだ。面会要請直後の死は明らかに口封じだ。「聖域を相手にするとよくあることなのです」と、彼が顔をくもらせた。

「面会要請は各部署を通して正式に申請されました。その過程に内通者がいたのでしょう。真《ま》面目《じめ》な官吏が転ぶのです。真面目なだけに信仰心も篤い。王家に忠誠を誓っていても魂は聖域に質にされたようなもので、忠誠か、信仰か。選べと迫られて悩みつつ落ちるのです」

「……欲に惑わされる素行の悪い者なら予測もつく。けれど、まさかと思う者が寝返る、防ぎきれない、ということですか」

だから王太子はリヒャルトを重用しているのかと思った。彼なら信用できるから。そして彼がこの死に驚いていないのも、あり得ることと覚悟していたからだ。

(だからこの方は面会に反対していらした。万が一の死を私に見せないためにかばわれてばかりいる。頼られる者になりたい。ならなくては。だって原因は母と自分だ。

(真実を突き止め、凶行を止める。それがイグナーツ家の娘としてなさねばならないこと)

目の前の死に誓い、涙を飲み込む。ためらいがちに彼が言った。

「この後、付き合ってもらってもいいでしょうか」

「どこへですか？」

「この近くに、王立植物園があります。鑑賞用ではなく、薬草や作物などの研究と普及、種の保存を主に行う場所です」

そこに大きな温室があって、ソムフェルの花が植えられていると報告があったという。

「もちろん、原種のほうです。変異種は失われましたから」

「それは偽装で、本当は変異種かもしれない、ということですね？」

「はい。確認の必要があるのですが、僕は当時、花に興味がなくて。差がわからないのです」

「当時？　見たことがあるのですか？」

言いかけて、口をつぐむ。そういえば王太子が言っていた。あの別邸近くには王家の離宮もあって、自分は彼らと会ったことがあると。

あの頃《ころ》の記憶は途切れ途切れだ。欠けている。

だがエミリアの唇の血泡を見た時とっさに〈毒〉と確信できたのは匂《にお》いや色、視覚が刺激されて思い出せたからだと思う。

「嫌なら、いいのです」

王太子に連れていくよう言われているのだろう。リヒャルトがつらそうな顔をする。

原種と変異種の違いなら、時間はかかるが液を抽出して成分を比べればいい。なのに実物を見てほしいというのは、ユーリアの記憶を取り戻させるためだろう。リヒャルトはユーリアが自ら封印したらしき記憶を思い出すことに消極的だ。気を遣ってくれている。

だがエミリアだって苦しいのに薬を飲んでくれた。殺された者もいる。

「いえ、連れていってください」

一人だけ安穏としてはいられない。ユーリアは言った。

連れていかれた植物園の門は閉ざされていた。外の圃場《ほじょう》も雪に埋もれている。

「……人がいるのですか？」

「冬でも温室は見学できますよ。それに植物園の展示は外だけじゃない。資料室には膨大な量の文献と標本がありますから。冬は皆、その整理をしています」

が、温室を見せて欲しいと申し込むと、責任者の対応はけんもほろろだった。

「魔導師などに大事な温室を見せて、妙な呪《のろ》いでもかけられては困る」

本人は顔も見せず、門番を通して断ってきた。リヒャルトが苦笑している。

「困ったな。事前に殿下が話を通してくださったはずですが。僕が普段使う資料庫のほうは話のわかる人が責任者だけど、こちらは貴族、しかも聖域寄りの人らしいですね。植物園の研究者には平民もいますが数が少なくて。貴族の子弟で学者として身を立てることを志す者や、修道院出の薬師で聖域寄りの立場にある者がほとんどなのですよ」

（そういえば図書塔のチュニク室長も修道院の出だったわ）

学べる場が限られているため、どうしても偏る。最近は魔導師に肯定的な王太子やその側近たちとばかり一緒にいたから、世間の魔導師への風当たりを忘れかけていた。

「腕ずくで通れないことはないですが、ここには燃えやすい標本や種が保管されています。手荒なことはしたくありませんね」

何をする気だ、この人は。

「あの、穏便に」

「もちろん。冗談です。わかっていますよ」

もう少し上の位の人を出してもらってきます、と、彼が門番に迫った時だった。「おーい」と声がした。単騎でこちらにやってくる、派手な金髪の騎士がいる。

「来ちゃった」

ばさりと外套《がいとう》を翻《ひるがえ》して馬から下りたのは、王太子だ。リヒャルトがつっ込んだ。

「護衛はどうしたんですか！　それにあなたは侯爵邸で留守番予定のはずでしょう」

もともと来たがっていた人だが、目立つ。各種手配も面倒だ。なので置いてきたのだが。

「ウシュは？　あなたの見張りを頼んだはずですが」

「王宮菓子職人の豪華焼き菓子荷車いっぱいで手を打った。今ごろ厨房《ちゅうぼう》は大忙しだな」

「あの、ではお話し相手を務めたエミリアは」

「宝飾品店リュミエールの新作耳飾りで見逃してくれた。あの令嬢、母上のところで会ったときは澄ました侍女顔をしていたが、猫をとるとすごいな。おもしろかった」

食欲と物欲が勝ったらしい。王太子は笑っているがリヒャルトは渋い顔だ。ユーリアにもだんだんわかってきた。これは素の顔だ。王太子がいるとまた余計なことを言うと思っている。が、王太子が来てくれてやりやすくなった。何しろ超のつく上の位の人だ。さっきまでしぶっていた責任者が門番の知らせを聞いて駆けつけ、すぐ中に通してくれる。

「ほう、すごいな」

温室に咲いた一面の白い花を見て、王太子が感嘆の声を上げる。

「だが大丈夫なのか、こんな無防備に咲かせて。原種のほうも薬効成分があるのだろう？」

「花から神経に作用する液は採れますね。ですが服用しても陶酔感が得られたり痛覚が麻痺《まひ》したりするくらいですので、原産地では昔から痛み止めに処方されています」

話を聞かれないようにだろう。責任者を帰してから、王太子がユーリアに聞いた。

「どうだ？」

「……違います」

欠けた記憶は戻っていない。エミリアの唇の血を見たときのようなざわりとした感覚もない。

それはこの花が記憶が戻る鍵《かぎ》にはなっていないからだ。つまり、あのときの花ではない。

「これは変異種ではありません。たぶんですが」

その時だった。声をかけられた。

「その通りです。ここにあるのは違う花です。花の大きさも薫りも違いますから」

帰りの案内をさせるためにと王太子が残した庭師だ。彼がユーリアにぺこりと頭を下げる。

「お久しぶりです、お嬢様」

「あなたは……、もしかして、昔、別邸にいた……？」

庭師見習いの少年だ。今は青年に成長しているが、目元に覚えがある。いや、思い出した。

（それで殿下がわざわざ来られたの？　彼と私が会えばどうなるかを期待して）

帽子を取り、顔をあらわにした彼は片足を引きずっていた。ユーリアの視線に気づいたのだろう。彼が足をさすりながら言った。

「煙でやられたんです、あの花の。侯爵様が焼き払われたときに。俺《おれ》、花の処分にかり出されましたから。鎌《かま》で刈って、油を撒《ま》いて火をつけました。本当は枯れるまで待ったほうがよかったんだけど、侯爵様が一刻も早く処分したいとおっしゃって」

おかげで煙がたくさん出て、昏倒《こんとう》したのだとか。十日、意識が戻らなかったそうだ。そして起き上がれるようになると片足が動かなくなっていた。

「ご、ごめんなさいっ」

ユーリアはあわてて謝った。自分のせいで始まった騒動だ。

「お嬢様が気になさることはありません。ご存じなかったんですから」

彼は笑って許してくれた。

「この花は正しい方法で加工すると香になるそうです。変異種でも似た成分が含まれていたと、後で聞きました。俺は治療経過の観察もかねてここにいるんです。この足ではまともな勤め先もないし、治療を受けさせてくれたうえにここを紹介くださった侯爵様には感謝しています。元が庭師見習いなので草木の世話ならお手のものですし。それで俺に興味を持った薬師が原種の種を取り寄せたんです。……正しく使いさえすれば、花に罪はありませんから」

言って、彼が咲き誇る花を愛しそうに見る。植物を愛した母の面影が重なった。

「あの毒花を再現できるか、土や水を変えて試しているんです。それで俺がこの温室の担当に。現物を見たことがある庭師は貴重ですから。あの森は侯爵様が立ち入り禁止にして、番人まで置かれてしまいましたからね」

そこでユーリアはふと疑問に思った。父は忙しい人でなかなか別邸に来ることができなかった。来ても母と邸内にいたように思う。なのに何故《なぜ》、あの花を焼くことができたのだろう。

「あの頃のことは覚えていないのだけど、どうやって花の咲く場所まで行ったの？　あれは森を遊び場にしていた私だから知っていた場所のはずなのに。私が案内したの？」

「ああ、それは侯爵様が地図を持ってらしたからですよ。あれは奥様の字だったな」

「え？」

「ほら、俺は奥様に頼まれて庭に植える花とか買いにいくのに、覚え書きを持たされることがあったでしょう？　字が読めないと不便だし、将来のためになるからって、奥様がお嬢様と一緒に字を教えてくださったじゃないですか」

そんなこともあった。話している間に記憶が蘇《よみがえ》る。

母は結婚前にすでにこの国の言葉は身に付けていた。が、細かな言い回しや地方によって変わる呼称がわからず、彼に字を教えるついでに教わっていた。

（でもお母様は私と同じで、一度見聞きしたことは忘れない人だった）

だから貴婦人のたしなみの日記もつけなかった。手紙も読んだ後はすぐに燃やしていた。そんな母が地図を残していた？

（花の咲く場所なら私が話して連れていったかもしれない。それでお母様がお父様にも見せたいと思ったのはあるかもしれない。だけどそれならお母様が一緒に行けばいいことよ）

わざわざ地図を描く必要はない。

自分がいなくなった後のことを考えて、父に地図を描いて渡したのだろうか。それもおかしい。それなら母は自分の死を予知していたことになる。

「奥様がどう考えておられたかはわかりませんけど、お嬢様とよく言葉遊びをなさっていたでしょう？　それと同じじゃないですか。あの花のことは奥様も綺麗《きれい》だと気に入ってらしたから。宝探し気分で侯爵様に摘んできて、と地図を渡されたのでは」

それでも違和感がある。眉根《まゆね》を寄せたユーリアに、庭師が「実はお嬢様にお渡ししたいものがあるんです」と言った。

「奥様が亡くなられる何日か前に預かったんです。あの時は夏だったでしょう？　秋になったら渡してくれって。必ずお嬢様の傍《そば》に侯爵様がいる時にって。なんでそんなに間を開けるのかと思ったんですけど、それも何かのお遊びかなと思って預かって」

形見みたいになりましたけど、と彼が封をした紙片を取り出した。

「遺言とかそういうんじゃないと思います。奥様、俺に渡す時笑っておられたし。封をする前に見せていただいたけど絵ばかりでなにが書かれてるかわかりませんでしたから。もっと早くに渡したかったけど、あれから奥様が亡くなってお嬢様も寝込んででたし、俺も煙でやられて。回復した時にはお嬢様は都の本邸に戻られてて。俺も都に出てきたけど本邸を訪ねても顔見知りもいないし、もう辞めた身だから。お嬢様にも侯爵様にもお会いできなくて。だから今日《きょう》、侯爵邸から人が来るかもと聞いて用意してたんです」

お会いできてよかったです、と言って彼が差し出した手紙をユーリアは受け取った。長い年月を経てよれて変色している。が、母の香りと温もりが残っている気がした。

王太子が覗《のぞ》き込んで、開けろと圧をかけてくる。リヒャルトがそれを遮って言った。

「私的な文ですし、邸《やしき》に戻って一人になられてからでも」

「いえ、大丈夫です」

その場で封をやぶる。開くと、確かに遊びと庭師が思っても不思議のないものが書かれていた。

「字、というより、模様か、これは？」

王太子が興味津々な顔で言った。いったい何匹いるのだろう。紙一面に描かれているのは踊る猫たちの絵だった。こんなものは見たことない。なのに。

（……読めるわ）

ユーリアは驚いた。右を向いた猫は大文字の〈A〉、尻尾《しっぽ》があると小文字の〈a〉。次々と頭の中で猫が字に置き換えられていく。文章の法則がわかる。

（どうして？　こんなの言葉遊びの域を超えてる。でも）

「……思い出しました。私、母から遊びを兼ねていろいろな文を教わりました。数字や結び目を作った紐《ひも》を使ったものなど、決まりがあって、それをかなえれば読める二人だけの言葉を」

「暗、号ですか……？」

思わずといったふうにリヒャルトがつぶやいた。衝撃だった。手紙を持つ手がふるえ出す。

ただの聖女候補なら聖域で使われる符牒《ふちょう》を何かの拍子に見ることもあったかもしれない。が、さすがに暗号を日常的に使ったりはしないだろう。

（これはお母様が聖域の密偵だった証《あかし》なの？　それなら何故、解読法を私に教えたの？　本当に密偵だったのなら、正体は家族にも隠したはずよ。わからないっ）

ただ、わかることもある。

〈探して。薔薇《ばら》の扉の前に立って右を見て。もしあなたを不当に虐《しいた》げる者がいるなら、あなたが今を変えたいと、変えられるだけの力を望むなら、私を見つけて〉

そこにはそう書かれていた。

（これはお母様からの伝言、いえ、遺言だわ……）

ユーリアははっきりと理解した。母が訪れる己の死を知っていたことを。

（そんな、そんな馬鹿《ばか》なこと、あれは事故、私が犯した罪ではなかったの？）

声がした。遠い記憶の向こうから、忘れていた母の声が聞こえた気がした。

〈忘れなさい。あなたを守るためなの〉

そして目蓋《まぶた》の奥に、白い長衣が翻る。黒い髪をした高位聖職者の姿が見えた気がした。その背後に、倒れ伏した母の姿が見えた。

（……どういうこと？　あれは何⁇）

ずっと自分が母を殺したと思っていた。なのに聖職者の男の記憶、蘇った変異種毒、暗号、次々とわからないことが出てくる。怖い。

が、今はふるえている時ではない。考えなくては。〈扉の前〉とはどこのこと？　思い出さないと。自分の記憶がすべての鍵となっているかもしれないのだ。

気がつくと一人で頭を抱えていたらしい。気遣うようにリヒャルトが肩を支えてくれていた。

「大丈夫ですか」

「あ。も、申し訳ありません」

人前で自分の考えに没頭するなど恥ずかしい。が、その時彼の腕越しに揺れるソムフェルの花が見えた。前に見た、花弁を漬けた毒瓶が脳裏に浮かんで、ふと思う。

（どうして男爵令嬢は、あの毒の入った瓶をわざわざお母様の部屋に置いたの？）

あそこに置いたのは、侯爵家伝来のものとエミリアに信じさせるため。そう思っていた。でもあの部屋には鍵がかかっている。父と執事が厳重に鍵を管理している、開かずの間だ。

（こっそり入るには職人に特別な合鍵を作らせるしかない。現にエミリアはそれを使った。聖域の力があればできることだろうけど、毒を置くためだけにおおげさすぎない？）

そう考えると変だ。彼女は本当に毒殺未遂を起こすために侯爵家に入ったのだろうか。身上書も紹介状も完璧《かんぺき》だった。だから急な頼みだったのに伯母が彼女を迎えた。

だがその時はまだ王太子の来訪予定はなかった。あれは婚約式の直前に決まったのだ。彼女を暗殺冤罪《えんざい》を起こす実行役として送り込むなど、無理がありすぎる。

（他《ほか》に目的があったのでは？）

そういえばと思い出す。彼女が妙な時刻に一人で廊下にいるのを何度か見たことがある。あわててごまかしていたが、あれはユーリアの部屋を出て右側、東の廊下でのことだった。本棟二階奥は家族の居室がある区画だ。ユーリアの部屋より東にあるのは父の部屋、そして。

（お母様の部屋！）

本来、彼女が行く必要のない場所だ。あちらには階段も使用人用の通路もない。そこで何度も見たのは何故？　毒を置くためだけなら、行くのは一度でいい。

「……別邸にあった母の私物は、父が母の部屋に保管しています」

声に出してユーリアは言った。母を密偵と前提して話すのは父母の関係を疑うようで嫌だ。だが男爵令嬢の目的があそこなら。

「母の死後、母の友だという修道女が聖域から来たことがありました。父は不審に思いながら邸に入れました。母からそんな人のことを聞いたことがなかったからです。修道女は保管してあるのはこれだけかと確認して、形見が欲しいと別邸からの荷物を物色しました」

そして母の字で書かれた物をすべて持ち帰った。父の許しも得ずにだ。

「彼女は母の墓にも参りませんでした。母の友というふれ込みだったのに。遺品を奪っただけで、以後、父の返却要請にも一切の返事がありません。母と……枢機卿猊下《げいか》とのうわさから聖域嫌いになっていた父はその一件でさらに聖域不信になりました」

「……それが枢機卿の密書にあった、十二年前に回収しそこなったもの、ですか」

リヒャルトが言って、ユーリアはうなずいた。

「ただの推測ですが。でも母は私と同じく記憶力のいい人でした」

人の手に落ちてはまずいことを、わざわざ書き残したりしない。

「それでも何かあると疑い聖域は人を寄こしたのでは？　当然、回収された書き付けに重要なものはありません。〈ある〉ことを証明するのは簡単でも〈ない〉ことを証明するのは難しい。それでもあのとき聖域は〈なかったのだ〉と己を納得させて侯爵家から手を引いた。なら、その後、聖域から一切侯爵家に接触がない理由もわかります」

「だが今、父王が聖域と距離を置く決意をし、君のことを調べた。父上は単に婚約前の身上調査のつもりだったが、聖域はそうは思わなかった。王家が君の母君が残した〈なにか〉に気づいたと思った。それで聖域は再び侯爵家に目を向けた。そういうことか」

王太子も興奮して会話に割り込んでくる。

「侯爵夫人の遺品を調べ、修道女が見落とした〈なにか〉、聖域にとって不利になるものを見つけたら、現在行われている聖域と我が国との、聖騎士派遣や魔導師復権などの条項を盛り込んだ条約改正交渉で不利になると警戒した。それで男爵令嬢を送り込んだか」

「彼女の王族への憎悪を利用し、王の思惑をつぶすためと言えば可能でしょう。先に〈なにか〉を見つけるか、それが無理でもこちらの動きを探るため奥向きに勤めさせた。が、なにも見つけられないまま魔導師である僕が侯爵邸に入ることになった。僕なら〈なにか〉を見つけてしまうかもしれない。聖域は焦り、それであの毒を使ったということですか」

この方法なら〈なにか〉が見つからなくてもいいのだ。ユーリアは続ける。

「王族に毒を盛った一族となれば当然、婚約話は消え、家は取りつぶしになります。都合の悪い記憶を持つかもしれない私も罰を受け、邸も閉鎖される。もう誰《だれ》も母の遺品を調べません」

だからこそわざわざあの毒を用意したのでは？　十二年前の事件を皆に思い出させ、確実にユーリアごと侯爵家をつぶし、すべてを葬り去るために。

囚《とら》われた男爵家令嬢が口を滑らしそうなことはそれしか思いつかない。

リヒャルトがすべての推測をまとめて言った。

「可能性はあります」

急いで侯爵邸へ戻る。外套をまとったまま執事の元へ行き、彼が持つ鍵を借りる。

「お嬢様、しかしあそこは……」

「お願い。お父様に叱《しか》られたら、私が強引に奪ったと言って」

「僕からも頼みます」

リヒャルトも口添えしてくれた。ユーリアではうなずかなかった執事が即、彼に従う。

（……たった数日の同居で、すでに邸内の人心を掌握されているような）

この人はいったい何者。釈然としないまま共に母の部屋へ行く。ユーリアはここに入ったことがない。生まれも育ちも別邸で、戻るとすでに開かずの間になっていた。

鍵穴に鍵を入れる。清掃のメイドやエミリア、何より男爵家令嬢が入ることがあったからか、鍵は簡単に回った。扉が開く。閉ざされていた空気がふわりと動くのを感じた。

時を止めた部屋があった。

ここには清掃の者も年に数度しか入らない。昔、母が本邸にいた頃のままになっている。別邸から運び込んだ母の私物は、壁際にまとめて置かれていた。

「あるとしたらあそこだな」

王太子が目を輝かせて中に入る。続いて足を踏み出して、ふと、ユーリアは母の伝言の一節を思い出した。

〈探して。薔薇の扉の前に立って右を見て〉

立ち止まり、廊下に戻ると、母の部屋の扉を見る。足を止めたユーリアを気遣い、リヒャルトも廊下に戻ってきた。二人で部屋の扉を見る。

邸内の他の部屋と同じ、重厚な樫材《かしざい》の扉だ。剣と槍《やり》を象《かたど》った家紋が入っている。

が、薔薇の意匠はどこにもない。

（ここではないの……？）

眉《まゆ》をひそめ扉に手を触れる。その時だった。頭の中で、優雅な蔦《つた》薔薇を絡ませた鉄柵の面影が目の前の扉に重なった。

はっとした。もしやこれが母の言葉にあった薔薇の扉だろうか。

記憶にはない。だがどこかで見たはずだ。だってこうして思い出しかけている。

（どこの扉だった？　思い出して、私……！）

額に手を当て、集中する。と、知らせを聞いたのだろう、父が肩を怒らせて駆けつけた。

「ユーリア、お前はなにをかぎ回っている！　その部屋は立ち入り禁止と言ったはずだっ」

「お、お父様、私は……」

顔を上げ、説明しようとユーリアは歩み寄る。が、激高した父はユーリアを突き飛ばした。

「ユーリア嬢?!」

傍らにいたリヒャルトがとっさに腕を伸ばして受け止める。「侯爵閣下！」と父に抗議したが、父はすでにその場にはいない。部屋に踏み込んだ王太子を追っている。

「殿下、お待ちください、この部屋は封じたものでっ」

声をかけつつ、父が部屋に駆け入った。その足が床の一画を踏む。その時だった。

光が、炸裂《さくれつ》した。

「うわっ」

「なんだっ」

突風が起こる。父と、父を止めようとした王太子の護衛が廊下まで吹き飛ばされた。

母の部屋には淡い光を纏う奇妙な字と図を組み込まれた円陣が出現していた。両開きの扉が蝶番《ちょうつがい》ごと吹き飛んだ広い開口部からは、はっきりと見える。

(魔導、陣……?)

書庫の禁書で見た図と似ている。リヒャルトが焦った声を出した。

「まずいっ、この構図、魔物を召喚するための陣ですっ」

母の部屋には、罠《わな》が隠されていたのだ。遺品捜索の可能性を持つ筆頭である父が踏み込めば、魔物を召喚する陣が、見えない特殊なインクで床に描かれていた。

「男爵家令嬢の置き土産《みやげ》か……!」

壁まで吹き飛ばされ、中に取り残された王太子がうめいた。リヒャルトが腕を伸ばし、叫ぶ。

「殿下、こちらへっ」

が、遅い。罠はもう発動している。噴き出る光と風に阻まれ王太子は部屋から出られない。描かれた魔導陣が出口となり、ここではないどこかと路《みち》がつながった。床が水面のように透き通り、次々と口や体の一部を紐で縫い付けた異形の魔物が浮かび上がってくる。熊《くま》や狼《おおかみ》、獅子《しし》の姿をとった禍々《まがまが》しい雰囲気を放つ魔物たちが、目の前で実体化する。

ここになにかあるかもしれない、という推測は正しかったのだ。

目的を果たせず男爵家令嬢が退いた場合、この陣が役目を受け継ぐ。令嬢に代わりこの部屋にある物をすべて、〈なにか〉を探そうとする者も含めて消し去る手はずになっていたのだ。

2

「ちっ」

舌打ちをして、ユーリアを抱いたリヒャルトが横に飛ぶ。次の瞬間、ユーリアがいた場所に魔物が砕いた扉の破片が突き刺さっていた。リヒャルトがユーリアを抱き、走る。

「殿下とお父様がっ」

「わかっています、先《ま》ずはあなたを安全な場所に。後で僕が行きますからっ」

部屋から離れ、廊下を走り、棟の中央にある玄関ホールに付随した階段室まで来た彼が、ユーリアを床に下ろした。物音に驚き駆けつけた侯爵家の使用人に託す。

だが魔物たちはあきらめない。長い廊下を、間にある壁をその腕と鋭い爪《つめ》で破壊しつつ、ユーリアを追ってくる。リヒャルトがまた舌打ちを漏らした。

「一度、あの部屋にあるものを目にした者はすべて消す、そうすり込まれているのか」

それはユーリアの記憶力への対策だろうか。なら、聖域はユーリアの力を知っている。

彼が「外出時のお守りです」と、司法の塔に持参していた腰の剣を抜いた。魔導で攻撃すれば部屋に置かれた母の遺品を損ねる恐れがあるからだろう。剣をふるう。

ガキン、と、骨を断つ鈍い音がした。

前に袖《そで》をめくり上げた彼の腕を見た。魔導師なのに逞《たくま》しくて驚いたが、彼は剣も扱えるようだった。書庫にあった教本もかくやの動きで肉薄し、あっという間に魔物を切り伏せる。

（すごい……！）

だが数が多い。さすがの彼もユーリアを守りつつ、取り残された父や王太子、その護衛たちのもとまで行くのは無理だ。

交代要員として控え室で休憩していた王太子の護衛が、騒ぎを聞いて駆けつける。

「殿下、リヒャルト殿、何事ですかっ」

「魔物召喚の陣が仕掛けてあった。お前たちはユーリア嬢を安全なところへ」

命じると、リヒャルトが動いた。駆けつけた護衛が魔物たちを食い止める間に母の部屋前まで戻る。武器もなく動けずにいる父の襟首をつかむと、後続の護衛へ投げるようにして渡す。

それから、魔物たちの向こう、部屋の奥に残されたままの王太子に声をかけた。

「申し訳ありません、殿下。救出は後で。先ず魔導陣を壊します」

「ああ、わかった」

王太子の元へ行こうにも、間に魔導陣がある。これを何とかしなくては部屋には入れない。

王太子も幼少時、魔導師のドラコルル一族の元で育った。魔導陣についての知識があるのだろう。それ以上は聞かない。剣を振るい、己の周囲の魔物をなぎ倒すと、床に描かれた魔導陣に駆け寄ったリヒャルトを援護する。

リヒャルトが指を宙で動かし印を切ると、光を放つ陣にふれた。が、

「これは……」

リヒャルトがつぶやいた。

「……ただの魔導陣ではないですね。構造が根本からして違う。どちらかというと聖域にある封印に近い。これでは消せません。床ごと壊すしか」

その時だ。陣への他者の干渉に反応したのだろう。陣を構成する円がまた光った。

どっと新たな風の奔流が生まれ、辺りのものをなぎ倒す。

壊れた壁を、がれきの散らばる廊下を越え、護衛と共に階下に下りようとしていたユーリアと父侯爵のいる階段室にまで突風が襲いかかる。

そこから起こったことは現実とは思えなかった。

「……ユーリア嬢っ」

叫んだかと思うと、リヒャルトの姿が消えた。いや、違う。闇にのまれたのだ。

壁も崩れ床も抜け、半ば空洞となった侯爵邸の、風が吹き入る広い空隙《くうげき》を通して、彼の姿がユーリアにも見えていた。それが今は見えない。彼がいた場所に突如、濃い、質量すら伴っていそうなどろりとした闇が生まれていた。その姿を覆い隠している。

「リ、リヒャルト様?!」

ユーリアは足を止め、背後を振り仰いだ。彼をのみ込んだ闇は膨れ、一つの形を取った。

竜、だ。

膨れ上がった闇が凝縮し、消えた後には、一匹の巨大な竜が翼を広げて佇《たたず》んでいた。

「な、あ、あれは」

ユーリアは驚きに目を見開いた。同じく振り返り、目にした侯爵家の護衛も息をのむ。

最初、魔導陣から出てきた新手の魔物かと思った。だが違う。竜は魔導陣から吹き出した突風を翼で押さえ込む。先に魔導陣から出てきた魔物たちが襲いかかっても動かない。生じる風の奔流が収まるまで、傷つこうとも身を伏せ、周囲にいる人間たちを守っている。

「ただの竜ではない、のか……?」

呆然《ぼうぜん》と護衛の騎士がつぶやく。あの竜は魔導陣を通さず、いきなり〈そこ〉に現れた。つまり空間を操るか、自在に姿を変えることができる高位の魔物だ。

風が収まり、身を起こした竜型の魔物は牙《きば》と爪を使い、召喚された他の魔物たちを倒して魔導陣そのものも消していく。「あれはなんだ」「同士討ちか」と、竜型の魔物の正体を探る声が周囲でする。が、ユーリアはそんな詮索《せんさく》をしている余裕がない。必死に竜型魔物の周囲を見回す。さっきまでそこにいたのは彼なのだ。なのに今はどこにもいない。

「まさか、まさか、そんな……！」

あの魔物に喰《く》われた？　嫌だ、そんなこと考えたくない。膝ががくがく震える。

だがユーリアは必死に足に力を入れた。壁にすがり立ち上がろうとする。初めて見る高位魔物だ。怖い。でも行かなくては。あそこには彼がいる。だって周囲に血や肉は散らばっていない。彼は生きている。そしてあの顎《あご》の中に捕らわれているのなら、きっと怪我《けが》をしている。

（助けないと！）

己を叱咤《しった》して立ち上がった時だった。視線の角度が変わったからだろうか。今まで壁の残骸《ざんがい》に隠れていた竜型魔物の耳が目に入った。

そこには、見覚えのある金の耳飾りがついていた。彼の耳で揺れていたのと同じ。そして前に部屋まで護衛に来てくれた小さな可愛《かわい》い子竜の耳に揺れていたのと同じ物だ。

（え……？）

その刹那《せつな》、竜型魔物がこちらを見た。

〈彼〉と目が合う。

どうして、彼、などと思ったのだろう。相手は竜の姿をした魔物だ。

大きな金色の瞳《ひとみ》の瞳孔《どうこう》がきゅっと狭まる。ユーリアの姿を認めたのがはっきりとわかった。

その瞳と銀色がかった体色に、前に護衛だからと部屋まで来て、小さな体で懸命にユーリアを守ってくれた可愛い子竜の姿が重なった。

「ルト？　あなたなの……⁇」

ふるえる声で、あの時に聞いた子竜の名を呼んだ。同時に、直感した。

（あれは、リヒャルト様、だ……）

あの竜が姿を変えた彼であること。荒唐無稽《むけい》に思えてもそれが真実だと納得した。ユーリアの一度見たことは決して忘れない記憶力もそう言っている。

何故、どうして。疑問ばかりが渦を巻く。

彼が〈竜の化身〉と異名を持つことは知っていた。だがそれは彼が魔導師として優秀だから畏怖《いふ》の念を込めて例えられているのだと思っていた。なのに。

自分が怖いのかどうかさえ、驚きすぎてわからない。ユーリアは混乱した。声も出ない。

その時、我に返った侯爵家の使用人が悲鳴を上げた。

「こ、この、化け物っ」

喧噪《けんそう》の中、はっきりと聞こえた嫌悪の声。

彼の金の瞳が哀《かな》しげに伏せられて、ユーリアの胸がぎゅっと締め付けられた。

（あの方は皆を守ってくださってるわ。なのにどうしてっ）

彼に怯《おび》え、心ない言葉を口にする者に怒りがわいた。ただただ哀しくて。叫びをぶつけられながらそれでも、なお皆を守る彼の姿が切なくて。

動かなかった体が動くようになっていた。ユーリアは手を伸ばしていた。届くはずなどないのに、これ以上、彼にそんな目をさせたくなくて、ただ、彼にふれ、大丈夫となぐさめたくて。

「リヒャルト様……！」

出なかった声が出た、その時だった。ユーリアのいる階段室の床が崩れた。

魔物たちが暴れた時にすでに亀裂《きれつ》が入っていたのだろう。ユーリアはとっさに柱にしがみついた。だが皆と同じく、竜に意識を向けていた父は回避できない。体勢を崩した。

「お父様っ」

ユーリアは手を伸ばした。父を安全な場所へと突き飛ばす。

驚いたような父の顔を見たのが最後だった。代わりに足を踏み外したユーリアは、瓦礫《がれき》と共に階下へと落ちていった。


どれくらい気を失っていたのだろう。目が覚めると、声がした。

「あれは、なんだったのですか」

伯母の声だ。ユーリアは重い目蓋を開いた。辺りを見る。

なじみのない部屋にいた。寝台の帳《とばり》についた紋からして侯爵邸内だ。ユーリアの私室ではなく、別棟にある客間の寝台に寝かされているようだ。包帯を巻かれた頭や手足が痛い。

それで思い出した。気を失う前にあったことを。ユーリアの部屋がある東翼が魔物のせいで損傷を受けたことも。それでとりあえず無事だったここに運び込まれたのだろう。

（あ、ルトは。あの方は……?!）

置かれた状況を把握すると先ずそれが気になった。自由にならない体をおして起き上がる。

ユーリアの様子を見るためだろう。続きの間との境の扉が開けられていて、伯母と父が向かい合って座っているのが見えた。人払いをしているようだ。他に誰もいない。

「殿下はリヒャルト殿の使い魔とおっしゃいました。が、私は見たのです。あれはまるで」

「それ以上、言うな」

「陛下はご存じなのですか、あの男は魔物です！　しかも人語を操り姿を変えられるっ」

伯母と父が言い争っていた。

「確かにあの力、国の力となるでしょう。〈竜の化身〉と異名を取るのもわかります。ですがあんな恐ろしいモノを我が家に、ユーリアと娶せるなど私は反対ですっ」

「黙れっ、王の命は絶対だっ。これは聖域に対抗するために必要な措置なのだ！」

まだ頭がぼんやりとして考えがまとまらない。だが彼が責められていること、それはわかった。止めなければと思った。こんな声高に言い争ってはリヒャルトの耳に入ってしまう。彼が傷つく。それだけは嫌だ。

思うようにならない体を懸命に動かし、床に足を下ろしたとき父が言うのが聞こえた。

「それに陛下は事前に私にはお話しくださった。あれが魔の血を引くと。だが半分は尊い血だ」

え？　事前に聞いていた？　思わず耳をそばだてる。伯母がつぶやくのが聞こえた。

「尊い血？　半分？　ま、まさか、それでは、もしやあの二十年前の襲撃の……」

「ああ。王女殿下のうわさ、あれは真実だったのだ」

何のこと？　初めて聞く事柄に混乱しつつユーリアは歩み出した。とにかく父と伯母の会話を止めなければと戸口に近づく。その耳に、父の容赦のない言葉が入ってきた。

「それに混じった血というならこちらもだろう。あれはクレオがあの男と通じて生まれた娘。ユーリアに私の血など流れていないのだからっ」

息をのむ。

「何を言うのですっ」

伯母が気色ばむのが聞こえた。が、ユーリアは縫い止められたように足を止めていた。

親族たちにさんざん聞かされた話を父が蒸し返していた。

「知っていたさ。クレオがあの男の恋人と言われていたのを。あれがこの邸を離れたいと言ったのもあの男がこの国に来ると知ってからだった。あの頃のあれは慣れないこの国の暮らしに参っていた。だから別邸行きを許した。が、今思えば人目のない場所であの男と会うためだったのだ。クレオがユーリアを身ごもったのは別邸に行ってからだ！」

父が叫ぶように言う。

「クレオは聖域と通じていたんだ、私と結婚した後も。現にあの男は一度はユーリアを欲しがった。聖域に寄こせと。あの部屋に隠されていた魔導陣が証拠だ。聖域との関係が揺らいだ今、クレオがあの男と交わした恋文が残されていると思ったのだろう。公にされれば聖域の恥だ。今春行われる条約改正で譲歩せざるを得ない。だから消そうとした。そうに決まっているっ」

「馬鹿なことを。クレオは私の友でした。不貞など働いていないと言い切れます！」

「だがあれが死んだ時、私も別邸にいたのだ。クレオから妙な手紙が届いて、虫が知らせた。あの時はあの男も使節としてこの国にいて。だが駆けつけた時にはもう彼女は事切れていて、卓には茶器が二つあった。ユーリアのものではあり得ない来客用の茶器が！　だから私は痕跡《こんせき》を消して……。クレオの名誉と我が家を守るにはそれしかなかったっ」

……それはつまり、母が死んだ時に来客があったことを、父がもみ消したということか。そしてユーリアがやったのだと、娘に罪をかぶせることで妻の醜聞をごまかそうとした？

体ががくがくと震え出す。

父に避けられていたことは知っていた。だがそれは母を殺してしまったからだと思っていた。なのに違う。そもそもユーリアの容疑は父が作ったものだった。

父は他に犯人がいるかもしれないと知りながら、それを追及するよりも娘に汚名を着せることを選んだのだ。それから十二年、娘が悪評の中で孤立するのを放置して。

(すべて私の出生を疑っていたから。私を娘と認めていなかったから)

ぐらりと視界が揺れた。倒れかかったユーリアは扉に手をつく。ギイ、とかすかな音を立てて扉が大きく開いた。はっとして二人がこちらを見る。顔が強張《こわば》っている。

「ユーリア、違うのです、これは……」

伯母が立ち上がる。ユーリアは急いで手を伸ばし、扉を閉めた。内鍵をかける。閉じた扉の向こうから伯母が呼ぶ声がしたが応えられない。ユーリアはずるずるとその場に座り込んだ。

父がユーリアのことをどう思っているかを聞いてしまった。

さらりと流れ落ちた自分の髪を見る。母と同じ色だ。この国では珍しい黒。そしてうわさに聞くアレクサンドロ枢機卿も黒髪だ。

親族たちから聞かされた話が、生々しく胸に迫ってくる。

「……お母様に似たのだと思ってた。でも、お父様はずっと違うと思っておられたのですね」

だから王からの婚約打診も受けた。憎い聖域を牽制《けんせい》する駒《こま》にユーリアを使った。

衝撃だった。リヒャルトの正体を見た。彼が魔の血を引くことを知った。それ以上に父の言葉が胸に突き刺さった。ぐちゃぐちゃにユーリアの中をかき回し、もはや痛みも感じない。

（……このまま婚約を続けても、私はリヒャルト様に侯爵家の婿という地位を与えられない）

ぼんやりと思った。だって、父の娘ではないから。

今までイグナーツ家の娘として恥じない行いをしなくてはと思い、生きてきた。彼と会ってからは彼を幸せにしたいと願い、堂々たる侯爵家の嫡子になろうと思った。

（だけどそれも、もう……）

自分でもどうしたらいいかわからない。涙がぽろぽろこぼれた。

◇◆◇　◇◆◇　◇◆◇

「司法の塔や他部署にはすべて手を回した」

王太子が、リヒャルトに言った。

ところは侯爵邸の別棟にある客間だ。こんな騒ぎになったのだ。王宮に戻るべきだ。が、混乱の極みにある侯爵邸を放っておけず、反対する側近の声を抑えて王太子は滞在を延長している。幸い侯爵邸は魔物が出た本棟の東翼は半壊したが、他は無事だ。

「破損した東翼も応急処置をほどこし、復旧作業の手配にかかっている。お前の使い魔が暴れたことにした。ユーリア嬢も無事だ。先ほど目覚めたと伯母君が知らせてきた」

『我に感謝するのだな。わざわざ竜の姿をとり、下々の者に我がやったと証言してやった。ついでに邸内に他に罠がないかも見てやったぞ。感謝せよ』

子竜、人型どころか巨大な竜の姿もとれる高位魔物のウシュガルルが、偉そうに胸を張る。

『聖域とやらが仕掛けた罠はあそこだけだ。さもあらん、人ごときに我ら魔物を操ることなどそうそうできん。召喚の陣を描ける者はいても数人だろう。気力を使う故、時を置かねば追加で陣を描くこともできん。安心せよ』

「竜体のウシュガルルを見て、またぞろ反対派が使い魔が暴走した場合の方策を定めるべきと大騒ぎしているぞ。何かしらの法令を作るしかないだろうな。ま、今までそういうものがなかったほうがおかしい。魔導師を管理下に置くかと批判も出るだろうが、一般人と魔導師が共存する仕組みを作る過渡期だからな。しかたがない」

王太子とウシュガルルが交互にあれこれ話すが、リヒャルトの耳には入っていない。それどころではない。もっと深刻な問題がある。床に座り込んだまま、ぽつりと漏らす。

「……見られた」

『まあ、しかたがあるまい。非常事態であった』

「前に子竜姿で鼻血を噴いたのも、僕だと気づかれたかもしれない」

『そちらは自業自得だな』

「……え？　ちょっと待て、お前、鼻血を出したのか？　何をしてたんだ。聞いてないぞ！」

王太子が興味津々かぶりついてくるが、リヒャルトは頭を抱えて沈み込んだ。地面に穴を掘って埋まってしまいたい。きっとこれで破談だ。嫌われた。

「……もともと無理な関係だったんだ。魔の血を引く者が彼女と仮初めでも婚約するなんて」

だが夢を見始めてもいた。もう少し、もう少し、このまま彼女と時を過ごせたらと。そんな資格はないのに、彼女が子竜姿の自分にも笑いかけてくれたから。

初めて会った時もそうだった。王家の離宮で王太子の乳母だった人に毒を盛られた。この国を傀儡《かいらい》国にするため聖域が放った刺客だった。弱ったところを護衛の騎士にも襲われた。

なんとか森に逃げたが、死ぬことはなかったが盛られた毒のせいか感情が制御できず人の姿を保っていられなかった。子竜姿でうずくまっているところを見つけたのが、彼女だ。

きっと大人《おとな》を呼ばれる。今度こそ駄目かと思った。

が、彼女は「怪我をしているの?」と心配そうに言った。それから手を伸べて自分と同じくらいある竜体の自分を抱き上げようとしたのだ。

「わたしのお母さまは薬師なのよ。頑張って。おうちに来てくれたら手当てできるから」

当然、暴れた。距離を取った。自分が〈死なない体〉だと知っていたが痛みは感じる。彼女の言う〈おうち〉の大人たちに新たな傷を負わされるのが嫌だったからだ。

まだ満足に口も動かせず、人の言葉を話せなかったが、牙をむいて威嚇した。

だが彼女は逃げなかった。代わりに、母に聞いたという血止めの薬草を摘んできてくれた。

「いやならここにいていいの。こうしてもんであてていれば悪いものはきえるから」

それから、彼女と会うようになった。

最初の出会いが子竜姿だったせいもあって、人の姿では会えなかったが、共に過ごした。途中からは医師の監視を抜け出してきた王太子も合流して、三人で遊んだ。

それまで自分のことを怖がらない人間は王太子だけだった。だが新しい友だちができた。

やがて王太子とともに王宮に戻ることになり、彼女とは会えなくなった。が、再会した彼女は変わらず魔物にも優しくて。いつの間にか、自分は……。

リヒャルトはぐっと手を握りしめた。無言のまま立ち上がる。王太子が聞いてきた。

「おい、どこへ行くんだ」

「帰る」

「帰るってどこへ。もう荷物も運び込んだし、侯爵邸《こうしゃくてい》がお前の家だろう」

「ここは家じゃない。仮の住まいだ。それにすぐ追い出される。魔導の塔か、王宮か。こもるだけの場所なら他にある。元から高嶺《たかね》の花だったんだ」

王太子とウシュガルルに彼女から預かった魔物たちを託し、部屋を出る。

ぱたんと扉が閉まって、王太子とウシュガルルは押しつけられた火蜥蜴《ひとかげ》やドングリ魔物を両腕に抱いたまま、顔を見合わせた。

「……重傷だな」

『ああ。惚《ほ》れているのかと、いつもの確認をする余地もなかった』

3

閉じこもって何日になるだろう。ユーリアは膝《ひざ》を抱えてうずくまっていた。

「ユーリア、聞いていますか。ご当主はああ言いましたが、あなたのことは愛しています。クレオを亡くした後、ご当主はあなたを聖域にやることに反対でした。きっとあの時の偽装も、あなたを自分の娘としてここにとどめるため、聖域に奪われないためで……」

伯母が何度も来て父の行為を弁明してくれた。が、応える気力がわかなかった。ただ目を閉じ、耳を塞《ふさ》ぎ、外の世界を拒絶している。

その時、コン、と窓を外から叩《たた》かれた。

前にもこんなことがあった。なつかしい記憶を刺激されて、思わず顔を上げる。そこにいたのはまん丸のお腹《なか》をした可愛い子竜だった。

「ウシュ！」

リヒャルトの使い魔だ。いや、この子も本当にこの姿が真実なのだろうか。ユーリアはとまどった。それが顔に出ていたのか、ウシュが、ふっ、と大人びた表情で笑った。

『我が、怖いか？』

「……あなたも、話せるのね」

もう何があっても驚かない。二本足で立ち、入れろ、と合図してくる彼を招き入れる。ウシュが偉そうに顎を上げると、揶揄《やゆ》するように言った。

『よいのか、そう簡単に招き入れて。我は魔物ぞ？　人とは魔を怖がるものだろう？』

「怖くはないわ。あなただもの。ただ来てくれるとは思わなかったから驚いただけ」

『あの男のことはどうだ。驚いただけか？』

聞き直すまでもない。リヒャルトのことを問われている。今度は答えるのに時間がかかった。

「……怖くは、ないわ」

やっとのことでそう口にする。あれはなに、どうして、そんな最初の驚きを過ぎると、後はこちらを見た寂しそうな目が心を占めた。あれは彼の素だと思ったから。どうしたらその寂しさを和らげられるか、寄り添いたい、それしか考えられなかった。なのに。

「私はそんなことを思う資格を、完全になくしてしまったから」

だから考えてはいけない。ましてや〈好き〉なんて思っては駄目。

「私は父に娘と思われていないの。今回のことでようやくわかった」

口に出して、ああ、それでか、と思った。誰にも会いたくないと閉じこもっているのは、彼に今の自分を見られたくないから。彼の望む侯爵家の令嬢ではなかったからだ。

「……勝手なの、私は。未《いま》だにあの方にいいところを見せたいなんて思ってる。あの方を幸せにしたいと願っておきながら、逆のことばかりしてるのに」

『フム』

「あの方の正体を暴露する真似《まね》をしてしまった。だって私が母の部屋に入ろうと言ったから、あんなことになった。それで罰が当たったの。密偵の娘よりもひどい事実が出てきた。なのにまだ、私、自分のことばかり考えてる。あの方に嫌われたくないと思ってる」

ずっと周囲の白い目に晒《さら》されてきた。無価値な侯爵家の汚点だった。だからせめて父に振り向いてもらいたかった。だが無理なのだとわかった。

彼はそんな中、最後の希望だったのだ。

「このうえあの方にまで否定されたら、私、もう立っていられない……」

彼に嫌われた事実を見たくなくて、すべてを拒絶している。目を閉じ、閉じこもっている。耳を塞いでいる間に絵本の小人さんが何とかしてくれないかと逃避している。

「好き、なの」

初めて、声に出して言った。彼の婚約者の資格を失った今になってやっと言葉にできた。

「あの方が好き。だから怖いの。失望した顔を見るのが。私、そこまで強くない……」

黙ってウシュは聞いてくれた。ずっと抱えてきたこと、彼への想《おも》い。もう毅然《きぜん》とした令嬢の顔をしていられない。すべて吐き出して、気がつくと夜が明けかけていた。

ユーリアが落ち着いたと察したのだろう。ウシュがふわりと宙に浮かび上がって言った。

『そなたに会わせたい者がいる』

部屋の外には見張りがいると言うと、ウシュは窓の外に出て大きな竜の姿になってくれた。くい、と長い首を動かして翼の生えた背を示す。

『乗れ。落としはせぬ』

急いで外套をまとい、おそるおそる背にまたがると、ウシュが力強く翼を動かした。ぐんっと体が引かれる感覚がして、空に飛び上がる。

（すごい……！）

眼下に夜の紺から朝の金へと色を変えていく街並みが見える。王都が誇る数々の尖塔《せんとう》の向こうに、夜明けの陽《ひ》がしずしずと昇ってくるのが見えた。

『降りるぞ。人目につくゆえ、声は立てるなよ』

あわてて口を押さえる。その直後に、悲鳴が出そうな急降下を行い、ウシュが連れてきたのは、なんと王宮の中だった。

（……こんなところで、誰に会わせてくれるの？）

宮廷に出入りはしていないが、彼が着地したのは王宮の中でも最深部にあたる、王族が住まう区画であることはわかった。すかさず子竜の姿に戻ったウシュが器用にバルコニーの窓を開け、ユーリアを中に入れる。いいのかなと思いつつ足を踏み入れたのは、王宮内にしては比較的こぢんまりして見える客間だった。

『ここで待て。連れてくる』

温かな感じはするが、それでも格式ある調度の数々に、普段着の上に外套をまとっただけの今の姿が気になる。身を硬くしていると、扉が開いた。

「リヒャルト様……?」

名を呼び、振り返ったが違う。ウシュが連れてくるのだから彼か王太子だと思ったのに、そこにいたのは王だった。

「久しぶりだな、ユーリア嬢。こうして直に話すのは、あやつとの顔合わせ以来か」

公の場で見る正装ではなく、品のよいシャツとベストの上に防寒用らしいガウンを羽織っただけの砕けた服装で王が歩み寄る。そのことがよけいに王家の私的な空間に入り込んでいることを意識させて、ユーリアはあわてて王に対する礼をとった。

「硬くなるな。今日は王としてではなく、あれの叔父としてウシュに無理を言った」

王が手を振り、ユーリアに椅子《いす》に座るように合図する。が、ユーリアはそれどころではない。〈あれの叔父〉と王は言った。はっきりと。この場合、王の言う〈あれ〉はリヒャルト以外考えられない。伯母と父の会話を思い出す。王には姉が一人いた。冷たい汗が出てくる。

「……どこから話せばいいか。いや、ユーリア嬢、そなたはどこまで知っている?」

王が「見たのだな」と聞いた。こくりとうなずく。

「あの姿を見たのなら隠しようもない。あれには魔物の血が流れている。あれの父親は異国では神とも呼ばれた高位の魔物でな。そなたをここに連れてきたウシュガルルと同じく、人知を超える力を操り、竜体はもちろん人の姿もとれる存在だったらしい」

ルーア教の国教化に反対し、王女の聖域行きを阻止しようとした魔導師の一人が行った召喚の儀式に、『暇だから』と気まぐれに応じた魔物だったそうだ。

「魔物との契約、それは魔導師が行使できる最大の術だ。呼び出せた魔物の力にもよるが不可能を可能にできる。偶然にも魔導師は……あの男爵家令嬢の父に当たる男だが、最高の力を持つ魔物を呼び出すことに成功した。そして願ったのだ。王女をその手で殺せ、とな」

そこからは、魔導師の想像を超える展開になった。

「信じがたいことだが、厳重に警護された王女の間に侵入した魔物と姉は、一目で互いに好意を持ったのだ。……魔物は姉を殺すことができなくなった」

だが、それは魔物にとって重大な契約違反だった。

どんな高位魔物にとっても契約は絶対だ。いや、高位の魔物であるからこそ、自らの根源に関わる魔力を込めた契約は守らなくてはならない。

「契約を破った魔物は〈契約の爪〉によって己を滅するしかないそうだ。が、消滅する直前、二人は結ばれた。そして魔物は姉の腹に宿ったばかりの命に呪いをかけた。この子は誰にも殺せないという、命がけの守護の呪いだった。魔物の子を宿した姉を守るためだ」

魔物はそのまま消滅し、後には愛する魔物の形見を宿した王女だけが残った。

「父王は当然、腹の子を堕《お》ろさせようとした。が、姉がかばった。この子を殺すなら私も死ぬ。聖域には行かないと。姉の聖域行きは決定事項だった。その時点で赤児の〈誰にも殺せない呪い〉を知らなかった父はしかたなく子の生存を許した。生まれればすぐ引き離して殺せばいいと考えたらしい。姉は潔斎と称して離宮にこもり、秘密裏に出産した」

が、魔物の子だ。そこらの産婆は呼べない。

「故に、当時から魔導一族として一目置かれていたドラコルル一族の女当主を産婆として招いた。そして元の予定通り、姉は聖域へ旅立った。魔力を宿した赤児を国に残してな。父としてはさっさと殺したいところだが、子には父魔物の命を賭《と》した契約印が刻まれていた。殺そうとすると呪《じゅ》が発動して相手を返り討ちにしてしまう。しかたなく育てることになったが、あれの魔力は幼い頃から強くてな。常人では近寄れず、ドラコルル家に預けたのだ」

「では、彼が魔導師になったのは」

「ああ。養母の影響だ。魔導の基本はその時覚えたらしい」

その後も魔導絡みの襲撃事件が王家周辺で頻発した。ルーア教の国教化が決まり、魔女狩りなども始まって、追い詰められた魔導師たちが王家に命がけの抗議を行っていたのだ。

「父は己の孫、つまりわしの息子が害されることを恐れた。髪色以外はよく似ていたリヒャルトを影武者にすることにしたのだ。侯爵家の別邸がある静養地に二人が滞在していたのはそのためだ。互いの仕草を学び、入れ替わるための準備にな。父の判断は非情だったが、あの子たちは大人たちの思惑を超え、よき友となってくれた。自由のきかない王族が心からの友を得るのは難しい。あれと共にあれた息子は恵まれていると思う」

その慈しみに満ちた声に、王が王太子のことだけを想っているのではないとわかった。

「陛下は、彼《リヒャルト様》のことを」

「ああ。愛している。わしからすれば甥《おい》だ。赤児の頃から見知った存在だ。故に国情が安定し、影武者の必要性が薄れた時も、機密保持のためリヒャルトの処分を命じた父に反対した。髪色を元に戻し、息子の側近とすることを提案したのだ。あれも受けてくれた」

それから時が経《た》ち、王も代替わりした。新王は方針を転換。ルーア教を国教としたまま、魔導の存在を認める方針を打ち出した。

「国のためではあるが、甥のためという私情が混じっていたことは否定せん。が、一度、定着した事柄を変えるにはどうしても摩擦が起こる。故にそなたには迷惑をかけた。これからも矢表に立たせることになる。そのことに関してはすまない。謝る」

だがわかってくれ、と王が言った。

「わしはここで屈するわけにはいかんのだ。十年後、二十年後を見据え、魔導と共存できる国を作りたい。それこそがこの国を護《まも》り、発展させる唯一の道だと信じている。だから頼む。どうかあれを見捨てないでやってくれ。あれとの婚約を破談にしないで欲しい」

王がなんとユーリアに頭を下げた。下げたままで言う。

「出自を黙っていたことは許してやって欲しい。ことは国の浮沈に関わる。わしがきつく口止めした。侯爵には親同士の立場で話したがな。あれはわしにとって息子同然の存在だ。それが友とも思う侯爵の娘と結ばれるのは私的に嬉《うれ》しい。あやつとの縁を切らないでやってくれ」

それから、王は昔話を披露してくれた。

「あれは複雑な生い立ちからか、幼い頃から自分のことはあまり話さない奴《やつ》だった。が、離宮に行かせた折に、『可愛い友だちができました』と手紙に書いてきたことがある。そう、そなたのことだ。今回の婚姻政策も最初はしぶっていたのだ。いかに魔導師の地位を上げる国策とはいえ、相手の令嬢に失礼だとな。が、そなたの名を出したら、即、了承しおった。例の密書の件があり、傍らで守らねばならぬ事情があったとしてもばればれだ」

王がいたずらっぽく微笑《ほほえ》む。ユーリアは顔を赤くした。

「あれは初恋をこじらせてはいるが、根は可愛い奴だ。言動が嘘《うそ》くさくなっていたことは許してやってくれ。あれはまともに人と付き合ったことがない。そなたに嫌われたくないと、若い娘への対応を調べて必死で猫をかぶっていたのだろう」

「ですが私は……」

「そのことならウシュガルルから聞いた。そなたさえ承諾してくれるなら侯爵の説得はわしがする。廃嫡などさせん。だが、そなたが悩んでおるのはそんな肩書きのことではないだろう？」

　穏やかな王の声を聞いていると、家や生まれ、国のことなど難しいことは考えなくていい。ただ、彼と向き合って心のままに決めればいい、と思えてくる。

（それが、一番難しくて怖いのかもしれないけれど）

　そっと聞いてみる。

「……リヒャルト様は、まだ望んでくださるでしょうか。私を」

「わしに聞く前に、聞くべき者がいるのではないか？」

　王が言った。

「あれは姉がいた離宮にこもっておる。話す気があるなら案内させよう。わしではそなたの心の重荷を取ることはできん。が、その悩みは杞憂《きゆう》だと断言できる。あれがそなたを嫌うわけがない。照れて言わんがあれはそなたに惚れておる。十二年前からな」

　父の心を聞いてから、世界の終わりが来たように嘆いてばかりいた。

　なのに、今は。王の言葉に素直に従う気持ちになった。


「こちらです」

案内されたのは、王宮の敷地内にある小さな離宮だった。

神の花嫁と言われた人が暮らした小宮殿。一国の王女が暮らすには寂しい場所だ。聖域行きが決まってから、王女は潔斎のためここにこもったらしい。当時から聖域行きに反対する者がいたから、人の多い宮殿で守るよりはここのほうがという理由もあったらしいが、実際は秘密の子を身ごもり、限られた者しか立ち入れないここにこもったのだ。

正面扉を開けると、肖像画があった。聖域に赴く前に描かせたものだという。ユーリアが生まれる前に聖域に行かれた方だ。今まで顔を知らなかった。どこか彼に似ている。

古くから王女に仕え、すべてを知る侍従が目を細めて言った。

「昔はもっと似ていらしたのですよ。故に殿下の影武者を務められたのです。ですがリヒャルト様は父君の形質のほうを濃く継がれたようですな。だんだん父君に似てこられました」

きっと美しい魔物だったのだろう。王女の心を一目で奪ってしまうほどに。

(私も、奪われてるから)

彼の顔を知る前から好意は持っていた。だが彼と共にすごしてどんどん好きになっている。

ここからはどうかお一人で、と言われて中に入る。廊下を進み、王女の部屋だったと教えられた場所の扉をそっと開ける。そこに、彼はいた。

「……ユーリア?! 本当にあなたですか??」

彼は、床にうずくまっていた。こちらを見てあわてて立ち上がる。

二人、向かい合って立ち、顔をうつむける。勢い込んできたけれど、何を言えばいいかわからない。彼がぽつりと言った。

「……もう、会ってはもらえないと思っていました」

「え」

「あんな姿を、見せたから」

あ、と思った。今まで思いも寄らなかった。あの姿を見られた彼がどれだけ不安がっているかを。ユーリアは自分が彼のことを好きだと知っているから、彼の恐れに思いが及ばなかったのだ。逆に、彼に嫌われるのではと、そればかりを怖がって、閉じこもっていた。

（あの時の寂しそうな目を見ているのに……）

自分を馬鹿馬鹿と責めたくなった。そして改めて思う。

（……私、本当にこの方が好きなのだわ）

ずっと片恋をしている。だから彼が自分を好いてくれているなど考えつかなかった。

くすりと笑う。盛大にすれ違っていた。そのことがおかしくて、心が軽くなる。

「……私たち、似たところがあるのかもしれませんね」

「ユーリア嬢？」

「確かに怖かったです。いえ、正確には驚きました。でもそれ以上に頼もしかった。こんな私にも、人に隠していた姿をあらわにしてまで守ろうとしてくれる人がいた。そのことが嬉しかったのです」

それから、勇気を出して彼の顔を見つめて、言った。

「あの、私も聞いていただきたいことがあって来ました」

すべてを語る。父との不仲のこと、父の疑い。王は廃嫡などさせないと言ってくれたが、自分と婚約を続けても、貴族の肩書きを手に入れる件に関しては意味はないかもしれないこと。

それから、最後に聞いた。

「それでも、私との婚約を継続させたいと思われますか?」

彼は黙ったまますべてを聞き、それから言った。

「……僕はもうご存じの通り、人ではありません。だから人が育む愛や恋といった感情がよくわかりません。陛下から父母のことを聞かされた時も正直よくわかりませんでした」

恋というものが善か悪かわからなかったから、と彼は続けた。

「恋のために父は死にました。でも恋をしたから母は殺されずにすみました。複雑すぎて子どもだった僕には理解できなかったのです。だから、今、僕の胸にあるこの想いがなにか、よくわかりません。ですがあなたのほうから会いに来てくれた。それだけでもう僕は胸がいっぱいで、嘘っぽい紳士の仮面なんて作れなくなっています」

それから、彼はユーリアに歩み寄って、言った。

「……嫌なら、どうか逃げてください」

「え」

「今まであなたが怯えると思い、男女の適切な距離を取ってきました。それも限界です。僕はたぶん、あなたが好きなのです。一人の女性として」

彼がささやく。

「僕は複雑な事情を抱えています。この国がルーア教を奉じる限り僕は異端者だ。関わればあなたまでこの呪われた血の鎖に縛りつけてしまう。だから最初からこの婚約は仮初めのもの、聖域との件が終わるまでの関係と決めていました」

ですが、と彼がユーリアの手を取る。

「あなたがいいのです。爵位が欲しい、魔導の発展のためには貴族の後ろ盾がいる、そんな理屈はどうでもいい。ただ、僕があなたを欲している。あなたがこの話が破談になった後、他の男の手を取ったらと思うと血が沸騰する。何も考えられなくなる。それほど僕はあなたを欲している。魔物と人に追われ傷ついた僕を救い、優しくなでてくれた手、あの時のあなたの手を忘れられないでいるのです……」

ユーリアは動くこともできずに彼の言葉を聞いていた。すべてを晒け出したのに、彼は嫌わずにいてくれる。逆にユーリアの手を取り、あなたがいいと言ってくれる。こんな都合のいい夢のような言葉を信じていいのだろうか。

だが彼が切羽詰まった熱い目でこちらを見ている。求婚者の目だ。いつか見た、エミリアを見上げる恋い焦がれる男の目。それが今、自分に向けられている。それどころか、不安だ、怖い、と訴えている。あなたに拒絶されたくないと。

（……彼を幸せにしたいと思った。そのために頑張ろうと思った）

なのに今、ユーリアは彼に返事を渋るという形で彼を不安にしている。

それで心は決まった。

「私も、あなたとの婚約を続けたいです」

思い切って言う。

「できたら、その後もずっと。永久にあなたと手を取り合って生きたいと思います」

それはつまり仮初めの、形だけの婚約ではなく、本当の関係にしたいということ。

彼は魔物だ。そんな彼の手を取ればどうなるかわからない。彼とは種族も、もしかしたら寿命も違うかもしれない。

それでも彼が今感じている不安を取り除きたいと思った。幸せにしたいと。そのためには自分がためらっていては駄目だと理解した。

取られた手に、もう片方の手を添える。自分にふれる彼の手を包み込む。

「ユーリア……」

名を呼んで、もう一歩、彼が前へ出ようとした。だがそこでためらう。足を動かせずにいる。

だからユーリアが動いた。

自分から床を蹴《け》り、彼の胸に飛び込んだ。つないだ手をとき、彼にふれる。彼の逞しい胸に頬をよせて言う。

「あなたは前に『あなたは私を受け入れてくれた。だから今度は私の番です』と言ってくれました。その言葉をそっくりお返しします」

緊張にふるえるユーリアを抱きしめるかのように彼の腕が動く気配がした。ユーリアははっとした。改めて自分のはしたなすぎる体勢に恥ずかしさを感じて身を引こうとしたが、できなかった。

彼が素早く、強く、逃げられないように腕を伸ばし、ユーリアを抱きしめたからだ。

それから、二人で並んで座っていろいろな話をした。

嫌われるかも、あきれられるかも、そう恐れて隠していたことも、互いにすべて打ち明けた。彼が知りたがったし、ユーリアも知りたかった。

どれくらいそうしていただろう。気がつくと、ここに来たのは昼前だったはずなのに、辺りが暗くなっていた。冬の星空が開けっぱなしの緞帳《どんちょう》の向こうで輝いていた。

寒くはない。彼がユーリアに自分のローブをかけ、抱きしめてくれているから。

温もりは大丈夫だが、お腹が空いた。思えばユーリアは父の言葉を聞いたときから満足に食事を摂っていない。聞いてみると彼も同じだった。

やっと周りを見る余裕ができて見てみると、何故かかぼちゃがいくつも転がっている。

「……塔の部屋に置いていたのですが。ウシュが腐るから早く食べろと置いていって。その、養い親からの差し入れです」

王女の秘密の子として生まれた彼は人として生きるためにドラコルル家の養い子となった。その関係で、今でも養母が食べ物をいろいろ送ってくれるそうだ。

それをウシュが一つずつ持ってきたのだとか。ウシュなりに何も飲み食いせずに閉じこもっている彼を心配したらしい。

生かぼちゃを差し入れられても困ると思うが、そこは生のかぼちゃからでも精気《メラム》を摂取できる魔物らしい発想だ。

ちなみにウシュの本名はウシュガルルというらしい。そういえば王もそう呼んでいた。

「あの、これを使ってもいいですか？」

「え」

「その、お菓子くらいなら、私も作れるので……」

離宮には厨房もあった。王女の私室には使用人たちも手を触れないようにしていたが、閉じこもっているリヒャルトを心配した王が手配したのだろう。厨房は清掃が行き届き、汲《く》みたての水やパン、すぐ食べられるようにと覆いをかけられた幾皿もの料理とともに、気が向いたら調理もできるようにという配慮か、食材も置かれていた。

ずっと絶食していたのなら、胃に優しいものがいいだろう。とろとろの甘いかぼちゃのプディングを作ることにする。丸々したかぼちゃを手に取ると、即、彼に取り上げられた。

「こんな重くて硬いものを持つと、あなたの手がつかれてしまいます」

言って、彼がかぼちゃを騎士の兜《かぶと》のように脇に抱えた。ユーリアの前に片膝をつく。

「どうか指示してください。あなたのおっしゃる通りにいたします」

キラキラと輝く目でユーリアを見上げる彼は、騎士というより主人に忠実な大きな犬のように見えた。

それからの彼は己の宣言通り、かぼちゃを切ったり裏ごしをしたりと、力仕事の部分をすべてやってくれた。二人で並んで厨房に立つのは初めてだ。楽しかった。人手があるので、ついでにとろりとしたかぼちゃのスープも作る。

「で、できましたっ」

王宮の料理人が作ってくれた料理やパンも、温められるものは温め直して卓に置く。ろうそくも点《とも》して、飾り用の陶器の花と共に中央に置いた。

ずらりと並んだ料理は輝いて見えた。食堂に運ぶべきかとワゴンを探していたら、彼が厨房まで椅子を持ってきてくれた。

「すみません、高さの合う揃《そろ》いの椅子がなくて。これでもいいですか?」

調理の火が残る暖かな厨房で、調理台も兼ねた素朴な木の卓を挟んで座る。ユーリアははっとした。

(これはもしや、物語で見た庶民の家庭の風景では)

本で読んで以来、憧《あこが》れていた。長い豪華な卓を離れた位置から囲むのではなく、手が触れそうなほど近くで、一つの器から料理を取り分けて一緒に食べる。父と母、祖父と祖母に囲まれた主人公姉妹が、皆と一緒に収穫して調理したシチューやパンを食べてお話しをする場面だ。読むだけで心が温かくなってふわふわして、何度も同じところを指でなぞった。

ずっと夢見ていた温かな光景だ。

だが家族どころか給仕の使用人もいない。完全に二人きりだ。

(……勢いでやってしまったけれど、これって淑女のすることではないのではない?)

またしでかした。無作法に気づいてはくはく唇をふるわせると、くすりと彼が笑った。

「陛下の許可が下りているのだから、宮廷作法から逸脱していても大丈夫だと思いますよ」

とろけそうな幸せな笑みだった。何の含みのない、ただただ相手を慈しむ、穏やかな笑顔。

(あ……)

初めて書庫で会った時も、彼はこうして笑いかけてくれた。だから彼が気になったのだ。彼が読む本の題名に惹《ひ》かれただけでなく。

そんなユーリアの手に、彼がふれた。そっとにぎる。

気がつくと、もう片方の手にも、彼の手が重ねられていた。

はっとして、条件反射で引こうとする。が、途中でためらった。こちらを見る彼の目がすがるような色を帯びていたから。

「あ、あの」

「婚約者の緊張をほぐすため、なだめています。嫌でしたか」

「い、嫌といいますか、その……」

「婚約続行でいい、とおっしゃいましたね？　それは本格的な交際を始めるということで、こういうことをしてもかまわないと許しをいただけたということでは」

（そ、そういうことになる、の……？）

胸を叩く心臓の鼓動がどんどん大きくなる。大きくなりすぎて考えがまとまらない。顔合わせの時引いてしまった強気な彼が、また復活しているような気がする。

（この方の素はどちらなのか、真剣に教えて欲しい……）

恥ずかしいような、嬉しいような。胸の奥がむずむずして、間が持たない。

そんなユーリアを見て、彼がまたくすりと笑った。

「互いの心も確認できましたし、陛下の許可も出ました。少し距離を縮めても大丈夫かと思ったのですが、早すぎましたか？」

「す、すみません、そのっ」

「わかりました。もう少しだけ我慢します。もう少しだけ」

彼が手を引き、すみません、浮かれてるんです、と照れたように笑った。

「あなたと婚約する前に、男女の交際とはどういうものかと書物を調べて、ぜひやってみたいと思っていたものですから。つい先走りました。後の愉《たの》しみに取っておきます」

爽《さわ》やかに言われたが、ユーリアは彼と違い、この手の予備知識が何もない。

(伯母様に言われてお見合いの手順なら調べたけれど……)

そういえばその後については忙しかったこともあり、ほうりっぱなしだった。

本格的な交際が始まったら、どうなるの。

にこにこ押し強く微笑む彼の爽やかな表情に、ユーリアは押し寄せる幸せの想いとともに、一抹の不安を感じたのだった――。

第四章　善なる者の犯す罪

1

彼との婚約継続のためにも、魔導師の地位向上のためにも、侯爵家の問題を解決しなくてはならない。何より、まだぼんやりとしか思い出せない彼との出会いの記憶も取り戻したい。

なので、王宮から侯爵邸に戻ったユーリアは、半壊した本棟東翼を調べていた。

正確には、散らばってしまった母の遺品を集めている。

互いに告白し合って以来、輪をかけて過保護になったリヒャルトはもちろん、危ないと止めたのに王太子とウシュガルルもいる。

そして、何故《なぜ》か火蜥蜴《ひとかげ》のウルルやドングリ魔物たちも一緒だ。

「完全に床が抜けて通れないところもあります。瓦礫《がれき》だらけで足場も悪いですから、人では行けないところにはこの子たちに行ってもらいましょう」

　リヒャルトの一声で、小さな魔物たちも調査部隊に参加することになった。

　寒い冬の間、暖かな部屋に閉じこもっていた火蜥蜴やドングリ魔物たちは、壊れた壁穴から吹き込む外気を久しぶりに吸い、体を動かせると大張り切りだ。するべきことはウシュガルルが通訳？　してくれるので意思の疎通ができるのもありがたい。

　ドングリ魔物たちは軽いので崩れかけた瓦礫の上でも平気だ。ずらりと一列に並ぶと、散らばった帳簿の紙を頭上に掲げて、小さな体でバケツリレーのように運んでくれる。

　少し重めのものはウルルが口にくわえて救い出してくれる。もともと山の岩場を住処にしている火蜥蜴だから、崩れた壁や柱の間を進むのはお手のものだ。

「ありがとう、皆。午後のお茶の時間にはごちそうを用意しておくから。ウルルには燻製《くんせい》肉、ウシュガルルとドングリさんたちは卵とバターをたっぷり使ったバーボフカでいい？」

　バーボフカは生地がみっちり詰まった食べ応えのあるケーキだ。暖かなお日様のような金色をした飽きのこない素朴な味の焼き菓子で、労働後のお茶のお供にぴったりだ。

　皆が喜んで体を揺らす。厨房《ちゅうぼう》に頼んでたくさん用意してもらおう。

（十二年前、聖域から来た修道女が持ち帰ったのは、お母様自筆の文章だけだったわ）

　なので、父が集めたらしき当時の記録は無事だ。

（別邸の各種帳簿や聞き込み結果の報告、それに煙にまかれた庭師たちの入院記録や近くにあ

る修道院でも記憶を失った人を保護したことまで。すごい、たくさんある）

母の件では、父はユーリアに罪を着せた。が、本心では真実を知りたいと願っていたのだろう。でなければこれだけの調書を集められない。

リヒャルトの優しさにふれて少し自分に肯定感が出たからか、希望が蘇《よみがえ》った気がした。

ユーリアは夢中で目を通す。平行して、どこに何が散らばったかをドングリ部隊に伝えて、サルベージしてもらう。集めた帳簿の整理は王太子が手伝ってくれた。

「こうしてみると確かに男爵家令嬢は母の別邸での遺品に興味を持っていたようですね」

「わかるのか？」

「はい。あの荷物があった周囲だけ埃《ほこり》が少ないですから」

埃どころか今は瓦礫だらけだ。壁にも穴が開いている。魔物も出たし彼が竜化して暴れたが、あのとき垣間見た一瞬で、部屋のどこに何があったかは記憶している。特に書物や書き付けの類《たぐい》は本好きの性で真っ先に目がいった。場所も冊数もしっかり覚えている。

「聖域の魔導陣が最初の光を放った時、殿下はここ、この上にいらっしゃいました。その少し右奥に別邸からの母の荷物があって、最初の爆風は部屋のあの辺りから四方に拡散しました。その後、第二波の風はあの扉手前から吹き付けましたから、重い木箱の類は壁にぶつかり、こちらへ。軽い小箱や紙束はばらけながらあちらへ風に乗って流れました。埃も一緒に。それがあそこにあります。ですから欲しいものはあの瓦礫の下にあるはずです」

「……わかるのか、そんなことまで」

「はい。あれからこちらは危険で誰も踏み込んでいません。壁の穴も幕や板で覆いましたから、よけいな風も吹き込んでいませんし」

◇◆◇　◇◆◇　◇◆◇

彼女が答えて、リヒャルトは驚いた。記憶力のよさは知っていたが、改めて目にするとすごいとしか言えない。王太子も絶句している。そんな二人の反応をどう思ったのか、彼女があわてたように説明する。

「その、閉め切った部屋でも埃は出るのです。決して我が家の使用人が怠けたわけではなく」

驚いたのは室内に埃があったことではなく、そんな微細な違いも覚えている彼女にだが。

「……相変わらず、このご令嬢は自分の価値をよくわかっていないな」

王太子がぼそりと言った。全面的に同意だ。

「帳簿やちょっとした書き付け。別邸での記録。それらは普通の者が見てもただの暮らしの垢《あか》だ。が、彼女ならすべてを記憶し結びつけることができる。これは立派な力だぞ？」

「聖域が幼い頃《ころ》の彼女を欲しがっていたと聞きましたが、やはりこの力のせいでしょうか」

「だろうな。すべてを一目で覚え、それを活用できる思考力まで持つ記録媒体を敵地に送り込めば、どれだけの戦力になるか。そういえば彼女の場合、母君にも同じ力があったのだったな。もしや母君はその力のために聖域に引き取られたのではないか？」

聖域の聖女は神の声を聞く特異能力を持つという。教区にいる力ある少女を幼い内から集め、徹底的に教化したうえでその能力を伸ばさせる。それが聖女候補という存在だ。

「その中に、異能と呼ばれる別の力を持つ者がいてもおかしくない」

神の声を聞くだけでなく、一般には異端といわれるあらゆる力を聖域に集めているのなら。

「あの罠《わな》に使われていた魔物たちはそんな能力者の手で囚《とら》われ、使役されていたのでしょうね。この国で培われた魔導の術式とは違う方式で張られていた召喚の陣。あそこから出てきた魔物たちは皆、体の一部を拘束されていました。この国の魔導師ならそんなことはしません。人と魔物の契約は互いに対等な立場で行いますから」

「聖域が知識の独占を図っているのは有名だ。専門の知識を持つ司祭や修道士を大陸各地に送り、有用な情報はすべて聖域に集め、溜《た》め込む。それが人であっただけか」

そんな有用な能力者の一人が、彼女の母、クレオだったのかもしれない。

「聖域が例の密書でユーリア嬢の記憶にふれていたのは、彼女が見た、もしくは母から聞いた〈なにか〉を確保するため。十二年前、彼女を聖域に引き取ろうとしたのもそのため。彼女が母と同じ力を持つと思ったのでしょう。が、彼女は母の死の衝撃か、記憶障害を起こしていた。使いものにならない。母の力を継いだと思ったのは間違いだったかと思い、その後は放っていたのでしょうね。後腐れのないように消すには侯爵家令嬢という彼女の身分が邪魔をしたでしょうし。ある意味、記憶障害が彼女を救っていた」

「そうなるとまずいな。彼女は今まで記憶力のことは図書塔の長にしか話していなかったのだろう？　それを彼女は事件解決のため、皆の前で見せ始めている」

王太子が、遠巻きに様子をうかがう侯爵家の使用人たちを見る。皆、侯爵家に忠誠を誓った者ばかりだそうだが、聖域への内通者はどこにでもいる。

「本格的に狙《ねら》ってくるぞ。一刻も早く〈なにか〉を見つけ聖域に対して優位に立たないと。それに父上がかばっているが侯爵の立場が悪くなっている」

あの毒が十二年ぶりに表に出たからだ。毒花を焼いたと虚偽の申請をし、陰で栽培していたのではという疑惑が持たれている。

「ただでさえ侯爵は妻を疑い、現場の痕跡《こんせき》を消した。それを知るのは今のところ身内だけだが、当時の捜査資料でも侯爵の行動に不審な点があると指摘されている。このままでは司法の塔への召喚はまぬがれないぞ。王といえど法は無視できない。高まった世論にも配慮する必要がある。早急に彼女と侯爵の潔白を証明しなくてはまずい」

王太子が真剣な声で言う。

「そのためにも彼女の記憶が必要だ」

リヒャルトはぎゅっと手を握りしめた。今まで彼女が過去を思い出すことに消極的だった。

(それは彼女が忘れたいと思って、忘れた記憶だと思っていたから)

自分のことも忘れたい記憶とされたのは寂しかったが、同時にほっとしていた。彼女が記憶を取り戻せば、子竜姿の自分も思い出させてしまう。魔物の血を引くとばれてしまう。だからあまりふれて欲しくなかったというのもある。

だが、彼女には竜の姿を見られてしまった。そして受け入れてもらえた。こんな幸せなことはない。幸せで、幸せで、どうにかなりそうだ。気を抜くと顔が緩み、人型のまま宙に浮かび上がりかけている自分を、落ち着け、と叱咤《しった》して引き留めているくらいだ。

(こんな幸せをくれた彼女を、幸せにしたい)

それには彼女の望みを叶《かな》えることだ。彼女の記憶を取り戻させること。彼女自身も思い出したがっている。

彼女は『母の遺言の〈薔薇《ばら》の扉〉を、私はどこかで見たはずなのです』と言って、侯爵邸を隅々まで探している。それが隠語ではないかと、図書塔に出かけて確かめてもいた。

思い詰めたような横顔に、胸が痛くなる。

(頑張る彼女を支える。それがこれからの僕の役割だ)

過去を探ることにもうためらいはない。リヒャルトは言った。

「殿下の許可さえいただけたら、確かめに行こうと思っているのです。侯爵家の別邸へ」

あの花が咲いていた森へ。彼女の封じられた記憶が眠る場所へ。

「彼女の母君が示した手がかりも、かの地に身を置くことで見つかるかもしれません」

王太子は「そうだな」と同意してくれた。

「あの別邸はあれ以来、閉鎖されているそうだ。泊まることなどできないだろうから、王家の離宮を使え。手配しておいてやる」

その口調から、王太子も隠れて来るつもりだとわかった。が、この際しょうがない。

作業が一段落し、お茶の時間になった時に彼女に切り出してみた。

彼女は迷わず「行きます」と言ってくれた。だがすぐに顔をくもらせる。

「ただ、私は謹慎中の身ですので……」

王太子暗殺未遂事件から一月も経《た》っていない。犯人は侯爵家で雇っていた侍女で、彼女も殺され、その直後には侯爵邸で〈使い魔〉が暴走した。侯爵にも新たな疑惑がわいている。

「目を閉じ、うずくまっていても外の世界は止まってくれません。それはわかっていますが、この状況で渦中の娘が出歩けば何を言われるかわかりません。さらなる疑いを招くのでは」

ただの悪評と切り捨てるには、世間の声は力がありすぎる。

それを聞いてウシュガルルが渋く笑った。

『ふっ、我の出番だな』

言って、ウシュガルルが、ぽんっ、とユーリアの姿になる。

高位魔物の変身能力だ。

『我がこの地で娘の身代わりを務めよう。ならば謹慎中に出歩いているなどと誰《だれ》も思うまい。報酬は侯爵家の菓子食べ放題で手を打ってやろう！』

がんっと傍らの椅子《いす》に片足を上げて腕を組み、ウシュガルルが、わははと笑う。ドレスの裾《すそ》から白い綺麗《きれい》な足があらわになって、リヒャルトは自分の中で何かが切れるのを感じた。

（……これは冒涜《ぼうとく》だ）

淑《しと》やかで内気な彼女はこんな真似《まね》はしない。今も驚きのあまり目を丸くしている。

「……一瞬でいい。ウシュガルル、元の姿に戻ってくれ」

『ああ、いいが。何のためだ？』

子竜姿に戻ったウシュガルルの頭をごんっと殴りつける。彼女の姿をしている者は殴れない。そのまま胸ぐらをつかんでゆすってやる。

「く・れ・ぐ・れ・も！　彼女の品位と評判を貶《おとし》めないように！」

『わ、わかった。わかったから離せ、内臓が出る』

それを見てげんなりした顔で王太子が言った。

「俺も一緒に行こうかと思っていたが、やっぱり遠慮しとく。こっちですることもあるしな」

「え」

聞くなり、彼女が小さく声を上げた。ためらうそぶりを見せる。

さすがに二人きりの旅は問題があるととまどっているのだろう。王太子の同行を望まれていたことに寂しくなるが、その反応は当然だ。彼女は淑女だ。

リヒャルトは好物の塊肉を食べ終え、満足顔をしていた火蜥蜴を抱き上げた。干し葡萄《ぶどう》に群がっていたドングリ魔物たちもすくい上げる。それらを彼女の膝《ひざ》に乗せ、提案した。

「この子たちを付き添いに連れていきましょう。それならいいでしょう？」

ユーリアは恥ずかしげにうなずくと、婚姻前の男女が付き添いの保護者もなく泊まりがけで遠隔地へ出かけるという大冒険を了承してくれた。

長い睫《まつげ》を伏せ、かすかに頬《ほお》を紅に染めた彼女が可愛《かわい》すぎて、こちらまで全身が熱くなった。

◇◆◇　◇◆◇　◇◆◇

「火蜥蜴も乗せているので温度管理はしっかり行います」

との宣言のもと、リヒャルトが魔導で馬車内の温度を春の陽気に保ってくれた。

そのうえユーリアが好みそうな本や暖かな毛布にお菓子もどっさり積み込んで、久々に本の世界に浸からせてくれた。さらには同じ本を読んで感想のやりとりをするという贅沢《ぜいたく》なこともしてくれたので、静養地までの旅は実に快適だった。快適すぎて、途中、お昼ご飯休憩に馬車を停め、本から目を上げた時など、外の雪景色が作り物のように見えてしまい、困った。

（これ、馬車から降りたら、外の温度に適応できるのかしら）

贅沢な悩みだ。案の定、たどり着いた先には現実が待っていた。公道との境にある門扉に鎖を巻き付けた別邸は、雪に埋もれていた。

もう季節は三の月。街や平野部では雪も溶けて地表が顔を出している。が、夏でも涼しい高原に位置するここは冬がまだ居座っている。さすがに日の当たるところは溶けかけているが、木陰にはぎっしり固まった雪の塊が残っていた。

「先に危険がないか中を調べてきます。馬車で待っていてください」

「どうか、お気をつけて」

リヒャルトが魔導の力で地表の雪を吹き飛ばし、門扉を開ける。それを見送り、ユーリアは、ふう、と、ため息をついた。父にはここに来ることは言っていない。なので前もって人をやって邸を整えることができなかった。思った以上の寂れ具合だ。

(王太子殿下に、離宮に滞在する許可をいただけてよかった)

こんな場所では宿もない。行きだおれるところだった、と、周囲を見回して、ユーリアは、ふと、リヒャルトが開いていった門に目をとめた。

錬鉄製の門扉だ。

上部はアーチになっている。そして薔薇の蔓《つる》が絡みついていた。

他は雪まみれなのに、不思議なことに、門の鉄柵部や葉を落とした薔薇の枝に積雪はない。

雲間から顔を出した太陽のもと、くっきりとその姿を浮かび上がらせている。

今は葉を落とし鋭い棘《とげ》のついた茎しかないが、花が咲けば見事だろう。そう考えて、はっ、とした。

（……お母様の遺書にあった〈薔薇の扉〉とはこのことではないの？）

いそいで馬車を降りる。雪を踏みしめ、門扉の前に立つ。

声がした。遠い記憶の向こうから、また、あの欠けた記憶の中にある母の声が聞こえた。

〈忘れなさい。あなたを守るためなの〉

今度は気のせいなんかではない。はっきりと脳裏に蘇る。

あれは確か母が亡くなった日だった。思い出した。母が真剣な顔でユーリアに言ったのだ。

〈あなたを聖域に渡さないためよ。今は忘れなさい。私が話したことはすべて。これは反逆の力。ユーリア、私の子。愛しているわ。母の罪と力を背負わせてごめんなさい〉

泣きながらユーリアを抱きしめて、母は言ったのだ。

時が来るまで忘れていなさい、と。

思い出した。ユーリアがなくした記憶は、医師が言うように自分で封じたわけではない。

「……私の記憶を封じたのは、お母様？」

ユーリアは額を抑えながらつぶやいた。母の遺書にあった薔薇の門の前に立ち、視覚を刺激されたからか、次々と欠けていた記憶の断片が戻ってくる。

「そう、香の薫りがしたわ。あの時のお母様はいつもとは違ってた……」

ぼんやりと霞《かすみ》のようなものがかかっていて、まだすべてを思い出せない。もどかしい。

だが小さな魔物たちしか友がいないと思っていた別邸での日々に、他《ほか》に遊び仲間がいたことは思い出した。ユーリアより少し年上の男の子と、可愛い子竜だ。一緒に森を駆け回った。

「あれは、王太子殿下とリヒャルト様……？」

ユーリアの初めてのお友だち。やっと思い出せた。

「そうよ、私、だから嬉《うれ》しくて。別邸にも連れてきて、お母様に紹介したわ。けど、彼らを見たお母様は怖い顔になって、もう遊んでは駄目と言って」

それからだ。ユーリアは邸から出ては駄目と言われた。それまでは自由に森に行かせてくれていたのに。あの日から急に、森には行ってはいけないと言われたのだ。

「なのに、あの日は、お母様が亡くなった日だけは、何故か森のお友だちのところへ行っていなさい、と送り出されたわ。お母様は私を別邸から遠ざけた」

だから違う。母はユーリアが摘んだ花のせいで死んだのではない。

はっきりと思い出した。

「だってあのとき私は戻ってきた。夕刻まで戻っては駄目といわれていたのに、お母様の言いつけをやぶって。あの日は友だちが森にはいなかったから。ずっと私が会いに行かなかったから、怒ってもう来なくなってしまったのかもしれないと思って、泣きながら別邸に戻ったわ。でも遅かった。そのときすでにお母様は事切れていて……！」

客間の卓に伏せるように倒れていた。めったに出さない来客用の茶器を並べて。母の流した血と夕日の色で、白いカップとクロスが紅の色に染まっていた。

「そしてお母様の傍らには、あの男が立っていた！」

高雅な上位聖職者の衣を着た男、アレクサンドロ枢機卿が自分の邸《やしき》にいるようにくつろいで、こちらを見下ろしていた。母の遺骸《いがい》を背にして、ユーリアに手を伸べて言ったのだ。

〈誰がこれを企《たくら》んだ？　クレオの娘、お前ならすべて覚えているだろう？〉

ユーリアはよろめいた。扉に手をつける。頭が割れるように痛い。きしんでいる。思い出しては駄目だと叫んでいる。まだ準備はできていないと。

だが痛みをこらえる。母は必要なら思い出しなさいと言った。それは今だ。

〈探して。薔薇の扉の前に立って右を見て。もしあなたを不当に虐《しいた》げる者がいるなら、あなたが今を変えたいと、変えられるだけの力を望むなら、私を見つけて〉

母の遺書にあった言葉。痛みをこらえ右を見る。森があった。幼い頃毎日のように一人で遊びに入った森が。あの毒花があった因縁の森だ。

何故かはわからない。だがユーリアは確信した。あそこだ。あの花の咲く秘密の場所。あそこが母の指定した場所だ。

（あそこに行けば、記憶は戻る。お母様のかけた封印が解ける）

彼には待っていてと言われた。だが、じっとしていられない。誘われるように森に足を踏み入れる。森には番人が置かれ、十年以上、人は出入りしていない。なので昔あった小道もなくなっている。それでもユーリアは導かれるように、ふらりと歩き出す。

記憶はまだ完全には戻っていない。なのにどちらに進めばいいかはわかった。進む内に頭の痛みが消えていく。雪の下から、木の葉の陰から、ウサギにモモンガ、毬栗《いがぐり》にキノコといった姿をした小さな魔物たちが顔を出す。おかえり、おかえり、とユーリアを迎えてくれる。

覚えている。いや、思い出した。彼らこそが幼いユーリアに初めてできた仲間だ。リヒャルトや王太子と出会う前に仲よくなった、一番初めのお友だち。

皆、ユーリアのことを覚えてくれていた。ずっとここには来なかったのに。ユーリアは彼らのことを断片的にしか覚えていなかった、忘れていたのに。鼻の奥がつんっと熱くなる。

「……ありがとう、ただいま」

涙ながらに言って、両腕を広げる。森の空気を肺いっぱいに吸い込む。冷たくも清々《すがすが》しい大気が胸に満ちて、さらなる過去を思い出す。

大きな椚《くぬぎ》の木があった。

髭《ひげ》の魔法使いや可愛い小人さんたちが出てくる絵本を読んだのはここだ。

母が描いてくれた、手作りの絵本だった。世界でたった一つの宝物。

周りに同じ年頃の子どもがいないことを心配した母が、本の中だけでも仲間と遊べるようにと作ってくれた本。母が育った遠い西の地に伝わる昔話を収めたそれを持って森に来た。「これは遠い異国のお話なのよ」と木陰に座って魔物たちに読んで聞かせた。

（お話は覚えているのに、絵本が邸のどこにもなかったのは当たり前よ）

あれは母の字で書かれていた。だから聖域から来た修道女が持ち帰ってしまったのだ。あの絵本があったから、ユーリアは本が大好きになったのに。

案内をするように、魔物たちがさらなる森の奥へとユーリアを誘う。ユーリアは夢中で後を追った。ドレスの裾をからげ、はしたないと眉《まゆ》をひそめる人がいないのをいいことに童心に戻って木の根を飛び越え、茂みをかき分ける。

人の手が入らなくなって久しい森は荒れていた。下生えがたくさん生えている。

ドレスの裾を取られながら、それでも前へ進む。呼び止めるリヒャルトの声がしたような気もしたが、ここで引き返せば記憶を取り戻せない気がして、ドレスを破きながら進む。

進むほどにどんどん思い出す。忘れたと思っていた記憶が鮮明になる。

（そこよ、この木立の向こう。あそこにあの花が咲いていた）

一度見た光景は忘れないユーリアは森で迷子になることはなかった。危険な獣や人がいても、隠れていてと教えてくれる小さな友だちがたくさんいた。だから母はまだ幼いユーリアを一人でも遊びにいかせてくれた。

そうしてかき分けたベリーの茂みの向こうに、ぽっかり開けた森の窪地《くぼち》があった。

（あった！　ここよ！　あの花が咲いていたところ！）

花は父が焼いた。だから残っていない。周囲の木々も焼かれ、死に、新たに芽吹き、育ち、景観は変わっている。それでもわかる。

(あの頃はここ一面に白い大きな花が咲いていた。ゆらゆらと風にゆれていた)

十二年の歳月を経て、帰ってきたのだという実感がわく。

(なつかしい……)

夢のような時間だった。母がいて、友がいて、めったに会えなくても父がいた。愛され、守られていた幼い時代。

(そうよ。私、ここにリヒャルト様たちもつれてきた)

この花が好きだから。大事な友だちにも見せたくて連れてきた。なのに忘れていた。

思い出した。はっきりと。

「……ここの記憶はお母様が封じたのではないわ。私が自分で封じたの。お母様を死なせてしまったと思い込んでいたから。だからそんな悪い子は楽しいことを覚えていてはいけないって」

お母様に申し訳がたたないから、と。それで封じた。

だがどこかで忘れずにいた。途切れ途切れの記憶の欠片《かけら》が残っていた。だからユーリアは魔物が怖くなかった。図書塔の裏庭で火蜥蜴を見たときも助けてしまった。

初めて森で見つけたとき、子竜は怪我《けが》をしていたから。

牙《きば》をむいて威嚇していた。それを少し離れたところから話しかけてやっと警戒を解いてもらった。でも邸に連れ帰るのはためらわれて、木の洞に乾いた羊歯《しだ》を敷いて別邸から持ち出した毛布をかぶせて寝かせてあげた。

「そうよ、それで仲よくなったの。だけど夜になると松明《たいまつ》を持った大人たちが押し寄せて、『この森に竜が入り込むのを見た』と騒いで」

元聖女候補だった母がこの森には異端の存在などいないと言ってくれて、父にかけ合って禁足地にするからと言ってくれて、それでようやく皆が引き上げてくれた。

なのに、翌朝、木の洞まで行くと子竜が消えていて、寂しくて泣いていたら天使が現れた。

「天使はジタバタ暴れる子竜を抱いていて『僕の友だちを助けてくれてありがとう』と言ってくれたわ。そして改めて、『僕たちと友だちになってくれないか』と誘ってくれた」

あの天使は王太子だ。抱かれていた子竜はリヒャルトだ。

思い出す。いや、やっと思い出すことができるようになった。母の死への自責の念から封じていた記憶。その一つ一つが花が咲きほころぶかのように開き、甘い香りを放つ。

そしてもう一つ、思い出さなくてはならないことがある。

〈でも必要な時には思い出しなさい。あなたの身の潔白を明かす証《あかし》になる〉

おそらく聖域が狙っているのだろう、母が封じた記憶。この国を守る鍵となるそれを取り戻す方法。あのとき母は何と言った？

「……私が今からすることを、よく見ていなさい、と言ったわ」

一面に咲いていた花を使って、母が聖域仕込みの香を作った。

「そうよ、お母様は言っていたわ。これは昔から祭事の際に使っていた神聖な香だと。お母様がたった一人で異国へ赴く際に、アレクサンドロ枢機卿から必要に応じて使うようにと持たされたソムフェルの花の種、それを育てて得た花から作った香だと」

この森の花は母が植えたのだ。母がひっそりと育てていた。

土が違っていたからか、変異して強い毒性を持ってしまったソムフェルの花。だが母はそれを使いこなしていた。母は薬草の扱いに長《た》けていたから。あの花が毒と言われるのは原種より薬効が高いから。毒は薬にもなる。適量に薄めれば従来通りの用途に使える。

だから母は調整して香を作った。人の記憶中枢に働きかける成分を含んだ香を、もっとも早く、安全に体内に吸収されるように燻煙《くんえん》吸引という形を取って、ユーリアに暗示をかけた。

「お母様は一度見た技は忘れない。だから聖域に蓄えられた様々な医療技術も扱えた。人の記憶に働きかける暗示の知識や催眠療法にも精通してらしたから」

聖域にいた頃にアレクサンドロ枢機卿から仕込まれた技だ。

とはいえ、ここにはもう香はない。花自体失われてしまった。再現はできない。

(でも、私自身があの香りを覚えてる)

だから、大丈夫。自分には母譲りの嗅覚《きゅうかく》から触感、味覚、すべてを一瞬で記憶する力がある。

ユーリアは目をつむると腕を伸ばした。

そして、記憶よ、戻れ、と、呼びかけた。

◇◆◇　◇◆◇　◇◆◇

その少し前、リヒャルトは無人になった馬車を見て焦っていた。

「やっと頼ってもらえるようになった、そう思っていたのに……」

彼女はまた一人で行ってしまった。足跡は一人分。真っ直《ます》ぐ森に向かっている。誰かにさらわれたわけではない。自分の意志だ。

「誰だ、恋は実れば幸せになれると言ったのは……」

お伽噺《とぎばなし》や恋物語の恋人たちは、結ばれるまでが大変で、相思相愛になればそこで終わりだ。

が、現実は心が通い合った後のほうが大変な気がする。

前より相手を好きになってしまっているし、貴重な心を手に入れた瞬間の幸せを知るだけに、失ったらどうしようとハラハラしてしまう。

(……それでも思い切れないのだから、これはまさしく呪《のろ》いだな)

リヒャルトはぐっと手を握りしめた。馬車に置いてきぼりにされていた膝掛けと毛布をつかむと身を翻し、足跡を追う。彼女を見つけたらもう離さないだろうと思った。

抱きしめて、口づけて。

まだ慣れない彼女が怯《おび》えるから我慢するとは言った。だが彼女が拒んでも止められない。紳士のふりはできない。男女の適切な距離を取るのはもう無理だ。

彼女が心配で仕方がないし、自分の心を振り返ってみても、とうていあきらめることなどできないから。

どれだけ振り回されてもいい。彼女に振り回されるなら本望だ。いや、彼女に振り回されるのは自分だけの特権だ。そうなりたい。

その代わり、こちらもはっきり思いを伝える。そう開き直ることにしたのだ。

2

『……ごめんなさい。今まであなたにも、あなたのお父様にも黙っていたけれど、私は聖域の目。アレクサンドロ大司教の記憶袋として育てられた娘なの』

遠い昔に語られた、母の声が聞こえる。

リヒャルトが雪をかき分け、愛《いと》しい婚約者の後を追っていた頃、ユーリアは森の大気に身を浸し、蘇った自身の記憶と対峙《たいじ》していた。

『聖域での私は心のないお人形だったわ。すべてを記憶できる便利な道具でしかなかった。引き取られた先で見た神の世界は嘘《うそ》、嘘、嘘、悪徳ばかり。珍しく潔白な人に会えても私はその人の些細《ささい》な虚栄、言葉の綾、そんなつけ込む弱みを探させられた。その人を貶めるために。聖女候補など名ばかり。神の教えではなく人の醜さばかり見つけるように育てられたわ』

母が語る。ユーリアと同じく、見た瞬間に触感、嗅覚など感じたこともすべて覚えてしまう母の昔語りは、濃く、精密で、ユーリアは自分がその場に居合わせたように感じる。

小さな痩《や》せこけた少女が粗末な小屋で泣いていた。そこへ現れたのがアレクサンドロ。当時司教だった男だ。光り輝く衣をまとった聖職者の出現に母は神が降臨したかと目を丸くしていた。

これは過去に実際にあったこと。母がユーリアに伝える自身の生い立ちだ。

その記憶力を見出され、生家から聖域に引き取られた時のこと。迎えが来た時は嬉しかったこと。母の豊かな語り口のおかげで、ユーリアは脳裏にまざまざと幼い日の母の姿を思い浮かべることができた。

『私はこの力のせいで父母にも恐れられて村中から白眼視されていたわ。だから必死にあの男に、アレクサンドロにすがった。役に立とうとした。捨てられたくなかったから』

母はユーリアを自分の前に座らせ、語って聞かせた。ユーリアが大きくなり、真実を知りたくなれば思い出すように。一度、話して聞かせればユーリアがすべて記憶することを知っていたから。未来のユーリアに向けての伝言を、幼いユーリアに語って聞かせていた。

記憶の中の幼い自分は、何を話されているのかよくわからず、きょとんとしていた。それでも母が真剣なことがわかったから、おとなしく聞いていた。

母が話す。大人《おとな》向けの難解な言葉を使っても、すべてを正確に伝えるために。聖域で高位聖職者の会合に同席させられた時のことを。聞いた会話、あの男に覚えさせられたすべてを。読まされた膨大な量の資料、そこから母が見つけた収支の誤差、矛盾、その結果わかった贈賄の事実、隠された人脈。それらをアレクサンドロがどう使い、出世していったかを赤裸々に教えてくれた。

『今、あなたに聞かせたのは聖域で得た秘密よ。聖域の暗部。聖域を相手取ることができる剣。ほのめかされたら彼らは逆らえない。あなたが将来、困った立場に置かれた時はためらわず使いなさい。そのために私はこれらの知識を蓄えたと言っていいのだから。記憶だけでは反論されるでしょうから、私がどこで情報を得たかも話しておきます』

ユーリアの脳裏に、聖域の建物群が構築されていく。すべて母が一度見た光景だ。

『ここと、あそこ。それにあの書庫の隠し金庫の中に証拠となる文書や記録が保管されています。あなたならそれらを取り出し、指摘することができるはず』

母の告白の中にはあの毒花のこともあった。聖域の目をごまかすために、密偵行為を行っていると見せかけるためにやむなく植えた花。幻覚効果のある香の原料となる花のはずが、森に植えたものだけ土壌の違いか、毒性を持ったと。

『このことは聖域に知らせてはいけないと思ったわ。新種の毒は検出されにくい。聖域に新たな暗部を作ることになる。だからこれが終われば処分します。私が自分でするのが無理な場合はあなたのお父様に頼むことにします。そう、遺言にしたためました』

そこから先は、涙ながらの告白、懺悔《ざんげ》だった。

道具として利用され、あの男が権力を握った後は秘密を他に知られるのを恐れて遠ざけられたこと。それでも『殺されるよりはましだろう?』と、最後の最後まで使われ、当時、聖域の傘下に入ろうとしていた遠い異国に密偵として追いやられたこと。

でも母は父と出会った。真実の愛を見つけた。幸せだったと、蕩《とろ》けそうな顔で語る。

『あの人と一緒にいられるだけでも幸せだったのに、あなたまで授かった。なのにあの男があなたに目をつけたわ。私だけでなくあなたまで道具にしようとした』

ユーリアは思い出した。特に娘の行動を制限したりしなかった母なのに、たまに夕方まで帰ってきては駄目とユーリアを森に追いやることがあった。今思えばその時にあの男か、その使いが来ていたのだろう。嫌がる母に過去の秘密を盾に、密偵行為を強要していたのだ。

その日もそうだった。だが友だちができたことが嬉しくて、自分はリヒャルトと王太子の二人を連れて戻ったのだ。すると〈あの男〉がいた。こちらに身をかがめ、『ほう、これがユーリアか。なかなか会わせてもらえなかったが、美しく成長したな』と言った。

それから、後ろにいた王太子に目をとめて、くっ、と笑った。

『なるほど。さすがはお前の娘、優秀だ。そちらはこの国の王孫殿下だろう？』

そして彼は母に向かって言ったのだ。

『国に連れ戻りお前の次代に育てるつもりだったが気が変わった。もっとよい使い道がある。このまま想いを育ませろ。この容姿と身分なら王妃の座もいける。よい駒《こま》となるだろう』

……記憶の中の母が沈痛な顔をしていた。ひたすらにユーリアの身を案じている。

『このままではあなたまで道具にされる。そんな真似はさせない。そう思ったわ。だからあなたにはもう森に行くな、彼らとは会うなと言ったの。でも三日前、聖域に戻ったはずのあの男から二人で会いたいと文が来たわ。あなたの処遇で返事を聞きたいと。それで思ったの。あの男と二人だけで会えるならかえって好都合。あの男に薬を盛ろう。あなたの利用価値を忘れるよう記憶を操作しよう。そして私自身を消そう。それですべての決着はつく。だから、今日《きょう》これからあなたを森に行かせます。戻った頃にはすべてが終わっているように』

そう言いながら、母は泣き笑いの顔をした。

『ここまでが私の物語。今から忘れるよう、あなたに暗示をかけます。どうかあなたがこれらを思い出さなくてもいいように。普通の女の子として暮らしていけるように母は祈っています。さようなら、さようなら、愛しているわ。あなたと、彼を。だからここまで。これ以上、手は出させない。どうか幸せに。それだけが私の望みよ』

母が身をかがめ、幼いユーリアの額に口づけた。

そこで母の長い長い話は終わっていた。ユーリアは記憶を消されたのだろう。いつもと変わらぬ笑顔で森に出かけるユーリアを、母は手を振って見送ってくれた。

そして、それが生きている母を見た最後だった。

壮絶な人生だ。そして、ああ、そうか、と思った。聖域が必死で回収したがっていたもの。

それはこの条約改正の時期に聖域側にとって不利となるもの。

母という密偵をこの国に潜り込ませた事実ではなく、母と枢機卿の関係でもなく。

母の死に枢機卿が関わっていたこと、何より母が聖域にいた時に記憶した、政争の記録。遠い聖域にいる高位聖職者たちの弱みとなる、各種の醜聞だったのだ。


「ユーリア」

ぼんやりと森の中で立ち尽くしていると、声がした。

ふり向くと、彼がいた。前に弱ったウシュを魔導の塔に連れていき、出迎えてくれた時と同じに、息せき切って。

「よかった」

傍《そば》にたどり着くなり、ユーリアを抱きしめて彼が言った。

「あなたに何かあったら、どうしようかと思った」

目を細めて言われて、愛しいとばかりに見つめられて、胸が幸せで痛くなった。

(私は、恋をしている)

母と同じに。改めて思う。この人を守るためなら、祖国だって、神だって裏切ってみせる。

それほどの思いをいつの間にか抱いている。

「風邪を引きます」

彼が頭から包み込むようにかけてくれた毛布がふわりと暖かい。

さっき聞いた母の心に同調しているからか、感じた温もりで胸がいっぱいになって、苦しくて、ユーリアは自分から腕を伸ばし彼に抱きついていた。彼の逞《たくま》しい背に腕を回し、力を込める。いつの間にか涙のにじんでいた目を彼の胸にこすりつける。彼の匂《にお》いがした。

「ユ、ユーリア嬢?」

彼は驚いたように身を硬くした後、おそるおそる、だがすぐにぎゅっと固く抱きしめてくれた。愛されている。生きてくれている。それが実感できた。嬉しい。めまいがするほど幸せで、胸が破裂しそうで、黙っていられなくて、どうでもいいことを聞く。

「……どうして私がここにいるとわかったのですか?」

「あなたがどこにいようと僕は探し出せます。……と、格好のいいことを言いましたが、あなたの足跡をたどりました。真っ直ぐにのびていましたから」

耳元で応える彼の息がくすぐったい。なくしたくない、そう思った。

「私、待っていてと言われたのに、あなたに何も言わずに勝手にここまで来てしまいました。でも心の奥ではきっと見つけてくれる、追いかけてきてくれると甘えていました」

「……」

彼が横を向いた。手で顔を押さえている。

「……そんな可愛いことをそんな可愛い顔で言われたら怒れないでしょう」

それから、ため息をついて笑いかけてくれた。

「わかりました。勝手に森に入ったことをもう怒りません。束縛もしません。絶対に無断で傍を離れないでなどと無茶も言いません。約束します。その代わり、あなたがどこへ逃げても、どんなに巧妙に隠れても僕は必ず見つけ出して捕まえますから」

……感動的な愛の言葉のはずなのに、何故かそう聞こえないのはどうしてだろう。きらきら爽《さわ》やかな笑顔なのに、彼からどす黒い何かが染み出ている気がする。

首をかしげると彼が自分が着ていた外套《がいとう》まで脱いでユーリアにかけようとして、あわてて断る。差し出された外套からは彼の香りがした。

「リヒャルト様のほうが風邪をお召しになってしまいます」

香草の香り、ユーリアの知らない薬品の臭い。いろいろな香りが彼の体温で温められ、醸し出された彼の香り。あまりに私的な香りすぎてくらくらする。

「あの、やっと思い出しました。あなたのことも」

今の自分には薬を通り越して毒な濃厚な香りから気をそらそうと、はにかみつつ告げる。

「それから、母が亡くなったあの日のことを。母が教えてくれました。母はアレクサンドロ枢機卿に記憶を操作する薬を盛り、私の記憶力や殿下と友であったことを忘れさせるつもりだったのです。これ以上、あの男を私に近づけないために」

だが枢機卿は無事だった。その前に母は死んでいた。枢機卿ではない誰かとお茶を飲んで。

ユーリアの記憶にはない空白の時間がある。そこを補完しないと母の物語は完成しない。

(すべて知りたい……！)

ユーリアがリヒャルトに知り得たことと、まだわからないことを語った時だった。

雪を踏みしめる音がして、森の奥から長い髭を生やした老人が姿を見せた。

「え？　まさかチュニク室長様⁇」

外套を重ね着し、もこもこに着ぶくれして立っているのは、ユーリアの上司だ。

王都の図書塔にいるはずの人がどうしてここに。驚いて近づこうとしたユーリアをリヒャルトが止める。背にかばい、鋭く聞く。

「……その手の荷物は何です？　それに、血の臭いがする」

チュニクが苦笑して、手にした袋を地面に落とした。外套の前を開いて見せる。そこにあったのは、今は止血されてはいるが、己の血で染まった包帯が巻かれたチュニクの体だった。

「かすり傷です。……老いには勝てませんな。あの程度の罠に手こずるとは」

言って、彼が足下に落とした袋の口をくつろげて見せる。中に収められていたのは、複雑な紋様を刻んだ呪具《じゅぐ》めいた祭具だった。その紋様に見覚えがある。侯爵邸の母の部屋に仕掛けられていた罠、魔物を呼ぶ召喚陣に一部だが同じ紋が使われていた。つぶやくように尋ねる。

「……この森にも、聖域の能力者が仕掛けた罠があったのです、か」

よくできました、というようにチュニクがいつものしわだらけの顔で微笑んだ。

「ジーゲルト殿が一緒なら大丈夫かとも思いましたが、年寄りは心配性でしてな。あなたが怪我をしてはと思い、解呪《かいじゅ》して回っておりました。……わしは記憶をなくし修道士となる前は魔導師でしたので。聖域と魔導、双方の知識を持つのでこの種の扱いはお手のものなのですよ」

それを聞いてユーリアははっとした。母の部屋にあった、父が調べた当時の雑多な記録。その中にあの日この森で記憶を失い倒れていた男の記述がありはしなかったか？　その男は治療のため最寄りの修道院に運ばれ、そのまま薬師として働くようになった。そして薬草園に植えた花のことで論文を書き、それが上の目にとまって中央に引き抜かれた。

その論文なら書庫で見た。植物学の書が収められた一画にあった。植物が植えられた土壌や気候により含まれた成分を変異させるという内容だった。執筆者の名も覚えている。

(書いたのは、チュニク・デジレ。現在、王宮図書室の室長を務める人……)

こちらに笑いかける老人を見る。優しい表情は図書塔にいた時と変わらない。

「……先ほど別邸に着いた時、門の雪がはらってありました。あれももしや？」

聞いてみると、彼は目元のしわを深めてうなずいた。

「あなたが書庫で〈薔薇〉〈門〉の言葉を鍵に文献を探しておられるのを見ましたからな。一度見ただけだが、ああ、あの門のことだとピンときました。あの日は夏で門は薔薇に覆われておりました。記憶とは奥深い。指さし教えるだけでは駄目なのです。自ら気づき、注意を向けなくては定着しない。なので、あえて言いませんでした」

それから、彼は認めた。あの日、母とお茶を飲んだのは自分だと。

「……あの頃のわしはまだ若く、魔導師狩りが激しくなる中、仲間を守るため必死でした。そんな折に、侯爵家の別邸にアレクサンドロ枢機卿、当時は大司教だった彼が秘密裏に訪れる情報を得たのです。あなたの母君が聖域の手先ではとの疑惑は魔導師仲間では有名でした」

都での母は常に見張られていたそうだ。それもあって母は精神の衰弱を理由に本邸を出て、静養地の別邸に隠棲した。聖域に宮廷の動きを探れと強要されたことがばれ、夫を不利な立場に堕《お》とさないために。……だが、そんな事情を外部の魔導師たちが知るわけがない。

「イグナーツ侯爵は当時の王太子の側近。そんな地位にある者の妻が他国の手先となればさすがの王も処断する。わしはそう考えたのです。それで母君が本当に聖域と通じているか確認するために幻術を使い、枢機卿になりすましました。わしを招き入れれば黒、と。まさか母君が聖域に叛意《はんい》を抱いておられるとは思わず」

母の挙動は何日か前から見張っていたそうだ。それでこの森の花のことも知った。

「花の抽出液を持参したのは、情報を聞き出すのに使えると思ったからです。文献で幻覚作用を生むと知っておりましたからな。隙《すき》を見て母君のお茶に入れました。変異して毒になっているとは思わず。母君もまたわしのお茶に記憶を奪う薬を入れているとは知らず」

互いに口に含んだところで察したそうだ。驚きのあまりチュニクの幻術も解けた。

「とっさに母君は言われた。『逃げて』と。わしが飲んだのは記憶を操作する薬。わしが偽物だった以上、本物の枢機卿がくる。そのとき、わしがいてはまずいと思われたのだろう。ご自身はともかくわしの命はないと心配してくださった」

そこでリヒャルトが確認のため、口を挟んだ。

「ではあなたはその後、意識がもうろうとした状態で別邸を離れ、倒れたところを身元不明の病人として修道院に引き取られたわけですか。……魔導師としての記憶を失って」

「はい。皮肉なことですが、神の慈悲で新たな名をもらい修道士となりました。不思議と薬草に関する記憶は残っておりましてな。それにどこかであの花のことを覚えていたのでしょう。栽培して、そのことで文も書きました。この国は大気に漂う精気《メラム》が濃い。それが草花にも影響を与えるようですな。もともとこの地の薬草は他国の同種と比べて薬効が高い」

「もしかして、だからですか？　聖域が十二年後の今、あの毒を使うことができたのは」

ユーリアも聞いた。チュニクがいたのは修道院だ。そこでなされた研究なら当然、聖域に報告が上げられている。案の定、チュニクはうなずき、肯定した。

「母君が調合なさった記憶を消す薬の効力は確かだ。が、永遠に効果が続くわけではない。図書塔に引き抜かれ、ユーリア嬢が司書として現れた辺りからじょじょに記憶が戻っていたのです。自分が何をしてしまったかを思い出しました。その時点で司法の塔に出頭すべきでした。わしのせいであなたは母殺しの汚名を着せられていたのですから」

が、迷ったのです、とチュニクは言った。

「わしが毒を盛ったと告白すれば、どうしても動機を、魔導師であったことを話さなくてはならない。それはつまり、今、せっかく陛下が進めてくださっている魔導師復権の流れに逆風を送ることになるのです。魔導師はやはり危険な存在だと世間に印象づけることになる。ようやく陽《ひ》の当たりかけた同胞たちに弓引くような真似はできなかった」

「……そんなとき、侯爵邸で王太子殿下の毒殺未遂事件が起こったのですか」

「はい。使われた毒があの変異種毒と聞いて、わしはすぐ黒幕は聖域だと悟りました。あの毒花を咲かせているのは彼らしかいない。その時点で司法の塔に告げるべきだった。が、またしても迷ったのです。わしには修道院で過ごした穏やかな日々の記憶もありましたから」

一部の聖職者は悪辣《あくらつ》な陰謀家かもしれない。だが大多数の修道士や司祭は無垢《むく》な善人だ。

「そして彼らが説く説話を聞く信徒たちもまた善なのです」

言って、チュニクが苦渋に満ちた顔になる。

「わしが話せば、民の純粋な信仰心を汚すことになります。何よりその過程であの花はあなたの母君が植えたものと知られてしまう。母殺しの汚名ははらせてもあなたは聖域の密偵を母に持つ娘になるのです。あなたが唯一、心を許しておられた魔導師のリヒャルト殿との婚約が整ったばかりだった。あなたの幸せを壊すことなどできなかった」

修道士としての記憶と、ユーリアと過ごした司書としての日々、魔導師として仲間と過ごした過去。三つの立場と記憶に悩まされた、と彼は言った。

「ですがやっと結論を出しました。あなたを守り、あの毒花だけでも葬らなくてはと」

が、一度、知られた知識はそれが有用であればあるほど消すのは簡単ではない。

「だから逆に広めることにしました。有効利用の仕方と解毒剤の製法も含めて。皆がその存在を知ればあの毒は驚異ではなくなる。植物園の研究者たちに頼んでください。彼らがきっと知識を広げてくれます。ここにすべてまとめました。これをどうか届けてください」

と、彼は背に負っていた袋から、油紙で包んだ紙の束を差し出した。

「秘密は秘密にしているから力を持つのです。公にしてしまえばそれはもはや秘密ではない。力を失います。それが最終的に下した私の薬師としての判断です」

魔導師としてではなく、修道士としてでもなく。あの花に関わった者として決着をつける。

最後に、そう言ってチュニクは頭を下げた。

司法の塔に行くというチュニクを先ず、王太子のもとへと送る。それからユーリアはリヒャルトとともに侯爵邸に戻った。旅装を解き、心を落ち着け、父の元に向かう。

母に聞かされた真実を伝えるために。

王家への忠誠を疑われたからか、妻のことで悩んだからか、しばらくぶりに会う父はやつれ、寝台に横になっていた。父に別邸の森に行っていたことを告げ、それから言う。

「十二年前、いえ、お母様が聖域で行ったことも含め、すべてを陛下に伝え、聖域との交渉に使うことをお許しください」

ユーリアは父に頭を下げた。リヒャルトが勇気づけるように隣にいてくれている。

このことを公にすれば侯爵家にも捜査の手が入るだろう。だが父が思い悩み、知りたいと願っているのはそこではない。侯爵家の血を絶やしてもいいと投げやりになっていた彼だ。だから告げた。父が最も知りたがっているだろうことを。

「旅をして、記憶を取り戻してわかりました。お母様は心からお父様を愛しておられました」

「ユーリア？　突然、何を言うっ」

ふれられたくない部分に無遠慮にふれたからだろうか。起き上がり、激高した父をリヒャルトに抑えてもらって、ユーリアは母が語った物語を父にも聞かせた。

母がどれだけ聖域に失望していたか、父との出会いに感謝していたかを。

「これはお母様から直接聞いたことです。嘘はありません。お母様は言っておられました。

『修道女たちに純潔を調べられるまでもなく、私の魂は汚れきっていたの。心も死んでいた。そんな時よ。あなたのお父様に会ったの。眩《まぶ》しいくらい真っ直ぐな人だった』と。そう話した時のお母様は少し照れたような、眩しいばかりの恋する娘の笑みを浮かべておられました」

そして語る。母の言葉を。あの男に今回は弱みではなく心をつかめと命じられて、使節団の一員としてやってきた父の世話係を言いつけられた時のことを。

母は容姿を使うことには慣れていた。前からそんな仕事もさせられていたから。だから今度もまたかと思ったそうだ。

だが父は母の姿に驚いた顔はしたが、他の男たちのような目はしなかった。そんな父が初めて表情を和ませたのは、母がお手製の香草茶を淹《い》れた時だったという。

「落とせと言われて近づいたのに、心さえ動かせなかった彼が初めて私を見てくれたの、と、お母様は言っておられました。その時に恋に落ちたのだと。落とせと言われたのに、気がつくと自分のほうが落ちていたわ、と、くすぐったそうに笑っておられました」

今まで母が淹れた茶の味など誰も褒めなかったのだ。おいしいね、ありがとう、そう言ってもらいたくて努力してもあの男の囲い物と白い目で見られ続けた。薬草は記憶力だけがあってもうまく扱えない。その日の湿度や温度、どう処理すればいいか懸命に考え、身につけた技術も、そんなこと他に力がないから当然、という反応だった。

だが父だけは『美味しいです、あなたのお手製ですか』と母を見て言ってくれたそうだ。

「彼は認めてくれた。彼だけは。あの瞬間に私は恋に落ちたの、と、お母様は誇らしげに言っておられました」

それは人形として生きてきた母が初めて〈自分〉に気づいた時のこと。恋を知り、自分にも意志があるのだと、人形ではないのだと知った瞬間だった。そして感じた喜び、とまどい、ほのかな恐れにも似た恋心を、母は娘に語って聞かせてくれた。

幼すぎてあの時のユーリアは理解できなかった。だが今ならわかる。自分も恋をしているから。

「お母様は、その時は急に跳ねた鼓動が何かわからなくて、頬が何故、熱くなるかもわからなかったそうです。でもそれからは前にも増して懸命にお父様、あなたの元へ通ったのだとか。命令だからではない。いずれは国に帰るあなたの傍に、少しでも長く居たかったからです」

そんな秘密だらけの母に、父は求婚した。母は父に飛びついたそうだ。

だが無事、婚姻が終わった後、母はあの男に呼び出され命じられた。この国の内情を探れと。嫌だと言うとすべてをばらすと言われた。そんなことになれば父まで内通者と見られる。

母は父だけは汚してはならないと思ったのだ。こんな優しい忠義に篤い人を聖域の泥につからせては駄目だと思った。だから何も言わずに距離を取った。

父に嘘は言いたくなかったから。なら、口をつぐんでいるしかなかったから。

人形として生きるしかなかった母が語るそれはまさに悲鳴だった。

『愛してる。愛しているわ。彼を。だから私は決意したの』

それが母が語って聞かせた最後の愛の言葉。母は父を守るためにも命を絶つ決意をした。

これが父と母の真実。

母が見つけた生涯ただ一度の恋。十二年前の事件の真相。

間男など嘘だ。二人が出会ったのは確かに聖域側の工作だった。だが母が父に惹《ひ》かれたこと、そのために命を賭《と》して枢機卿に逆らったのは事実だ。

(それがすべての答えではないの?)

ルーア教の説話に、〈善なる罪〉というものがある。聖典で殺人を戒めているのに異端者を狩るのはよいなど、矛盾が生じた時に聖職者が使う言葉だ。神を信じ、神の意図することを行うのはすなわち善。異端を狩るのは罪ではないと信者に説く。

ある意味、詭弁《きべん》だ。だがこれは善悪の物差しでは測れない、人の心をも指しているのではないかと思う。嘘をつくのはよくない。だが死にかけた者の心を軽くするために偽りを口にする。それは罰するべきことか?　それと同じだ。

母もそうだったのだと思う。母は確かに罪を犯した。だがそれは愛する者のためだ。時を巻き戻すことができても、地獄の炎に身を焼かれても、母は何度でも〈善なる者の罪〉を犯すだろう。父を、娘を愛していたから。この国で得た暮らしが幸せだったから。

「……ずっと苦しかった」

すべてを聞き終えて、父が言った。

「愛していた。クレオを。だからよけいに疑った。愛する者を信じられない自分を呪った。彼女の面影を宿すそなたを避けた。恋とは、自分の心の問題だ。人を愛するのも憎むのも自己完結した感情だ。自分さえ好きならそれでいいではないか。何度もそう自分に言い聞かせた。だが、思うままにならなかった。欲、嫉妬《しっと》、焦り。自分ではどうしようもなくて。逃げた」

臣下として王家に仕えるのだと、仕事で気を紛らわそうとした。家には寄りつかなかった。彼女が必死の思いで残した娘にも目を向けなかった、と、父が告白する。

「怖かったのだ。残された茶器を片づけ、そなたに毒殺の疑いがかかっても放置したのは、あの日、あの男があの場にいたことを誰にも、自分の心にも認めたくなかったから。そなたがあの男の娘ではとうわさが立ち、聖域に連れ去られると怖かった。なのに、いざそなたを前にすると、悪評の中に立たせたことで後ろめたくて直視できなかった……！」

うめくように父が言った。その言葉は真実だと思う。

すべての記憶が戻った今、父が母だけでなく、二人の間に生まれたユーリアにもどれだけの愛を注いでくれていたかわかるから。

あの日、枢機卿が去った後、立ち尽くしていたユーリアの元に駆け寄り、大丈夫かと椅子に座らせてくれたのは父だった。残された茶器を見て呆然《ぼうぜん》としながらも、「これもお前のためだ。お前を奪われないため」と泣きながらユーリアを抱きしめ、すべての後始末をつけてくれた。ユーリアが非難されているのを見ぬふりをしながらも、背けた顔に罪悪感を浮かべていた。

かばえばあの偽装工作が嘘とばれる。だからわざとつらくあたっていた部分もあったのだと、今になればわかる。すれ違っていただけなのだ。父と自分は。

「すまなかった」

最後に、父はそう言ってユーリアに頭を下げた。


父を伯母と医師に託して、リヒャルトとともに父の部屋を出る。

二人で廊下を行きつつ、ユーリアは言った。

「……その、未婚の娘の身で、男性であるあなたにこんなことを言うのははしたないかもしれないのですが。母との記憶でもう一つ、思い出したことがあるのです。別邸にいた頃、乳母だった人が井戸端でしていたうわさ話についてなのですが」

少しためらいながら、それでも伝えなくてはと決意を込めて言葉にする。

「村に婚姻の誓いをしないまま子を産んだ若い母がいて。敬虔《けいけん》なルーア教徒だった乳母が罵《ののし》っていたのです。私は不思議に思って母に聞きました。今まで赤児とは愛される者と教えられていましたから。『神に祝福されない子を産むことは罪で、生まれてきた子は愛されるに値しないのは本当ですか？』と」

彼が足を止め、ぐっと変な声を出す。やはりこうなった。ユーリアは赤くなった。

が、言っておきたい。さっきの父の様子を見てそう思ったのだ。王女の離宮で、父母の記憶がないと、寄る辺のない迷子のような顔をしていた彼に、あなたは愛されていたと伝えたくて。

（その気持ちなら少しはわかるから。私もずっと迷子だったから。お父様に愛されている実感がなくて、ずっとずっとうずくまっていたから）

それが愛されていると実感した途端に、背に羽が生えたように体が軽くなった。

大事な彼に寂しい思いはさせたくない。解放したい。だから立ち入りすぎた話かと思ったが、思い切って続けた。

「その、あの頃の私は幼くてよくわかっていなくて。母も最初は驚いた顔をしていました。でも私が真剣だと知って真面目《まじめ》に答えてくれました。無理な場合もあるけれど本当に望まない子を身ごもった時、女は腹の子を天に帰すすべがある。それをしなかったのは、実際には望まれた子だから。だから生まれた子は皆、等しく、愛された者だと教えてくれました」

頑張って、彼を見上げる。真っ直ぐに彼の目を見る。

「十二年前に母がなしたことは罪です。ですが母に命がけで守られた私はそうは思いたくありません。神の教えで例えるのはおかしいかもしれませんが、愛する者を守るために悩み、敢えて犯す罪は〈善なる者の犯す罪〉になるのではないでしょうか。愛があればすべての罪が許されるとは言いませんが、それでも私は罪を犯してくれた母を愛しく思い、感謝しています」

あくまで話したのは自分の母のことだ。だが言下に彼の父母のことを言っている。

魔物と人、ルーア神の教えでは異端とされる、世の理に反した恋を貫いた二人のことを。彼らは生まれた子を愛していたと、その場にいたわけではないが信じている。

それに二人の恋があったからユーリアは彼と会うことができた。彼の父君と母君には感謝してもしたりない。よくぞ恋をしてくれた。運命に抗《あらが》って彼を守ってくれたと思う。

彼にその想《おも》いは伝わっただろうか。

少しも動かない彼に不安になった時だった。彼が急に床に両膝をついた。拝むように腕を伸ばしてユーリアを抱きしめる。周囲に人がいないとはいえ、邸内の廊下だ。しかもいきなりだったので、ユーリアは思わず悲鳴を上げた。

「リ、リヒャルト様?!」

「……すみません。貴女《あなた》が輝いて見えて、自分の衝動をどうしょうもなくて。ああ、ユーリア、あなたこそが僕の神だ。迷った時に光を与えて路《みち》を示してくれる」

一神教であるルーア教の信徒からすればかなり冒涜的な言葉を吐いて、彼がさらに強く、硬く、ユーリアを抱きしめた。

通りかかった執事が何度も咳払《せきばら》いをしてようやく離してくれたが、想いが伝わってよかったと思う前に、ユーリアはその場にうずくまり、しばらく頭を冷やさなければならなかった。

そんな突発事態があったりもしたが、無事、父との和解も終え、当座の自室にしている客間に戻ると、王太子が待っていた。

彼はチュニク図書室長が先ほど騎士の護衛と共に司法の塔に出頭したと教えてくれた。罪を少しでも軽くするため、捕縛ではなく自首という形を王太子はとらせてくれたらしい。

それから、王太子は事前に確認したのだろうチュニクが〈自白〉する内容を教えてくれた。

「魔導師だった彼は聖域の台頭をよく思わず、元聖女候補だった侯爵夫人から聖域に不利になることを聞き出そうとして、変異していることに気づかず、聖域がよく使うという花の液を盛った。自分も口にしてしまい記憶障害を起こしたが、今になってようやく回復したそうだ」

その言い方なら母が聖域の密偵だったと言ったわけではない。情報を引き出すだけのつもりで聖域が使う花を盛ったのなら、魔導師側、聖域側の双方に罪を分散できる。

「そして今回使われた花も。自分が修道院で栽培し、論文として発表したものを誰か悪意ある者が読み栽培したのだろうと。嘘は言わず、すべてを語らず、交渉の余地を残してくれた」

彼は、考えてくれたのだ。ユーリアは胸の内で、ありがとうございます、と手を合わせた。

王太子がそんなユーリアを見て、それから告げた。

「お前たちが静養地へ行った後、俺は聖域へ赴く使節団の人員選定をしていた」

春になり、地面のぬかるみが取れればいよいよ王の政策を実現するため、国教化時に交わした条約を改正する聖域との交渉が始まる。聖域に使節団を送ることになっているのだ。

そこで、と前おいて、王太子が言う。

「ユーリア嬢、いきなりは承知で頼む。君に行ってもらえないだろうか」

え？　と思わずユーリアは目を見開く。

「使節の一人として、交渉の席に他の使節と共についていてほしい。今回、明らかになった聖域を譲歩させられる機密、君が母君から受け継いだそれは君にしか扱えない」

それは確かにそうだが、ユーリアはただの司書だ。社交界にも一度しか出たことのない引きこもりでもある。そんな娘がいきなり国家間の交渉の場になど出られるわけがない。

「あ、あの、」と言いかけると、そんなことは百も承知だと、王太子に言われた。

「それでも君が必要なのだ。はっきり言って我が方は不利だ。海千山千の聖域の聖職者たちを前にどこまで譲歩を引き出せるか。国を、魔導師たちを守るためには君の力が必要なのだ」

王太子の目は真剣だった。その熱にユーリアは圧される。いや、感化させられる。私には無理とうずくまっていた自分の中にも、国のため聖域に赴いた父と、その聖域で懸命に生きてきた母の血が流れていることを自覚する。

そんなユーリアの変化に気づいているのだろう。王太子が頼もしげに目を細める。

「だが。一度、政治の表舞台に立ってしまえばもう後戻りはできない。君の存在は聖域に知られることになる。今まで以上に狙われるし、君を快く思わない親族たちの風当たりもきつくなるだろう。君の立場は複雑すぎる。だから通常なら問答無用で命じるところを敢えて君の意志を尊重する。今ならまだ引き返せる。元通り王宮図書室の司書として本に囲まれて暮らす日々も選べる。王家への奉仕というならこいつがいる。婚約を続行するならこいつは侯爵家の人間だ。君に代わり王家に仕え、貴族の義務を果たす。誰にも何も言わせない」

　王太子がリヒャルトを目顔で示した。事前に王太子からこのことを聞いていたのだろう。リヒャルトが無言のまま、だがユーリアを勇気づけるようにうなずく。

「選択は君に任せる」

　ユーリアはごくりと息をのんだ。答えを待つ二人を見る。

　正直を言うと、人の前に立つのは今でも怖い。書庫でぬくぬくとしていたい、それがユーリアの望みで幸せだ。自分にそんな大それたことができるのだろうかと思う。

　だが、彼を知った。リヒャルトを。生まれた時からその血に翻弄《ほんろう》されてきた彼。王女の子として生まれ、疎まれ、それでも王家に陰ながら奉仕することで己の責務を果たしてきた彼が、ユーリアを案じて今もそっと見守ってくれている。

　こんな彼を幸せにしたいと思った。強くなろうと思った。そして、今、二十年前と十二年前の真実を知った。侯爵家の汚点、罪の娘、そう言われ続けて何もできないと思っていた自分に何ができるかも知った。

「……母も本心では、父と一緒に本邸で暮らしたかったのだと思います」

　ユーリアは言った。父を愛していた母を思って。だが母は背負わされた過去がそれを許さなかった。父を幸せにしたくても、離れることでしか父への誠意を見せられなかった。

「でも、母と違って私は選べるのですね。陛下の政策さえ叶えば私はリヒャルト様、あなたと一緒にいられる。なら、私はあなたと共に並び立てる場所を守りたい。戦いたいのです」

決意した。ユーリアは毅然《きぜん》と背を伸ばし、顔を上げた。そして王太子の前に進み出る。

正装ではない。ただの令嬢のドレス姿だ。

それでも王宮で騎士が叙任の儀式を行う時のように、王太子の前で膝を折った。騎士の家系イグナーツ家。その血を引く者として、王家に忠誠を誓う。王太子に、王の名代として忠誠を受け取ってくれるよう願って、侯爵家の嫡子にふさわしい完璧な仕草で臣下の礼をとる。

「私でお力になれるのであれば。どうかこの身をお使いください、殿下」

◇◆◇　◇◆◇　◇◆◇

「惚《ほ》れ直したって顔をしてる」

ユーリアが正餐《せいさん》の前に着替えてきますと部屋にひきとって。ぼうっとその場に立ったままでいたリヒャルトは、声をかけられた。振り返ると王太子がいた。

「鏡を見ろよ。とろけきった顔をしているぞ。そのくせ目は真剣すぎて怖い。彼女に見られたら引かれても仕方ないぞ」

「……頑張ってもう一度、紳士の皮をかぶり直します」

静養地に行った時はもう我慢できないと思った。だが改めて惚れた。魂をとられた。もう彼

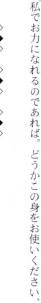

女しか考えられない。婚約者や夫の肩書きだけでなく、彼女の心も体もすべてが欲しい。

それでいて、彼女の身にも心にも一筋の傷もつけたくない。

今まで皆に傷つけられ、身を小さくしてきた彼女だ。それが賢明に前を向き、一人で立ち上がろうとしている。それを自分が怯えさせてどうすると思う。

（ずっと父と母の心がわからなかった。恋とは善なのか悪なのかさえわからなかった）

だが彼女に恋をして、彼女から勇気づけられて思った。善悪などで判別できないのが恋だと。だから我慢する。できると思った。つらくとも彼女の心の平安のために誠実な仮面をかぶり続けようと思う。彼女が話してくれた〈善なる罪〉。愛する者のためにかぶる仮面だ。嘘っぽくとも神とやらも許してくれるだろう。

王太子があきれたため息をついた。

「まさかお前がそうなるとはな。恋ってのは祝福なのか、呪縛《じゅばく》なのか」

「あなたもそのうちわかりますよ」

上から目線で言ってやると、王太子が、こいつ、とこづいてきた。

3

今度は正式な旅だ。

可愛い火蜥蜴たちは王太子に預け、聖域への使節団に参加すると表明したユーリアは、その準備に忙殺された。

聖域は遠い。大陸の西の果てにある。

他国の国境を優先的に通過できる聖域発行の許可証を持つとはいえ、馬車の旅では数ヶ月かかる。当然、静養地の別邸まで行った時のように、魔導師であるリヒャルトに快適に温度を保った馬車で送ってもらうことはできない。普通に馬車の列を連ねて、途中、宿や貴族の館《やかた》などに泊まりながら行くことになる。

ユーリアもそれは覚悟していた。が、出発するとその行程は想像以上に困難に満ちていた。聖域からの、露骨な妨害があったからだ。

「うわあ、魔物だっ」

前に母の部屋に仕掛けられていたのと同じ罠が、ひと気のない荒野の街道の真ん中にあった。路が開き、次々と目や口を封じられた哀《あわ》れな魔物が現れる。

彼らが放った攻撃に御者が思わず目をつむった。が、魔物の鋭い爪《つめ》は見えない盾に弾《はじ》かれる。

「大丈夫ですか」

リヒャルトだ。彼が防御の魔導陣を宙に浮かび上がらせ、攻撃を防いでいた。

聖域に赴く旅で、一行には聖職者も交じっている。だから魔導師としての力は秘めなければならない。そう最初に決めていたが、それを守る余裕はない。一行を守るために、リヒャルトは魔導の力を使った。

御者は初めて魔導を見たのだろう。ごくりと息をのみ、固まっている。そんな彼に、リヒャルトが、ぱん、と背を叩《たた》き活を入れる。

「しっかりしてください。今、あなたに倒れられては誰が馬を御すのですか？」

はっとした御者が手綱を握り直す。彼を励ますように、「後は任せます」と言うと、リヒャルトは軽やかに聖域に続く街道に降り立った。皆に聞こえるように頼もしく声を上げる。

「僕が防ぎます、皆さんはそのまま進んでくださいっ」

「わ、わかったっ。皆、リヒャルト殿の足手まといにならぬよう、次の街まで急ぐぞっ」

人目のあるところではさすがの聖域も露骨な妨害はできない。騎士たちでも対応できる攻撃になる。一団の長を務める貴族、ストラホフ侯爵が怯える馬たちに声をかけ、落ち着かせると、「頼む」とすれ違いざまに言い、速度を上げた一行を率いていく。

リヒャルトはそれに向かって防備の陣を張りつつ、ユーリアの護衛として人形に偽装して同行したウシュガルルに声をかける。

「ウシュガルル、彼女たちを頼むっ」

『ふん、任されてやろう。者ども、我に続くがよい。護《まも》ってやろう！』

子竜姿のウシュガルルが馬車の外に飛び出した。

先頭車両の屋根に雄々しく立ち、一行を先導する。

『ふははは、どけどけ、我の行く手を遮るものなどすべて塵《ちり》に還《かえ》してやるわっ』

ちんまりとした腕を振り、強烈な雷の一撃を放つと、道に群がる魔物たちを退ける。そして彼は腕を組み、高笑いをしながら宙高く舞い上がった。

『とどめだ、愚民どもっ』

一気に天がかき曇り、二撃目の雷が落ちる。進路が開ける。

ウシュガルルは魔物だ。しかも神の敵である竜の姿をとっている。

が、雲間から差す光を受け、宙に堂々と佇《たたず》む姿は、神々しくさえあった。使節団の一行は、その正体を知りつつも、目を伏せ、神に対するように頭を下げた。


聖域に到着したのは、それから二ヶ月後のことだった。

季節はすっかり春だ。聖域のあるルベリア王国は大陸の西方、南の海沿いにある。なので大陸内陸部にあるシルヴェス王国より暖かい。寒さに慣れた体には春というより初夏に感じる。

旅のつかれを落とす暇もなく、聖域との会談の場が設けられた。

「これはあちらの策です。こちらが疲弊した隙をつき主導権を奪おうとしている。もう駆け引きは始まっているのです。事前に根回しや情報収集をする時間を取らせない気だ」

「リヒャルト殿、ユーリア嬢、相手は聖域です。心してください。ウシュガルル殿は窮屈でしょうが、どうか人形の擬態で部屋を内からお守りください。ご要望通り、ルベリア王国特産の砂糖菓子の差し入れはいたしますから」

　同じ使節団の先輩外交官たちからささやかれる。旅の間、生死を共にした彼らとは完全に打ち解けている。皆、由緒ある貴族の出だというのに今では魔物を受け入れ、リヒャルトのことも仲間と認めている。魔導師や魔物を敵視する者はもうここにはいない。

　そもそも自分たちは聖域に対抗するために旅をしてきた同志なのだ。何度も話し合い、会談中の役割分担を決めている。もちろんユーリアの記憶力のことも話した。

　母の過去はぼかしたが、聖域にいた母が師であるアレクサンドロ枢機卿と行動を共にし、聖域の弱みとなる高位聖職者の醜聞を記憶していたことは告げた。それを娘であるユーリアに伝えてくれたこともだ。それから、それをどう使うか互いに協議した。

　会談の席につくと、リヒャルトがすかさず周囲を調べる。蓄えた幾多の知識を操る聖域だ。椅子や卓、周囲に漂う香の香り。同席する彼らに耐性がある以上、何を仕掛けてくるかわからない。入念に検査し、有害とわかる物質があればさりげなく魔導を使い排除する。もちろん部屋には魔導対策がなされているが、リヒャルトはただの魔導師ではない。

「……もう肘掛《ひじか》けに手を置いても大丈夫ですよ。肌から摂取できる幻覚剤が塗られていましたが中和しました。卓上の水も飲んでかまいません」

「助かる。さすがは〈竜の化身〉殿だ」

そうしてこちらがつかれて居眠りしたくなるほどの時間を空けて、ようやく聖域側の交渉者たちがやってきた。すごい。初日から枢機卿や大司教といった超のつく上位者ばかりだ。

「……圧をかけるつもりか。狐《きつね》どもめ」

「だがちょうどいい。こちらにはユーリア嬢がいる」

使節団の皆が、きっ、と強い視線を聖域側に向ける。その中央に座しているのがアレクサンドロ枢機卿だ。二十年前、母の師父であった人。そして恋人だとうわさされていた人だ。

(……この人が)

記憶の中で見たあの男だ。枢機卿のきらびやかな衣装をまとい、こちらを見下《みくだ》している。

だが、ユーリアを見てかすかに動揺を示したのが見えた。

「い、い、い、初めまして。お目にかかれて光栄です、アレクサンドロ枢機卿猊下《げいか》」

会談は、最初は自己紹介とたわいのない雑談から始まった。

唯一の女性であるユーリアは目立つ。さっそく上位聖職者の一人が声をかけてきた。

「ほう、母君にうり二つだ。ご存じか？　君の母君はここで修道女たちによる〈聖性の検査〉を受けたのだよ」

忍び笑いが周囲からわく。これはユーリアへの〈揺さぶり〉だ。屈辱的な過去を蒸し返し、揶揄《やゆ》することで動揺と萎縮《いしゅく》を誘い、他の使節との間にもひびを入れようとしている。

(負けるものですか……！)

こんなやり口、母からさんざん聞いている。何より、陰口を言われることなら慣れている。この件に関してならユーリアは玄人《くろうと》だ。

ユーリアはにっこりと笑った。無邪気に、そして艶《あで》やかに。

「デステ枢機卿猊下ですね。母から聞きました。あの時、猊下だけは母に同情を示してくださったと。一言も言葉を発さずにいてくださったのが心強かったと申しておりました」

正確には無言でせせら笑っていたのだが、当時のことを話題に出されてデステ枢機卿がつまる。追い打ちをかけるようにユーリアは母と自分の記憶力を誇示した。

「話せなかったのも道理。あのときの猊下は風邪を召していらしたのですから。喉《のど》が痛んでお付きの薬師に作らせた飴《あめ》をなめておられたのであればお言葉が出ずとも無理はありません」

「ど、どうしてそれを。もう二十年以上前のことだ……」

「母から聞きました。母はとても物覚えがよかったのです。私も。聞かされたことはすべて覚えております。母の死で一時、混乱しておりましたが、最近ようやく回復いたしました」

雑談に見せかけて、わかる者にはわかるように母譲りの記憶力を持つことを示すと、顔を上げ、真っ直ぐに対面の席に座る男を見た。

アレクサンドロ枢機卿を。

◇◆◇　◇◆◇　◇◆◇

その会話を聞いて、アレクサンドロは背筋に冷たい汗が流れるのを感じた。

己の知る知識はすべて娘に託したと、胸を張るクレオの姿が娘の背後に見えた。

(この娘、あの時のことを、いや、クレオにさせたことを覚えていると圧をかけているのか)

アレクサンドロは正確に悟った。

目の前にいる娘が、母と同じ力を持つのだと。

「クレオの、娘か……!」

アレクサンドロは何故、王国側がこの会談に外交経験のない小娘を同席させたのかを完全に理解した。こちらが送り込んだ密偵の娘を同席させ、揺さぶりをかけるためではない。使節以外は入れないこの密談の場において、正確にこちらが発した言葉を記憶させるためだ。

(やはり〈力〉はあったのか。強引にでも連れ帰っていれば。はっ、クレオにだまされた)

どうやってごまかしたか今ならわかる。あの花だ。あの幻覚を見せ、暗示効果に長けた毒花を使い、娘の記憶を一時的に封じたのだろう。

(誤れば二度と心が戻らぬのに。それだけ己の手腕に自信があったのか)

そんな使い手の能力を見誤り、手放したことが悔やまれる。

道具として育て、道具として利用し、用済みになった後は他国へとやった娘。それが今、反抗している。道具のままでは終わらない。人形にも意志があるのだと、娘の姿を借りて主張している。その姿に、まざまざと十二年前の王国での出来事が脳裏に蘇った。

あの時、別邸を訪れるとすでにクレオは事切れていた。卓の上には二客のカップ。侯爵夫妻の気詰まりな関係は知っていた。とうとう夫が妻を毒殺したかと思った。

なら、自分がここに来たことを悟られないほうがいい。

母の亡骸《なきがら》を前に呆然と立つ娘だけでも連れ帰ろうかと思い、二、三、質問した。それで娘がクレオの能力を受け継いでいないことがわかった。

クレオが死んだ以上、娘を王孫に近づけたところで使えない。そのまま放置してその場を去った。自分が訪れたことを隠した。

だが、そのことすらも思い出したと娘の目が言っている。お前は保身のために母を見殺しにしたのだと。あの時すぐ処置していれば母は助かったかもしれないのに、と。

「……ですが、過去は過去のこと。今は互いの未来を話し合う時です。違いますか、皆様。ここで皆様に育てていただいた母もきっとそう願っています」

娘がにっこり笑って、デステ枢機卿はじめ、クレオを知る者たちに圧をかける。これ以上、母のことを持ち出しても私は動揺したりしない。無駄だと示している。

自分がクレオに覚えさせた聖域の暗部。それを取引に使い聖域に譲歩させようとしている。

（……互いに落としどころを見つけようと上から目線で提案しているつもりか！　ルーア教を国教とし、聖騎士を派遣する措置はそのままに、魔導貴族という異端の存在を優遇する制度を確立することを聖域に認めろ、と！）

目下と侮っていた娘からの痛烈な一撃に、屈辱のあまり歯を食いしばる。小国出のとるにたらない小娘の分際で何を言う。譲歩などしてやるかと思う。

（だが、ここで反対すればこの娘はすべてをぶちまける）

自分がクレオを使い力を伸ばしたのは他者には秘密だ。暴露されれば終わりを意味する。ここにはあの頃のことを不審に思いつつも生き残っている重鎮たちがいる。彼らは自分をまだ政敵だと狙っている。隙を見せれば叩きつぶされる。しゃくにさわるが自分の生死は目の前の小娘が握っていると言っていい。

だが同時に彼女もまた自分が地位を保つことを欲している。これから行う交渉には、聖域内で発言力のある枢機卿の協力が必要不可欠だからだ。

秘密を暴露し、力を失った者に用はない。

だからこそ信じられる。誓約など交わさずともこちらが協力する限り秘密は守ってくれると。

一蓮托生《いちれんたくしょう》なのだ、自分たちは。

ただの道具が、対等の取引相手へと成長して戻ってきた。

（師として誇らしく思うべきなのか？）

それとも、かつての飼い犬に手を噛《か》まれたと歯がみするべきなのか。

どちらにしろ選択肢は一つしかない。

「……のもう、君たちの要求を」

アレクサンドロは相手の軍門に降ることを承知した。

沈黙と引き換えに、シルヴェス王国の庇護《ひご》者となることを正式に約したのだ――。

4

「ありがとう。君のおかげだ。さすがは忠臣と名高いイグナーツ家の令嬢だ。敵を抑える鋭い気迫は騎士であり外交官であった父君譲りだな」

「いやいや、聖職者たちを相手に一歩も引かない気高さは元聖女候補の母君譲りだろう」

「いえ、これはすべて未熟な私を支え、援護してくださった皆様のおかげです。本当にありがとうございました」

宿舎に引き上げ一息ついたユーリアに、会談の上首尾を喜ぶ使節団の皆が声をかけてくる。

初日の喧嘩《けんか》めいた聖域側との顔合わせから半月。

一通りの交渉は終わった。後は互いに出し合った草案を本国に持ち帰り、細かな部分をつめ、また使者を送り、正式に条約調印の流れとなる。自分たちの役目はひとまず終わったのだ。

使節団の代表を務めるストラホフ侯爵が聞いてくる。

「これからどうする。我々は陛下への報告とこれからのことがあるのですぐ引き上げるが」

「できましたら別行動をさせていただきたく思います。すぐ皆様に追いつきますから、少しだけ時間をいただいてよろしいですか？」

つらい境遇でも少女だった母が育った地だ。見てみたい。それに。

「……王太子殿下から、王姉殿下にぜひ手渡して欲しいと託された品があります。面会希望を出しているのです」

こんなことでもなければ会うことのできない、籠《かご》の鳥となった王女だ。どうしてもリヒャルトと会わせてあげたかった。

王太子がもっともらしい理由を考えてくれたおかげで、面会許可は何とか下りた。申請より三日後に対面の運びとなる。ユーリアは最初は母子の対面に邪魔する気はなかった。が、リヒャルトが同席を頼んできた。一緒に会って欲しいと。

「正直、僕一人では何を話していいかわからないのです。それにあなたを紹介したくて」

リヒャルトからすれば初対面の母だ。確かにとまどうかもしれない。

「その、そう頼っていただけると嬉しいのですが、私もそこまで人当たりがよい娘では。リヒャルト様のほうが社交術には長けておられると思うのですが」

「それでもお願いします。一緒がいいのです」

そうして対面した王女は、美しい人だった。王宮で見た肖像画より歳《とし》を重ねているが、その分、威厳が増している。

「王太子殿下から聞きました。あなたはあの子の側近だそうですね」

今は修道女とはいえ一国の王族に付き添いもなく会うことはできない。周囲にはおつきの修道女たちが控えている。なので王女は他人行儀な口調を崩さない。

だが、その目はひたとリヒャルトにあてられていた。かすかに涙ぐんでいる。

「……懐かしい。あなたは王太子殿下と同じくらいの歳でしょうか。私が国を出る時殿下はまだ赤ん坊でした。きっとあなたのように立派に育たれたのでしょうね」

目に覚え込ませるように王女がリヒャルトの頬を、額を、視線でなぞる。何度も、何度も。今を逃せばもう会うことはないだろう、愛しい人との間に授かった、大事な子だ。表情の一つ、額に落ちた髪の一筋さえも記憶にとどめおこうと、王女は懸命に目で追っている。

ユーリアは目の奥が熱くなった。涙が出そうになる。

それはリヒャルトも同じだ。いつも爽やかな人当たりのいい表情を崩さない彼が珍しく言葉も出ない。真っ直ぐに立ち、母を見ている。

そんな息子に王女が微笑《ほほえ》みかけた。

「愛する国の民に再び会えて、私がどれだけ喜んでいるかわかりますか？　もう会えないと思っていましたから」

王国が聖域から距離をとる決断をした以上、聖域に人質として残る彼女の状況は過酷なものになる。それを心配した王が国に戻れるように交渉しようと言った。だが、「だからこそ、私がここに必要でしょう？」と断った王女だ。対面した我が子を前に毅然とした態度を崩さない。その姿に王族の強さを見た気がした。

「だって私の愛する家族がいる国ですもの。護るわ。絶対に」

そう言い切る王女の中に、母としての強さも見た。

リヒャルトがユーリアを紹介すると、王女は優しく笑いかけてくれた。

「王太子殿下から手紙をいただきました。ここにいる彼と結婚するとか。それにあなたの母君は聖域で育たれたそうね。私とは入れ替わりになったから会うことはなかったけれど、私も子がいれば同じことを言ったと思うわ。幸せに、幸せにおなりなさい。あなたたちがいつも笑顔でいられるよう、涙など流さずにすむよう、遠い聖域の地から祈っています」

そして王女はリヒャルトを招き寄せ、その手を取った。ユーリアの手も取り、二人の手を取り重ね合わせる。婚姻式でのように、今、ここで愛の言葉を誓って欲しいと願った。

「私は二人の式に出ることはできないから。だからお願い。ここで誓ってみせて。私に。修道女となった私はもう婚姻の誓いはできないけれど。だからこそ幸せなあなたたちを見たいの」

異種婚の先輩である王女に励まされ、二人は粛々と誓った。

彼を幸せにしたい、自分も幸せになりたいと願う。それだけでなく、彼と自分が暮らす国を、大切な人たちとかけがえのない思い出の眠る国を護りたいと思った。

そうして。無事、帰国した二人は留守中に話の進んだあれこれに振り回されることになった。

ユーリアはイグナーツ家次期当主としての地位を確かなものとし、宮廷への出仕も継続することになった。

聖域との交渉を成功させた実績から外交官の道も薦《すす》められた。が、本好きの書庫番令嬢として、書物に埋もれられる仕事を続けさせてもらうことにした。王宮図書室だけでなく公文書を収めた書庫にも出入りできる資格を得て、王臨席の会議の際には同席し議事録を取る記録係としての最高峰、王宮書記官長として勤めることになったのだ。

宮廷魔導師第一号のリヒャルトとは同じ職場で働く同僚ということになる。家でも外でも彼と一緒にいられて嬉しい。

が、その前に、ユーリアとリヒャルトには私的に大きな仕事が待っている。

「えっ、結婚式には国王陛下が姿をお見せになるのですか?!」

帰国後の体を休める間もなく二人の結婚話が進み、日取りまで決まっていて驚いた。

「それだけではありません。式は王族も使われる大聖堂で挙げ、式後の披露の宴《うたげ》は王宮にて開いていただけることになりました。前代未聞の大破格の待遇です」

伯母に聞かされ、ユーリアは蒼白《そうはく》になった。

（陛下、いくらリヒャルト様が可愛いといっても、やりすぎでは……）

最初は彼を幸せにするための形だけの婚約だった。それがいつの間にここまで大きな話になった。書庫の幽霊とまでいわれる引きこもりだったユーリアは環境の激変についていけない。

逆に伯母は生き生きとしている。

「イグナーツ家の嫡子が王宮書記官長の地位につくのであれば不足なし。心して務めるのですよ。家の切り盛りは慣れるまで私がこれまで通り同居し、肩代わりしてあげますから！」

そう宣言すると、きびきびと使用人に指示を出し、邸内に新婚夫妻の部屋を整え、侯爵邸での私的なお披露目第二弾の手配を整えている。今度こそめでたい席で不祥事を起こしてはならない。伯母の目の色が変わっている。

「もしかするとこちらの新居にも陛下がお見えになるかもしれません。となれば当然、他の大物貴族たちも押し寄せます。他国の大使も、いえ、それは無理でも公使くらいは祝いを言いに来るでしょう。その際に見苦しい場があってはなりません。客間に庭園、客人たちが目に入れるであろう場所はすべて完璧《かんぺき》に整えますよ。皆、気合いを入れなさい！」

「……そういえば式を執り行うため聖域から来訪予定の大司教様も侯爵邸に立ち寄りたいと連絡してこられていましたね」

イグナーツ家自身が魔導貴族になっては貴族と魔導師を仲立ちする家がなくなる。なので、あえてただの貴族のままリヒャルトを婿に迎え、聖域と国、魔導貴族の橋渡し役になることになった侯爵家だが、聖域側としてもよしみを通しておきたいらしい。

（……私、もっと慎ましいお式とその後でよかったのだけど）

もはや誰も希望を聞いてはくれない。そのうえ張り切りまくった伯母がユーリアの部屋の調度から服まですべて新調すると言い出した。

「新婚の若き侯爵家嫡子となればそれなりの装いが必要です。魔物が暴れたせいでいろいろ新しくしなくてはなりませんでしたから、ちょうどいいでしょう」

ユーリアは流行には疎い。令嬢たちとの茶会にも縁がなかった。なので伯母に「どちらにします」とドレス見本を見せられてもピンとこない。しかたがないのでそちらは、

「もうっ、お母様に任せたら女騎士の衣装部屋になっちゃうっ。こんなのでリヒャルト様を悩殺できると思うの?!　私が選んだげるから、あなたは本の整理でもしてなさいっ」

と、鼻息を荒くしたエミリアに任せることにした。

滞在中に侍女の仮面を外した素のエミリアを気に入って、最近はよく侯爵邸に出入りしている王太子も悪乗りして、

「なら、リヒャルトのほうは俺《おれ》が担当しよう。あいつのことだ、新妻の機嫌取りにかまけて他はほったらかしだろうからな」

と、二人であーでもない、こーでもないと準備を整えている。

王太子は幼なじみが家庭を持ち、今までのように遊んでもらえなくなると少し拗《す》ねていたが、エミリアという新しい仲間ができて楽しそうだ。

そんな生き生きとした皆の邪魔をするのは忍びないのだが、ユーリアにも譲れない部分というか、これだけはと主張したいことがある。

「私、式後の蜜月《みつげつ》旅行には、ドラコルル一族の暮らす地へ行きたいのです」

いつも内気なユーリアにしてははっきりと希望を口にした。

「見たいのです。あなたやウシュが育った地を。それに養母様にもご挨拶《あいさつ》したいです」

ドラコルル一族はリヒャルトの育ての親とはいえ、式には招かれていない。まだ叙爵されていないし、身分が違いすぎるからだ。ドラコルル家は魔導貴族第一号として王より伯爵位を授かる予定だが、まだまだ不安定な政情を荒立ててはと都に出てこない。だから会えていない。

「あなた方が大切に育ててくださった方と結婚しました。この方と会えるまで守り慈しんでくださってありがとうございます、そう伝えたいのです」

そう言うと、リヒャルトがぎゅっと抱きしめてくれた。

「ありがとうございます。貴女は本当に僕にはもったいない、過ぎた人です。感謝しすぎて、幸せすぎてどうにかなってしまいそうだ」

ユーリアの肩に顔を埋め、優しく抱きながら彼が請け合ってくれる。

「この件に関しては絶対にあなたの望みを叶えます。それに、蜜月旅行以外の部分も安心してください。婚姻が無事終わるまではある程度の後押しも必要ですから、王家の干渉も受け入れますが、正式にあなたの夫となった後は二人の時間を邪魔させません。あなたの読書時間など、大切な時間はきちんと確保しますから。もう少しだけ我慢していただけますか」

「リヒャルト様……」

語らないユーリアのとまどいと緊張を感じ取ってくれた婿殿が頼もしい。ユーリアは素直に彼の気遣いに感謝した。

だがユーリアは知らない。この大騒ぎの原因は、自分を抱くリヒャルトにあることを。

この期に及んでユーリアが婚姻前の憂鬱《ゆううつ》に陥って破談になっては困ると、花婿はじめ関係者一同が表に裏にと動いて、もう決してユーリアが断れないように外堀を埋めるため、可能な限り大がかりに事を進めたのだ。

もちろん、愛しい花嫁にそれを悟らせる婿殿ではない。リヒャルトに彼女を悲しませる気はひと欠片もないのだから。

ただ、ユーリアも悟っていることがある。

ユーリアをなだめ、愛を語りつつ、抱きしめてくる彼の腕は力強く、生半可なことでは抜け出せそうになく。これからの自分の〈大切な時間〉を構成する読書時間には夫と書物の感想を話す時間が。ぬくぬくブランケットには背もたれとなる彼の頼もしい胸板というものが含まれるということを、幸せな花嫁の直感で悟ったのだ。

彼の重い愛を思うと、しかたがないことと受け入れ納得するしかないということも。

そうして二人は式を挙げた。神ではなく、参列した大切な家族に、必ず幸せになる。互いを幸せにすると、永遠に変わらぬ決意を誓って——。

終章　幸せな堕天使たちの王国

窓の緞帳《どんちょう》の隙間《すきま》から、朝の日差しとともに、可愛《かわい》らしい小鳥の囀《さえず》りが聞こえてくる。

「ん、朝……？」

ユーリアは美しく改装された侯爵邸の主寝室で目を覚ました。暖炉前の籠《かご》には火蜥蜴《ひとかげ》のウルルもいる。

盛大な結婚式から一月。父侯爵から正式に嫡子の届けを出してもらい、初々しい新婚夫妻は王都の一等地にある侯爵邸で、幸せな新婚生活を開始していた。

新婚だから当然、目覚めたユーリアの隣には彼がいる。

滑らかなシーツの心地を愉《たの》しみながら目を開けると、甘く、とろけそうな表情をしたリヒャルトの顔が、息がかかるほど間近にあった。シーツの上に肘《ひじ》をつき、ユーリアを見下ろしている。

思わず息をのみ、たずねる。

「……もしかして、また徹夜で私をごらんになっていたのですか？」

「すみません、やめるように言われたのですけど、あなたの寝顔があまりに可愛らしくて」

にっこり笑って言われて、ユーリアは羞恥《しゅうち》のあまり真っ赤《まっか》になった。今日《きょう》も勤めがあるというのに彼はまた一晩中、起きてユーリアの寝顔を見ていたらしい。ユーリアが今さらながらにシーツを引き上げ顔を隠そうとすると、彼に止められた。

「もっと見せてください、これから仕事であなたの顔を夕刻まで見ることができないんです。せめて目に焼き付けさせてください」

「だ、だからといって夜も寝ないのはやり過ぎです。お仕事にだって障りがあるでしょう」

「大丈夫です。これくらい、魔力で補えますから」

半分、魔物の血が混じる彼は、通常の男性より丈夫で、睡眠もあまり必要としないらしい。あなたのためなら十日くらい徹夜できますと断言されて、ユーリアは困った。

（……気を遣って、私を起こさないようにしてくださる配慮はわかるのだけど）

ユーリアも官吏として宮廷に出仕しないといけない。朝の出勤はリヒャルトと一緒だ。つまり、夜、ついつい本を読んで消灯時間が遅くなり、寝不足になっても宮廷でお昼寝をするなどできないわけで。

ユーリアの体調を気遣い、彼がユーリアの邪魔はしないようにと夜は共に早めに寝台に入り、一緒に本を読み、ユーリアが寝付いたのを見計らってから起き出し、後はユーリアを起こさないよう夜目が利くからと明かりもつけず、その顔を間近から見つめるだけで我慢してくれているのはわかる。わかるのだが。

（そ、それでも寝ている間ずっと見られているのは、精神的につかれるのっ）

ユーリアはせめてもと彼の視線から赤くなった顔を背けた。

侯爵家の一員となり、地位も上がり、気力、体力ともますます充実した婿殿は眩《まぶ》しいくらいに輝いている。が、それに付き合うユーリアはおつかれだ。

だが、寝室を別にしてとはいえない。

彼が幸せいっぱいのとろけそうな顔を向けてくるからだ。

「ずっと夢だったんです。僕には家族というものがなかったから。こうして愛する人と同じ寝台で眠り、朝、挨拶《あいさつ》し合うことが」

そう微笑《ほほえ》まれるとユーリアは何も言えなくなる。彼の爽《さわ》やかな押しの強さは健在だ。

「ユーリア、顔を見せてください」

「……」

「可愛い僕の妻殿、朝の挨拶はしてくれないのですか」

懇願されて、しかたなくユーリアは顔を彼の方に向ける。だが、「おはようございます」と、口を開きかけたユーリアの挨拶の声は聞こえない。

彼流の〈朝の挨拶〉で、唇を塞《ふさ》がれてしまったからだ。

そんな二人を、窓の外からあきれて見守る存在がいる。

一緒に行きたいとねだったドラコルル家の使い魔仲間、フシュ、ムシュ、シュフと宙に浮かんでいるのは、子竜姿のウシュガルルだ。

ウシュガルルが暮らしているドラコルル一族が住まう地と王都の間には距離がある。が、一族と契約したもう一体の高位魔物ウームーの空間を操る力があれば行き来は簡単だ。

そこで、リヒャルトの養母であるドラコルル夫人に頼まれてここにいるのだが。

『……昼は仕事、夜は訪問には適さぬと遠慮して朝なら大丈夫かと思ったが。いったいいつになれば話しかけていいのだ、この馬鹿《ばか》どもは？』

夫人に託された新婚夫妻へ届け物を渡すに渡せず、お手製チーズと蜂蜜《はちみつ》入り菓子が入った籠を窓の外におく。

養い子の性質をよく理解したドラコルル夫人からの新妻への差し入れの品だ。

少々どころでなく重い婿殿の愛情に対抗できるよう、義娘に気力と体力をつけさせるためのたっぷり呪《まじな》いと香草が練り込んである特製品だ。

魔物たちが二人の邪魔をしないよう、飛び去っていく。

後には可愛い籠が一つ残された。

結ばれた紅のリボンがきらきらと朝の日差しに輝く。その周りには壁に絡んだ初夏の薔薇《ばら》が咲き誇り、馥郁《ふくいく》たる薫りを漂わせている。

若い二人がこれから築く愛の王国は、神の目から見れば異質であっても、皆に祝われるのにふさわしい善きものになるだろう。

見た者すべてが素直にそう信じられる、幸せでいっぱいの美しい光景だった――。

あとがき

一迅社文庫アイリス読者の皆様こんにちは。藍川竜樹と申します。

このたびはこちらの本を手にお取りいただきありがとうございました。

おかげさまで孤高シリーズも四冊目となりました。これも皆様のおかげです。本当にありがとうございます。

さて、こちら。巻ごとに主人公が変わる読み切り形式となっております。

世界観が同じの孤高シリーズであることは今巻も変わりはありませんが、今までの三冊とは違い、時代がぐっと過去に遡ります。

今まではルーリエ、リジェク、レネと、ドラコルル家兄弟が元気に動き回っている時代のお話でした。

が、今回はそこから約百八十年前。

まだ魔導貴族が存在しない時代が舞台です。

作中にもありますが、『聖王シュタールの建国から百年、唯一神ルーアを崇めるルーア教が国の教えとされてから二十年。国内に荘厳な尖塔を持つ聖堂が次々と建てられた代わりに、魔導師や魔物たちが迫害されるようになった、混迷の時代』ですね。王様はウジャル三世。一巻のヒロイン、ルーリエの義父となった王がウジャル四世ですから、ルーリエの時代からすると七代前の王様の時代です。ちなみにこちらのウジャル三世王は魔導師や魔女の保護を始めた王様として既刊にも出てきます。

と、いうことで。今巻は過去のあれこれがてんこ盛りです。

魔導貴族誕生のいきさつに、イグナーツ家に魔導師の血が入った前後のあれこれ。三巻でフシュたちが誘拐されてしまう一因となった使い魔登録制度が必要と言われるようになった出来事などなど。いろいろと王国の事情が明かされていきます。

もちろん今までに出てきたキャラのご先祖様たちも存在しております。

ぜひ、あ、あの人のご先祖がここいる、と見つけていただけると嬉しいです。初代ドラコルル伯爵となる女性やウシュガルルも出てきます。

と、いろいろ書きましたが、もちろんこちらの本は単巻でも楽しめるようになっておりますので、初めて手に取られた方もご安心ください。

さて、そんなこんなで今作ですが。

ヒロインは淑やかな高位貴族家の令嬢となっております。

貴族令嬢ですが幼い頃は地方にある静養地の別邸で育ったので森や魔物が大好き。同年代の女の子が傍にいなかったので本を読むのも好きな、可愛らしい娘さんに育っています。少女時代を描いたくまの柚子先生のカラーピンナップが最高です。

最高と言えば表紙カラーイラストも。

古い建物を改築した塔の図書室。螺旋階段があって天井まで壁一面に本がびっしり詰まった静寂の世界とか、絵本や児童文学に親しんで育った本好きには夢ですよね。

それを、なんとくまの先生が魔物付きカラーで再現してくださっているのです。

しかも本とか魔物とか、すごくびっしり描いてくださったのでタイトル文字がどうなるかとどきどきしておりましたら、デザイナー様がこれまた絶妙な心にくい配置にしてくださって。うっとりしています。何度も言いますが最高か。

今回はそんな感じでカラーもモノクロも見所満載なのです。くまの先生、デザイナー様、ありがとうございました。ぜひ皆様にもお見せしたい。本好き、児童文学・童話好きの夢の世界をご堪能くださいとお薦めしたい。

それでは紙面も尽きてまいりましたのでこの辺で。

ここまでお付き合いいただきまして、ありがとうございました。関係者の皆様にも感謝を。また、どこかでお会いできることを祈って。

藍川竜樹

IRIS ICHIJINSHA

孤高《ここう》の書庫番令嬢《しょこばんれいじょう》は仮婚約者《かりこんやくしゃ》を幸《しあわ》せにしたい
—王《おう》から魔導師《まどうし》の婿取《むこと》りを命《めい》じられました—

2023年 4月 1日　初版発行

著　者■藍川竜樹
発行者■野内雅宏
発行所■株式会社一迅社
〒160-0022
東京都新宿区新宿3-1-13
京王新宿追分ビル5F
電話03-5312-7432（編集）
電話03-5312-6150（販売）
発売元：株式会社講談社
（講談社・一迅社）

印刷所・製本■大日本印刷株式会社
ＤＴＰ■株式会社三協美術

装　幀■小沼早苗（Gibbon）

ISBN978-4-7580-9538-9

●この作品はフィクションです。実際の人物・団体・事件などには関係ありません。

この本を読んでのご意見
ご感想などをお寄せください。

おたよりの宛て先

〒160-0022
東京都新宿区新宿3-1-13
京王新宿追分ビル5F
株式会社一迅社　ノベル編集部
藍川竜樹《あいかわたつき》 先生・くまの柚子《ゆず》 先生

IRIS ICHIJINSHA 一迅社文庫アイリス